문화시리즈 **7**

연변 기행문

오봉산희비

문화시리즈 7

연변 기행문

오봉산희비

정호원 편

ICSI 한국학술정보[주]

|차례|

강경애라는 여류작가

용정의 일송정이 해내외 관광객들의 발길을 끌었다면 요 즘 들어 또 하나의 포인트를 더 추가했다. 바로 강경애 문학비이다.

화룡과 용정 사이에 비암산이 있다. 지리적으로 두 시를 이어주는 틈새에 놓인 산이다. 산정의 바위가 가마처럼 생겼다하여 일명 ≪가마산≫이라 부르는 비암산이다. 바로 비암산 등반의 자드락길에 '여성작가 강경애문학비'가 호젓이 서있는 것을 볼 수 있다.

강경애(1906. 4. 20. 황해 송화~1943. 4. 26. 황해 장연)는 조선(한국)현대문학사에서 가장 걸출한 여류작가이다. 그녀는 근대문학사에서 여성작가로는 드물게 하층민의 입장을 구체적으로 잘 그렸고 사회의식을 바탕으로 민족, 민중, 여성의 해방을 강렬히 추구했다. 동시에 중국조선족문학사에서도 추앙할 만한 여류작가로서 일찍부터 주목을 받아왔다.

강경애는 1906년 4월 조선 황해도 송화군의 한 가난한 농부자의 딸로 태어났다. 가난한 농민의 딸로 태어나 4세 때 아버지를 잃고 7세 때 개가한 어머니를 따라 장연으로 갔다. 어린 시절을 의붓형제들과의 원만하지 못한 분위기 속에서 외롭게 보냈다.

10세 때 초등학교에 들어가 신식 교육을 받았다. 이때부터 ≪춘향전≫, ≪장화홍련전≫ 등의 고전소설을 닥치는 대로 읽고 마을 사람들에게 이야기해주었다. 말솜씨가 어찌나 뛰어났던지 일명 '도토리 소설쟁이'라는 별명까지 얻었다.

15세 때 의붓아버지마저 죽자 의붓형부의 도움으로 평양 숭의여학교에 들어가 서양문학을 공부했다. 3학년 때 동맹휴학에 앞장섰다가 퇴학당했다. 퇴학 후 고향으로 돌아가 흥풍야학교를 세워 잠시 계몽운동을 발동했었다. 그러다가 고향 선배인 양주동과 함께 서울로 올라와 금성사에서 동거하며 동덕여학교 3학년에 편입했다. 그러나 1년 후 다시 고향으로 돌아가 근우회 장연지부에서 활동했다.

1929년 10월 ≪조선일보≫에 민족과 계급의 절충을 내세우는 중도파인 양주동과 염상섭을 비판하는 글 ≪염상섭 씨의 론설 <명일의 길>을 읽고≫를 발표하면서 본격적인 작가생활을 시작한 것으로 알려졌다. 그녀가 전공한 장르도 애초의 피상적인 서정시에서 특정한 정치적입장과 비평적 시각에 근거한 이론을 담은 평론과 소설로 탈바꿈했다. 한동안의 습작기간을 거쳐 강경애는 감상적인 문학소녀로부터 철저히 계급의식에 입각하여 글을 쓰는 작가로 변신하였다.

1932년 장연군청에 근무하던 황해도 황주 사람 장하일과 혼인한 뒤 만주로 건너와 간도에 이주한 몸이 되었다. 남편은 동흥중학교 교사로 일했고 그녀는 소설을 썼다. 1932년 1월 ≪신여성≫수필 ≪간도 풍경≫을 발표했다. 두만강을 건너서 간도로 들어서는 감회를 피력한 글이다.

생활이 궁핍해지자 같은 해 고향으로 돌아왔다가 1933년 다시 간도 용정에 돌아가 소설창작에 전념했다. 체험의 현장인 용정에서 그는 때로는 강사노릇도 하고 때로는 무직업으로 있으면서 끼니마저 굶는 가난의 고초를 겪는 아픔을 체험하게 되었다.

간도방랑체험으로 강경애는 1932년 9월 ≪삼천리≫지에 ≪그 여자≫란 소설을 발표한다. 용정시절의 강경애는 남들한테 여류작가로가 아니라 "살림살이에 열심인 수수한 아내"로 인식되기가 일쑤였다. 문학동인이었고 그녀의 이웃에 살았던 작가 안수길의 회고에 따르면 강경애는 수수한 품이 여느 부인네들과 다를 것이 없었단다. "물동이를 이고 우물에서 물을 길어 살림을 하는"인상, "살림살이에 열심인 가난한 주부작가"의 모습이었다고 전한다. 그만큼 덕성덕목이 수려하고 소박과 진실을 추구한 여류작가의 심미관을 투영할 수 있다.

강경애가 쓴 원고를 최초로 읽고 조언해주는 좋은 독자는 당연히 남편 장하일 씨였었다. 남편은 그토록 투철한 반일정신을 가지고 있었다.

1942년 일제는 완전한 노예화교육을 실시했다. 용정 동흥중학교 교도주임으로 근무하고 있던 장하일은 학교 교장 등과 더불어 사직서를 냄으로써 지대한 분노와 항의를 표시했다. 장하일이 사직할 때 전교학생들은 일제의 강압통제에 항거하여 "선생님들의 복직을 요구한다."면서 하루 동안 동맹휴학을 단행하였다. 반일정신이 강한 남편의 영향하에서 강경애는 건실한 반일사상을 지니고 작품창작에 본격적으로 임했으며 용정에서 사회활동에서도 점차 활발하게 두각을 드러냈다.

1933년에 강경애는 다시 용정에 돌아와 안수길 등과 함께 조선족들의 문학단체인 '북향'회 동인이면서도 고문격으로 또 가정주부로 창작에 몰두했다. 이 시기 그녀의 창작상태는 번성기에 들어섰는바 가내외적으로 행사가 많았다. 1939년에는 ≪조선일보≫사 간도지국장을 담당하였다. 중간에 간혹 서울이나 장연을 왕래하지만 주로 간도에 거주하면서 손수물 긷고 빨래하며 한편으로는 꾸준히 작품을 발효했다.

강경애는 필경 약질이었고 숙환으로 시달렸다. 귓병이 재발하여 다시 고향 장연으로 돌아가야 했다. 투병 중 건강은 점점 악화되었다. 1944년 4월 26일 영면(永眠)하기까지 강경애는 10년간 용정에서 세월을 보냈다. 고작 37세라는 단명으로 별처럼 살다가 간 여류작가의 생졸년이다.

강경애는 치열한 문학생애에 많은 역작을 남겨놓았다. 특히 여류작가로서의 오롯한 존재가치가 후세에 그리고 민족 문학사에 자리매김되었다. 시 ≪책 한 권≫(금성, 1924. 5.), ≪가을≫(조선문단, 1925. 11.) 등을 발표한 뒤 소설 ≪파금(破琴)≫(조선일보, 1931. 1. 27.~2. 3.), ≪어머니와 딸≫(혜성, 1931. 5.~1932. 4.)을 발표하여 문단에 나왔다. 당시 간도의 사정을 잘 그린 수필 ≪간도를 등지면서≫(동광, 1932. 8.), ≪간도야 잘 있거라≫(동광, 1932. 10.) 등과 사상적 스승이자 동지인 남편과의 관계를 그린 수필 ≪원고 첫 낭독≫(신가정, 1933. 6.), ≪표모(漂母)의 마음≫(신가정, 1934. 6.) 등을 발표했다.

주지하다시피 남편 장하일은 사상범으로 체포된 경험이 있고 만주에서도 계속 활동한 민족운동가였다. 그녀가 조선 프롤레타리아 예술가동맹(KAPF)과 직접 관계하지 않았음에도 사회과학적 현실인식이 뚜렷한 작가의식을 바탕으로 진보적 사실주의 작품을 쓸 수 있었던 것은 남편의 외조가 막강했음을 부인할 수 없다.

고향에서 쓴 ≪어머니와 딸≫에서는 봉건윤리의 억눌림 속에서 가난한 모녀가 겪는 수난을 핍진하게 나타냈고 간도로 건너간 이후 계급투쟁을 내용으로 한 단편 ≪그 여자≫(삼천 리, 1932. 9.)와 콩트 ≪월사금≫(신동아, 1933. 2.)을 발표했고 아버지와 아들이 도둑질과 살인을 저지를 수밖에 없는 절박함을 그린 ≪부자(父子)≫(제일선, 1932. 3.)와 수입이 줄어든다고 일군을 몰래 죽이려는 지주의 횡포를 그린 ≪채전(菜田)≫(신가정, 1933. 9.) 등에서 일제강점기에 하층민이 겪었던 수탈을 생생하게 그렸다. 만주를 배경으로 한 대표작 ≪소금≫(신가정, 1934. 5.~10.)은 중국인 지주에게 버림받은 봉염 어머니를 통해 간도에서 조선인들이 이중으로 수탈당하는 현실에서 공산주의자들은 인간과 사회해방을 위해 무엇을 했는가를 묻는 문제작이다. 비슷한 시기에 발표한 장편소설 ≪인간문제≫(동아일보, 1934. 8. 1.~12. 22.)는 근대소설사에서 빼놓을 수 없는 작품으로 인정을 받았다. 인간으로서 기본생존권조차 얻을 수 없었던 노동자의 참담한 현실을 예리하게 파헤쳤다는 데서 문학평론의 튼튼한 호평을 받는다.

이어 딸을 강제로 팔아야 하는 어머니의 아픔을 그린 ≪동정≫(청년조선, 1934. 10.), 만주사변 직후 안일한 소시민으로 전락해가는 세태를 그린 ≪모자(母子)≫(개벽, 1935. 1.), 작가

자신의 체험을 바탕으로 한 ≪원고료 이백원≫(신가정, 1935. 2.), 지주에게 이용만 당하고 해고된 소작인을 그린 ≪해고≫ (신동아, 1935. 3.), 농촌의 궁핍함을 자세히 그린 ≪지하촌≫ (조선일보, 1936. 3. 12.~4. 3.) 등을 육속 발표했다.

그녀는 짧디짧은 단명박명의 생애에 도합 21편의 소설, 2편의 장편연재소절, 24편의 수필과 7편의 시, 3편의 평문을 남긴 것으로 알려진다. 강경애의 ≪인간문제≫, ≪소금≫, ≪축구전≫ 등 많은 작품들이 용정에서의 간도체험과 갈라놓을 수 없기에 용정에 그의 문학비가 세워진 것이다. 일개 가정주부로 더욱이 신병으로 고통을 겪으면서 진보적인 창작활동을 줄기차게 벌일 수 있은 것은 민족해방운동의 핵심지역이라 할 수 있는 간도지역에서 살면서 시대에 대한 투철한 인식에 기초하여 글을 쓴 데 중요한 요인이 있었다.

그녀는 사회경제적 모순을 작품의 기본적인 갈등구조로 삼아 당대의 역사인식에서 가장 진보적인 입장과 태도를 취했으면서도 정치조직이나 이론에서는 고립적이였었다. 강경파와 온건파의 이중성으로 창작평형을 이루었나 보다. 그 때문에 문학사적으로 오히려 과소평가되는 제한성을 받기도 해왔다. 또한 분단 이후 그녀의 문학에 대한 평가는 후기의 자연주의적 작품에 초점을 맞추어 제대로 이루어지지 못하였다. 그러다가 1980년대 이후에야 정체적인 연구작업이 시작되어 초기, 중기의 진보적 사실주의 작품을 재평가하게 되었다.

　강경애는 재주나 민족의식 그리고 스찔이 돌올한 걸로 알려진다. 가난을 묘사하는 데 있어 조명희와 나란히 견줄 만큼 비참한 장면을 드러냈고 빈부의 차이에서 오는 인간의 생존본능을 그리는 데에서는 최서해와 닮을 만큼 잔혹한 장면을 많이 그렸다.

　비암산에 서있는 강경애문학비와 함께 세인의 추억을 자아내는 그녀의 필치가 해달로 빛나고 있다. 해란강의 전설처럼 들려오는 여류문학가의 숨결이다.

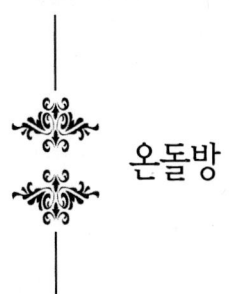

온돌방

(1)

온돌(溫突)은 추운 겨울을 나기 위해 방고래를 만들고 고래 위에 구들장을 놓아 화입구(火入口)를 통하여 받아들인 열을 구들장에 저장했다가 서서히 복사열을 방출하여 방바닥이 따뜻해지도록 고안된 난방구조이다. 이를 중국에서는 항(炕)이라 하고 한국에서는 구들이라고도 한다. 온돌과 항은 그 외형과 재료에 있어서 많은 차이가 있으나 그 구조와 방법이 동일하고 원류도 같다. 한반도에 사람이 살기 시작한 것은 구석기시대부터이지만 취사와 난방을 위한 시설은 신석기인들의 주거에서 비롯된 것으로 생각된다. 신석기인들의 주거는 움집[穴住居]으로 중앙 또는 중앙 가까운 곳에 냇돌이나 판석으로 주위를 돌리거나 진흙으로 둑을 쌓은 화덕자리가 있다. 이 화덕은 취사용 화덕이지만 난방과 야간 조명도 겸했던 것으로 추측된다.

그러나 두만강 유역의 서포항유적 제1기층의 집자리 9호에서는 여러 개의 화덕자리가 발견되었는데 이것은 취사용과 난방용을 분리하여 만든 것으로 보인다. 철기시대(BC 300~AD 1)에도 일반주거는 움집이었으나 움 안에서 ㄱ자형 구들의 유적이 발견되고 있어 난방시설에 획기적인 발전이 있었던 것으로 보인다. 원삼국시대(AD 1~300)의 주거 유형은 움집, 귀틀집, 고상주거가 있으며 이들 주거의 건축은 이전시대의 주거보다는 발달되었다. 추운 지방의 경우 철기시대에 나타난 ㄱ자형 구들이 그대로 계승되었으나 따뜻한 한반도의 남부지방에서는 ㄱ자형 구들이 발견되지 않고 있어 남부지방까지는 ㄱ자형 구들이 전파되지 않았던 것으로 보인다. 그러나 삼국시대에는 ㄱ자형 구들이 한반도 남부지방에까지 전파된 것으로 보인다. 고구려는 삼국 중 한반도의 북쪽과 만주라는 추운 지역에 위치한 지리적 이유 때문에 일찍부터 취사와 난방시설이 발달했다. 안악3호분의 부엌간 벽화를 보면 독립된 1채의 부엌에 부뚜막이 있고 연기를 빼는 굴뚝이 측면 벽에 뻗어나와 있어 부뚜막은 난방용 화입구(火入口)와 독립되었던 것으로 보인다. ≪구당서≫ 동이전(東夷傳) 고려조의 기록에 의하면 일반 서민주택에서는 장갱(長坑)이 건조되어 난방을 했다고 한다. 백제의 난방시설에 대한 기록이나 유적, 유물은 거의 없는 편이지만 철기시대의 서둔동 주거지가 백제지역에 해당되고 ≪삼국유사≫ 권2 남부여 전백제 북부여조의 기록에 돌석[石]이 있는 것으로 보아 백제에서도 고구려의 장갱이 널리 퍼졌던 것으로 보인다.

고려시대에는 장갱과 같은 ㄱ자형 구들과 마루구조가 그대로 계승, 발전되었으며 취사와 난방시설의 기틀이 잡힌 시기로 생각된다. ≪고려도경≫ 권28 공장1조와 탑조의 기록에 귀족계급은 와탑(臥榻)을, 서민계급은 대부분 흙침상으로 땅을 파 구들[火坑]을 만들고 그 위에 눕는다고 했는데 여기에서 장갱을 화갱 또는 토탑(土榻)이라고 표현한 것으로 보아 이 갱은 고구려의 폭이 좁은 장갱과는 달리 폭이 상당히 넓어진 갱임을 추측할 수 있다. 또한 최자의 ≪보한집≫에 의하면 13세기 초에는 이미 구들이 방 전체에 만들어지고 아궁이가 방 밖에 만들어졌음을 알 수 있다. 이인로의 ≪동문선≫ 공주동정기에 보면 겨울에는 욱실[室], 여름에는 량청(凉廳)이라는 기록이 있어 구들을 놓은 방이 널리 축조되었으며 이러한 방을 욱실이라 불렀고 도배를 하여 마감했음을 알 수 있다.

조선시대에는 고려시대의 온돌을 계승하여 초기부터 온돌이 널리 축조되었다. 온돌이라는 용어는 고려시대와 같이 욱실이란 용어를 계속 사용하면서 '구들 항'[炕]이라는 한자표기로서 온돌이라는 용어가 조선 초기부터 사용되기 시작했다. 또한 구들을 놓은 방 전체를 온돌방이라 부르고 이외에 장갱, 난돌(煖突)이라는 용어도 사용되었음이 기록을 통하여 확인되며 이러한 용어는 조선 중기까지 사용되었던 것으로 보인다. 조선시대 온돌의 발달은 온돌방의 마감, 특히 장판법의 발달을 초래하여 영조 때는 장판마감에 여러 가지 방법이 사용되기도 했다. 또한 조선시대의 부엌에 만들어진 온돌 아궁이는 대부분 취사용 부뚜막을 겸했다. 그러나 대가(大家)에서 반빗간(음식을 만드는 곳)이 독립될 때는 안방의 아궁이에는 부뚜막을 만들지 않고 그 자리 아래층은 안방에 불을 때는 아궁이를 둔 함실로 사용하고 위층에는 누마루를 놓아 안방마님의 여름거처로 이용했다. 이러한 예는 창덕궁 금원의 연경당 안채에서도 볼 수 있다.

온돌은 불을 때는 화입구(火入口), 방 밑에 화기가 통하게 해 난방하는 방고래, 연기를 빠지게 하는 굴뚝으로 구성된다. 온돌의 형식은 방고래의 형식에 따라 나누어지며 허튼고래, 줄고래, 선자고래 등이 있다. 허튼고래는 구들골을 만들지 않고 구들장 네 귀에 동바리처럼 쌓거나 괴여 만든 구들이며 줄고래는 구들을 놓을 때 온기와 연기가 흘러 나가는 고래를 평행하게 만든 것이고 선자고래는 온돌방의 방고래가 부챗살 모양으로 화입구(火入口)에서 방사형으로 퍼져나간 것이다. 또한 방의 안쪽 구들 밑에서 불이 타게 만든 온돌을 함실구들이라 한다. 또한 고래구조의 홑구들과 이중구들이 있으며 고래 끝부분과 굴뚝 아래에는 온기의 저장 및 완충역할을 하고 그을음 등 이물질이 모이는 개자리가 있다. 온돌의 방고래에서 발생되는 연기를 뽑아내는 굴뚝은 속이 뚫린 통나무굴뚝, 옹기굴뚝, 오지굴뚝, 기와굴뚝, 흙벽굴뚝 등이 있고 그 높이와 크기는 다양하다. 또한 굴뚝을 내는 방향에도 차이가 있어 보통 아궁이는 남쪽에 놓고 굴뚝은 북쪽, 동쪽에 내는데 남쪽에 내는 경우도 있다. 이는 구들구조의 차이에서 생기는 결과이며 지역에 따른 특성과도 관련이 있다. 예를 들어 경상남도, 전라남도 등 남해안 지방의 경우는 일반적으로 구들을 아궁이 쪽으로 내는 경우가 많다.

조선족의 패턴 중의 하나가 곧바로 한옥(韓屋) 온돌방이다. 양옥(洋屋)에 비해 한식(韓式)집 온돌은 이미 우리네 상징문화로 다감하다.

온돌 역사는 인류생존역사의 버금간다. 최초의 집이었던 4,000~5,000년 전의 신석기시대 움집에서 벌써 온돌이 발족해 화입(火入)했었다. 함경도, 평안도가 온돌문화의 발원지이다. 김치, 찰떡, 된장, 한복, 가무 등 체질화마냥 족성

특징으로 매김되어 온 전통생활기호다. 온돌방에서 누누천 년 살아오며 하나의 겨레 심벌로 각인되기까지엔 기나긴 중독사상이 동반한 거다.

우리식 토속적인 난방법은 고유주거모식으로서 효율성과 실용성, 과학성의 3위일체를 이룬다. 특히 부넘기는 실로 지혜의 소산물이라 하겠다. 방고래가 시작되는 어귀에 조금 높게 쌓아 불길이 화입구(火入口)로부터 골고루 방고래로 넘어가게 만든 언덕이 부넘기이다. 온돌을 빨리 데우고 재를 가라앉히는 턱이 된다. 난방시설의 요체로 주목되는 부분이다.

"길이는 위로 일곱 자로 하니 북두칠성을, 아래로 아홉 자로 하니 9주(九州)에 대응함이요, 너비는 넉 자로 사시(四時)를, 높이는 석 자로 삼재(三才)를, 그 폭은 한 자 두 치니 12시를, 그리고 두 개의 솥은 앉힌 것은 해와 달을 본 뜬 것이다." 이는 조선 후기의 실학자이며 정약용과 함께 18, 19세기 실학계열의 농업개혁론을 대표하는 학자인 서유구[徐有榘: 1764(영조 40)∼1845(헌종 11)]의 ≪림원경제지≫(林園經濟志)에 나오는 구절이다. 서여구의 본관은 달성, 자는 준평(準平), 호는 풍석(楓石)이다. 이 글에서는 아궁이를 우리네 생명줄을 잇는 삶과 문화의 상징적 공간으로 설명하고 있다.

온돌은 열전도를 이용한 재래식 온방법(溫房法)인바 복

사 및 대류난방을 겸하는 게 장점이다. 천연방충제와 방부제역할도 담당해왔다.

온돌설명문헌으론 중국 송나라 구양수의 ≪신당서≫(新唐書)가 있는데 "고구려인들은 겨울이면 모두 긴 구덩이를 만들고 그 아래에 불을 때어 온기를 얻는다."고 기재했다. 백제와 신라에서도 4~5세기부터 사용했을 가능성이 있다는 추측설이 있다. 고려시대엔 활용하다가 후기엔 온방, 난돌(煖埃)이라 했다. 고려 말의 문신인 이색(李穡)의 ≪목은집≫(牧隱集) 제2에 "의주에 묵었는데 동상방(東上房)에서 화돌(火埃)에 이상이 있어 벽에 바른 종이가 탔다."는 문구가 있는 것으로 보아 도배온돌임이 분명하다.

온돌이라는 용어는 고려시대와 같이 욱실(燠室)이란 용어를 계속 사용하면서 '구들 항'[炕]이라는 한자표기로서 온돌이라는 용어가 조선 초기부터 사용되기 시작했다. 온돌은 연료나 시설이 경제적이며 간편한 구조로서 의료효과까지 인정했었다. 허나 방바닥과 윗면의 온도차가 심하여 감기에 걸리기 쉽고 온도유지목적으로 창문을 봉하기에 환기불능, 습기고갈로 건조하고 온도조절이 가당찮은 미중부족이 두드러진다.

이는 근근이 온돌방구조원리에 비근한 제약성일 거다. 실상 그보다 더 밀착시키면 전반 민족열근성까지 발굴할 만하다는 데 그 연구가치가 비롯된다겠다. 재래건축형태가 기능성보다는 안일성에 치우쳤던 것과 련관되나 보다. 전통견본이자 민질종기일수 있다. 세례되고 정화되는 발전가운데서 만물은 보다 원활한 기반을 구축하는 데야……

파이프(pipe)방, 가스와 기름보일러장치, 스팀시설, 메산전기온돌 등 아빠트거주환경은 물론 오피스텔도 혁신되어 온돌원리를 교묘하게 승화시켰으나 고로하고 세습적이었던 온돌문화제약성을 결코 부인할 수 없다. 알파처럼 아리송했던 앉는 온돌방에서 선조와 동족네가 습속화로 약화시킨 건 과연 무엇일까? 점핑(jumping)이 잦는 격변기에 온돌문화의 나태성을 진맥하노라니 의식주행락에서 우리가 인고했던 자가당착을 해부하게 된다.

온돌설치목적은 앉기 위한데 있을 뿐만 아니라 더욱이는 올방자를 틀자는 행위가 우선적이다. 전 세계 부동한 피부, 각이한 민족습관의 차이를 분별하면 올방자도 하나의 감별표준일거다. 조선족만큼 올방자를 용케, 예쁘게, 쉽게 동작하는 재주천부는 없을 거라는 궁극적인 결론인지도 모른다. 장소제한이나 계절약속이 없이 아무 때건 어디서나 올방자를 곱다랗게 짓고 정좌를 보이는 모습에서 탈쇄한 민족신분상징을 현시한다. 그 장끼의 내원이 바로 온돌방혜택이 아닐까?! 편안히 앉도록 조건을 지어주었기에 우미한 자세가 창출세련했는데야……

"온돌방 있습니까? 그래도 온돌칸에 앉아 먹어야 후련하지 뭐!"

"침대에서 자면 허리가 쑤셔서…… 따뜻한 구들이 좋아!"

식당, 다방, 스탠드바, 여관 지어 상가를 가서도 굳이 온돌방을 찾는 데 버릇되었다. 좌식생활경력자들의 체질화된 개성이렷다. 식사, 한담, 음주, 투숙 등 방문용건이 일약 극소화된 채 우선 앉는다는 부차적 조건이 선차적 전제급선무로 대체된 거다.

더욱 괴이하게 이색적인 건 저자의 공간노출에 있다. 영업집 간판 옆에 별도로 "온돌방이 있음"이라는 대서특필 방문(榜文)은 지극히 민족상징답다. 구들환경으로 손님을 끄는 경영술이 근린사회일각인가! 스치우는 사인(sign)이건만 곰곰이 음미하면 앉기 좋아하고 올방자틀기에 능한 유전기질을 우세적으로 알게 된다. 앉는 육체표면적을 극대화할수록 편리함도 정비례된다는 신조에서다. 일상정취 가운데 앉는 의식, 즉 좌념(坐念)이라고 해야 할 신조어 비중이 강력한 방사선을 지닌 거다.

올방자로 엔조이하는 공약수는 온돌의 향수를 공유한다는 데서 동질적이다. 피부감각적인 촉각에 스릴을 준 온돌이 결국 좌념을 지배하였나 보다. 앉는 예절상식이나 매너 절차의 좌법이 배달민족만큼 난삽하고 번쇄한 문화사례는 없을 거다. 성별, 장소, 의상, 명절에 따라 각도, 위치, 방향, 모양을 부동하게 무궁자재로 구사, 시범하니 그 포즈를 모방습득하려는 이방인의 실망이 당연할법하다.

　고요히 앉아서 참선함을 좌선(坐禪) - 안선(安禪) - 연좌(宴坐)이란다. 인도에서 석가모니 이전부터 행하던 수행법으로서 석가모니가 불교의 실천 수행법으로 발전시켰다. 특히 선종(禪宗)에서 중요시하는 수행법이다. 선교사가 아니면서도 맹신처럼 행해왔던 유습이랄까…… 무릎관절, 발목부위가 특별히 발달한 것도 좌념의 은혜란다. 하여 스포츠에서 손을 놀리는 항목보다 발을 사용하는 종목인 축구기질이 더 돋올하단다. 국제큰절맞절콩클이 개최되면 누가 해낙낙하게 월계관을 따낼 것인가가 지레 결정되질 않는가!

(2)

　동양인의 앉는 좌념문화에 비해 서는 입념(立念)를 고양해온 서구인네의 사유구조는 활동적이다. 우리가 온돌에 히프를 붙이고 안온함을 즐길 때 그들은 걸상이나 마루에 앉아 반좌반립의 엉거주춤 같은 틀거지를 취한다. 듬직하고 위엄을 보인다. 즉 신발을 벗은 상대적대비가 신발을 꽁꽁 동인 상태임을 단적으로 - 이질적으로 - 보여준다.

　여기에서 귀결하면 구라파나 중국권 내 한족들의 신발은

신끈을 엄밀히 동이게 한 봉폐형이라면 우리는 호모화(護謨靴) – 고무신 – 이나 코신으로 개방형이라 하겠다. 수선 헐렁한 고무신계열을 선택함은 신을 인차 벗고 온돌에 오르기 쉬운 편리수요에서였음을 지적하는 바이다. 미투리, 나막신이 그렇다.

타민족 기사(騎士), 목민들의 장화나 롱부츠(long boots)는 신끈작업이 꼼꼼하게 규정되어있다. 하여 아침에 한번 신거나 동이면 진종일 봉한 상태로 노동, 여행, 승마방목으로 분주하다. 앵클부츠(ankle boots)일지라도 벌목, 수렵, 어로(漁撈), 상업 등 작업에서 벗고 신기가 불편하게 되었다. 반대로 조선족의 전통신발생리는 쉽게 신고 인차 벗도록 되었기에 아무 때건 온돌과 접촉할 수 있다. 황혁리(黃革履), 목화(木靴), 흑피혜 등 갖신일지라도 유럽의 가죽신에 비해 폐쇄성이 약화된 편이다.

종합하면 온돌에 앉기 위해 신발도 그만큼 용이하게 벗는 쪽으로 선택됨이나 보다. 온돌에 앉는다는 건 안정된 사유화의 기본자세셨는지도 모른다. 앉는 온돌방은 편안함과 직결된다. 오래 앉는다는 말이 안강만수하시라는 세배인사, 환갑축사로까지 직설역행되었음에랴!

정립을 고집해온 서구패턴에 견주어 단좌(端坐)에 집착한 생활방식은 온돌의 매개가 촉매작용을 놀았다. 앉는 온돌방은 노동, 오락, 기거침식의 종장이며 결론이다. 허나 기립

상태는 아직 미결이거나 과정의 진행 중임을 시사한다.

한족은 식탁의 걸상에 앉아 식사하고 서양인들은 서서 식기를 들고 돌아다니며 포크를 놀린다. 장국에 고춧가루를 듬뿍 놓아 숟가락을 사용하는 우리네 식사활동만큼 느리고 굼뜬 장면은 희소하렷다. 온돌방에 퍼더버리고 앉아 나태와 여유를 만끽하기에 족한 편이다. 그러므로 격정을 약화시키고 운동 내지 지속성을 극소화하는 압축성이 온돌에 깊이 배어있다는 발설이다. 섰다는 건 온돌과 완전히 분리된 상태를 의미함에랴……. 걷고 움직이는 활동량이 많아 한족이나 유럽인들의 다릿심이 세나 보다.

두 사람이 손찌검을 한다고 하자. 옆에서 말리는 태도가 천편일률로 각축자들을 뜯어놓는 한편 동시에 땅에 눌러앉히거나 꿇어앉힌다. 일단 앉혀야 평화롭고 안정된다는 지배의식에서다. 좌념은 대치상태에서도 이완을 작용한다. 화해율이나 타협성도 앉는다는 자세로부터 희망한 거다.

목전엔 또 "요새 한번 앉읍시다."는 시폐유행어가 파다히 풍미된다. 식사 또는 면접, 회식의 은어로 발탁한 온돌문화 파생어나 보다. 오죽하면 면벽좌책(面壁坐責)으로 스스로를 반성할 정신적안 에고 노모스(ego nomos) - 인간공학 - 을 창제했겠는가 하는 의문이 너무 곤혹이 아니라 하겠다.

세계 각지 부동한 민족의 식사자세에 대한 한 의학가의 연구에 따르면 선자세가 제일 과학적이고 다음은 앉은 자세,

쭈크린 자세가 제일 과학적이 못 된다. 이는 무릎을 꿇을 때 다리와 허리에 압력을 받아 혈액이 저애를 받고 심장 혈량이 감소되어 위의 혈액공급에 영향을 주기 때문이다. 사람들은 사업피로로 앉은 자세를 제일 편안하게 생각하고 식사할 때 보통 앉은 자세를 취한다. 시행착오이나 보다.

너무나 앉기 좋아해 절, 경례, 허리 굽히기 등 육체서열도 민첩한 연쇄반응으로 이행하였던가? 외세에 대항보다 아첨절충기권 등 나약성을 보인 열등감은 온돌과 무관하지 않는다. 온돌방에 앉았을 땐 저자세이다. 의자나 소파에 앉은 것보다 자세가 낮고 동작을 행할 여건도 미비하다. 죄수를 나포하면 먼저 눌러 앉히거나 무릎을 꿇게 한다. 투항, 기권의 육체메시지가 무릎을 꺾는 것이 아닌가?

좌객(座客), 벽자(躄者)란 앉은뱅이로서 진전이나 발전이 없는 침체 상태를 비유적으로 뚱기친 거다.

앉은뱅이가 서면 천 리를 가나. 능력과 수완 없는 사람이 장차 큰일을 할 것처럼 떠들고 다닐 때 놀림조로 이르는 말이다.

'앉은뱅이 강 건너듯'이란 속담은 벼르기만 하였지 실제 하지는 못하고 우물쭈물하는 걸 쓸까스른 농조다.

"앉은뱅이 닭 쫓기"는 일을 시원시원하게 진척시키지 못함을 경계한 거다.

'앉은뱅이 뜀뛰듯'이란 노력은 하나 능력이 없어서 좋은 결과를 얻지 못하는 경우를 이르는 말이다.

앉은뱅이의 망건 뜨기는 궁상스럽고 옹색한 일을 비유적으로 이르는 뜻이다.

좌념이 배태한 후유증을 적나라하게 징계한 잠언집대성이다.

(3)

라틴아메리카 마띠니크 섬의 페르베라인은 종래로 허리를 굽히지 않는 역사를 오랜 풍습으로 전해온다. 금은보화가 땅에 떨어져도 허리를 굽혀 줍는다는 법이 없다. 등 뒤에 꽂은 참대집게를 빼내어 곧게 선 채 주울 뿐이다. 역사적인 기시굴욕에서 형성된 저력인 거다.

1636년 마띠니크 섬을 침점한 프랑스침략군은 식민지노예들을 가축처럼 타고 다녔다. 한번은 내트선이라는 우두머리가 벌떡 일어나서 자기 몸 위에 올라탄 통치배를 냅다 뿌리쳐 내동댕이쳤다. 그리곤 "우리 페르베라 인은 절대 허리를 굽히지 않는다."고 외쳤다. 침략자들은 돈과 음식을 땅에 던져놓고 미끼로 유혹하며 주워라 했다. 내트썬은 거들떠보지도 않고 돌바위처럼 꼿꼿이 서 있었다. 이때로부터 세상에 종래로 허리를 굽히지 않는 특수민족이 태어났다. 앉는 온돌방과 대조될 형상이다.

사람은 193종 영장류 가운데서 궁둥이가 튀어나온 유일한 동물이다. 고대 그리스인들은 인간특징을 살려 궁둥이를 신성시했었다. 미의 여신 '아프로디테 칼리피고스'는 "궁둥이가 아름다운 여신"이란 뜻이다. 개중 또 우리민족이 둔부 발달이 선명하다. 한족들은 침대에 살았기에 둔부가 작아졌다. 우리는 장시기 동안 앉아있다 보니 궁둥이가 처지거나 커질 수밖에 없었다. 직립보행을 많이 요청할 필요를 느껴야 할까 보다.

업이란 민속학에서 한 집안의 살림을 보호하거나 보살펴준다고 하는 동물이나 사람을 이른 거다. 이것이 나가면 집안이 망한다고 한다. 우리의 온돌이라는 업을 그냥 유치(誘致)할 것인가 아니면 축출할 것인가?

전향선의 생활수기에는 다음과 같은 구절이 있어 필자의 주의력을 자안했었다.

"……미국의 커피숍에는 유유히 앉아 커피를 마시는 사람이 별로 눈에 뜨이지 않았다. 모두들 커피숍에 들어와서는 커피 한잔씩 사가지고는 회사로 가면서 마셨다. 회의장에서도 커피를 사들고 층계를 오르내리며 마시거나 선 자리에서 물을 마시듯이 마시는 사람들을 흔히 볼 수 있었다. 그러니 미국사람들은 자연히 빨리 먹고 시간을 단축시킬

수 있는 맥도날드나 켄터키 같은 것을 파는 곳으로 자주
드나드는 것이다. 세계적으로 경제, 문화 등 면에서 앞자리
를 차지하고 있는 미국사회는 시간을 절약하는 것을 최종
수단으로 여길 수밖에 없는 것이다."

하다면 우리는 대체 어떠한 양상들인가? 한가로이 앉아
서 질질 시간을 끌며 담소를 나눈다.

한복 바지는 입는 사람 말고 또 한 사람이 들어와도 충
분하게 허리며 바지통이 넓다. 그러므로 그걸 언제나 척 접
어서 허리띠로 묶어서 입어야 한다. 옷의 품만이 이렇게 자
유로운 것이 아니다. 길이에 있어서도 마찬가지다. 발에 자
칫 밟히는 바지를 올려서 대님을 매어 입는다. 노동과 무관
하므로 비활동적인 옷이 아닐 수 없다. 한복을 착의하고 가
능할 가장 편한 자세는 오로지 가만히 앉아있는 것이다. 좌
선은 아니고 그저 담배를 피우는 정도랄까……. 치마와 바
지, 버선은 좌식이 주된 온돌생활에 적합한 기능을 제공한
거다. 한복의 포즈에 대응한 온돌발상인지도 모른다.

온돌생활은 게으르고 산만하고 배부르는 데 그치고 진취
심을 해이시킨다. 따뜻한 온돌방은 한담이나 소일하기가 적
격이다. 고작 '온돌사유'에 불과하다. 협착한 공간범주다.

구들이 권태증의 온상이다.

온돌이 나태성의 모체이다.

따습다는 이유 하나만으로 반박하기엔 번복(飜覆)에나 칭

탈할까 보다. 불이익을 당한 건 민족속성이니 당혹감을 감안하지 않을 수 없다. 적어도 반감되어있는 온돌나태성을 문화심층차원에서 열거해부해 동족분발심을 고양해야겠다.

활력을 잠식하고 생성을 유린하고 분발을 압제하는 게 온돌방이다.

내뛸성을 태우는 소각로(燒却爐)이다.

좌식온돌과 입식부엌이라는 구조간의 환경차이로 단순히 민족구별만 알 것이 아니라 성격특징조차 진맥할 수 있다. 온돌이라는 정종이 그 기거자네의 행동반경이나 사유영역을 계산하는 척도이다.

개와 조선족

연변의 현시, 향진을 돌면 교외입구에 장승처럼 선 '개도살장'[殺狗場]이라는 간판을 보게 된다. 소나 돼지, 닭 따위를 잡아 파는 가게인 도사, 푸주, 포사, 육간, 포주가 아닌 개전문사육도살장인거다. 철판합금에 굴곡으로 그려진 붉은 화살표지시대로 헐망한 개도살장본부를 응시하노라면 엉성한 쑥대풀 속에 옹크린 조선족개고기선호의 식성문화 잠재를 발굴하게 된다. 나귀, 말, 노새, 양의 도살장은 건립된 역사가 없고 개도살장전매권의 계승은 그만큼 개를 이용된 음식전통의 뿌리 깊은 연원을 변함이다.

무생육가정을 추구한 신혼부부들이 개를 자식처럼 총애함을 본 미국 미시간주의 버치는 개일탁센터를 개업했다.

주인이 출근하면 10여 시간의 고독을 달래는 센터에 개놀 잇감, 기본기능훈련이 있어 오픈초반부터 벌써 장사가 호황이었다. 조선족도 그만큼 개를 애착해 사냥개, 애완견, 세퍼드도 수용했다. 뱅갈만의 동쪽엔 지금 거의 멸종되는 토족이 있는데 얼굴과 눈, 치아들이 개모양이여 짜장 개얼굴 민족이란다. 허나 조선족은 사육, 애호, 식용으로 개를 집념한다. 제2차세계대전전에 상해에서 있은 일화다. 애완견을 거느린 영국인이 식당에 들어와 숙수(熟手)더러 개에게도 먹을 걸 주라며 입으로 먹는 시늉을 했다. 옹인(饔人)은 고개를 끄덕거리더니 의자에 앉혀둔 개를 안고 주방으로 나갔다. 잠시 후에 요리사는 푸짐한 개 요리를 식탁에 올렸다. 애완견이 재료제공에 나섰던 거다. ……억-컥……울지도 웃지도 못할 희비극이었다. 엉망심사가 된 영국인의 경우가 곧바로 백러시아족이나 한족이 개고기를 탐식하는 걸 보고 조선족이 못마땅해 흘기는 염오와 상사하다겠다.

견육문화권(犭肉文化圈)으로 개고기는 대중식품의 유구한 인연을 갖고 있다. 특히 서민들의 여름 보신의 대종으로 전통을 유지해온다. 음양오행합리주의에 기인한 거다. 오행에서 개는 동서남북으로 치면 '서'에 해당되고 금목수화토로 치면 '금'에 속한다. 여름은 남쪽이요, '화'에 해당되기에 혹서로 뜨거운 여름날은 '화'기운이 극성하여 불에 약한 '금'기운이 쇠퇴한다. 이 오행불균형은 심신균형을 파괴하기에 '금'기운의 쇠퇴를 막아야 한다. 그러자면 '금'기운을 보강해주어야 하는데 또 그러자면 그 보강을 위해 '금'기운이 왕성한 개고기를 먹는다는 발상이 이유인 듯싶다. 곧 개고기는 복중의 성열(盛熱) 때문에 이지러질 인신오행(人身五行) 밸런스(balance)를 잡기 위한 성속의 철학적인 문화음식이다. 연역하면 삼복 복(伏)자가 사람 인(人)자와 개가 합한 글자라는 해학발설도 있다. 물론 회의자(會意字)에 빙자하는 풀이가 아니라 민속학적인 고담전설도 내포된 점만은 홀시할 수 없다겠다. 사실 동물과 관련된 우리말속담 가운데서 사용빈도가 제일 높은 동물은 개(43), 범(28), 소(27), 닭(16), 쥐(15), 말(14), 고양이(13), 까마귀(9), 용(7), 봉황새(5)로 그 순위가 배열된다. 알고 보니 개 서열이 당연이 앞자리가 아닌가.

개과와 그 근연동물들은 포유동물로서 식육목(食肉目 Carni-vora)에 속한다. 모든 개는 겉모습과는 관계없이 1가지 종인 카니스 파밀리아리스(Canis familiaris)에 속한다. 사람은 오랜 세월 동안 100가지 이상 되는 품종을 선택적으로 번식, 사육해왔다. 개의 행복과 정상적 성격은 무리안에서 형성되는 다른 개와의 접촉의 산물일 정도로 개는 매우 사회적인 동물이다. 고양이와 달리 개는 야생생활에 적응이 어려웠으며 의사소통이 이루어지는 무리의 지도자 혹은 사실상 대리지도자인 사람에 의지하면서 생활해왔다.

개는 1만 2,000~1만 4,000년 전 유럽과 아세아에서 기원하여 적어도 1만 년 동안 인간과 함께 살아왔다. 개는 개의 조상으로 여겨져 온 코요테, 늑대, 재칼과 함께 개속(-屬 Canis)에 속한다. 개과의 계통도를 보면 약 4,000만 년 전에 나무를 타며 살았던 육식동물인 미아키스에서 키노딕티스, 키노데스무스를 거쳐 최종적으로 여우, 늑대, 재칼, 개의 조상인 토마르크투스로 이어졌다. 개의 가장 유력한 조상후보는 늑대(Canis lupus)로서 본래 다양한 아종 및 지역에 따른 변종들을 유럽 전역, 아시아, 북아메리카에서 볼 수 있었다. 개의 또 다른 조상 후보는 재칼로 본래 아프리카 동물이었으며 메소포타미아, 남동부 유럽, 인도에까지 퍼져 살았다. 재칼은 개보다 사회성이 덜한 동물로서 여우처럼 좁은 머리를 가진 점은 재칼이 개의 조상이 아닐 것으로 생각되게 하는 요소이다.

개장국은 조선족이 즐겨 먹는 보신음식선두의 하나로서 보신탕, 구장(狗醬), 지양탕(地羊湯)이라고도 한다. 개장국의 역사는 매우 오래 되었다. 개를 가축으로 키우게 된 시절부터 먹던 것으로 보인다. 조선 후기의 '산림경제'(山林經濟)에도 개고기의 효능과 좋은 점이 나오며 '동의보감'(東医宝鑑)에는 "개고기의 성(性)은 따뜻하며 먹음에 있어서 독이 없다. 오장을 편하게 하며 혈맥을 조절하고 장과 위를 튼튼하게 하며 골수를 충족시켜 허리, 무릎을 따스하

게 하며 양도(陽道)를 일으켜 기력(气力)을 증진시킨다."고
적혀 있다. 또 속설에 의하면 개는 성질이 몹시 더운 까닭
으로 사람이 먹으면 양기를 돋우고 허전한 곳을 보충하며
못된 부스럼을 고친다고 한다. 조선의 삼복은 하지로부터
셋째 경일(庚日)이 초복(初伏), 넷째가 중복(中伏), 입추를
지나 첫 경일이 말복(末伏)인데 더위가 극에 달할 이때에
주로 개장국을 끓여 먹는다. 모내기와 김매기의 힘든 일이
대충 끝나 백중이 되는 7월 중순경부터는 '어정칠월 건들
팔월'이라 하여 휴한기에 접어들고 한철 농사로 인한 몸의
허함을 보완할 겸 마을 단위로 개를 잡아서 술추렴도 한다.

중국의 일부 지방에서는 동짓날에 개고기를 먹는다. 기
록에 의하면 이 풍속은 한나라 때부터 시작되었단다. 진나
라 말기의 번쾌는 젊었을 때 개잡는 일을 업으로 생계를
유지하다가 후에 유방을 따라 기의군에 참가하였고 또 홍
문연에서 유방으로 하여금 위험에서 벗어나도록 도와주었
다. 어느 해 동짓날에 한고조 유방은 번쾌가 끓인 개고기를
먹었는데 특별히 맛이 좋았다. 개국황제가 그토록 칭찬하기
에 민간에서는 동짓날에 개고기를 먹는 풍속이 생겼다. 중
국인들의 양생법 일각을 금시 보는 듯싶다.

조선족이 개고기를 즐기는 또 한 가지 원인은 고대사양
구조와도 관련된다. 중국은 소, 말, 돼지, 양, 노새, 나귀의
6축이고 거위, 오리, 닭도 길렀다. 조선은 6축 중 말, 노새,

양은 기본상 가축으로 보급되지 못했고 돼지나 나귀도 얼마 기르지 못했다. 가금으로는 닭뿐이었다. 하여 한족은 큰 잔치엔 소를 중등잔치엔 돼지, 나귀, 양을 작은 잔치엔 거위, 오리, 닭을 각각 잡았다. 그런데 조선족은 중간층 짐승 계열이 없거나 희소한 탓에 소, 개, 닭이 선택됐다. 게다가 소는 역축이어서 백성들은 잡지 못하고 자연히 개를 잡았다. 소추렴, 양추렴, 돼지추렴, 나귀추렴이란 항간고유어가 없고 유독 개추렴이란 전통속어가 유전돼온 사연이 바로 여기에 있다. 떡추렴, 오얏추렴 등 음식과일잔치는 가끔 마을에서 생기나 동물추렴은 개뿐이다.

이승만 대통령이 프란체스카 여사와 나들이를 할 때다. 거리에 군데군데 붙은 비슷한 글자의 간판을 가리키며 그녀가 무슨 뜻이냐고 묻자

'뷰로 취프덕'

이승만이 엉겁결에 즉각 답했다.

"뭐, 국장의 개? 한국의 국장들은 서양 귀부인들처럼 사무실에까지 애견을 데려가는가요?"

여사가 퉁을 주었다.

이승만은 그때 애완견을 안은 부인이 '개장국'이라면 질겁할까 봐 일부러 바른쪽에서 왼쪽으로 역독(逆讀)해 '국장개'라고 했던 거다. 이승만은 집무실로 들어가자 너무도 야만스럽다고 내무부장관에게 불호령을 내렸다. 그때부터 '개

장국'간판이 사라지고 '보신탕'명찰이 탄생했다. 지금 변소가 화장실, 위생실로 탈바꿈하듯 말이다. 평양에선 개고기가 단고기로, 서울에선 개장국이 보신탕으로 단어의 의미적 색채를 윤색시켰으나 연변이나 산재지구들에선 '개장집', '개탕', '조선족개장국' 등 비속한 군치리표어패말을 달고 있다. 언어의 논리적합리화와 감정적합리화가 사회적 수요를 만족시키지 못함이 번연하다겠다.

비단 개고기의 퇴폐한 표현형식뿐만 아니라 조야한 교제기후까지 형성하는 조선족의 패가망신은 또 어쩌랴! 막연한 향수로 머금은 조상전래의 개고기습속화임에도 그 바탕의 기본인 개를 타매함에는 추호의 고려도 없다. 동족끼리 각축 상전할라치면 첫마디부터 개로 시작하는 개와 관련된 비어가 줄줄이 이어진다. 상스런 욕은 개에 기원시켰다. 아마도 개가 사람의 배설을 먹는 유일한 짐승이란 것과 맞먹는가 보다. 으르렁거리는 개싸움을 방불케 한다. 개고기를 편애감식폭식하는 민족이 개를 험상궂게 질타함이 이율배반의 자가당착이 아니고 뭔가!

개와 조선족은 연원 깊은 친교가 있음에도 또 불협배척의 격리가 있나 보다. 표리부동하고 표상적이며 절충적인 민질의 적나라한 반영이라 하겠다. 청도, 연대 등 연해지구 한국기업이나 해외노무송출에 편입된 조선족이 소외되고 기피당하는 원인 중의 하나가 바로 자체의 열등감에 있다.

개는 단맛을 모른다. 그러나 우리는 개의 내장과 똥집까지 씻어 최고 안주로 친다. 그리곤 돌아앉아서는 개를 견주어 패설쌍욕을 창발한다. 이스라엘인, 회족, 위글족은 돼지고기를 금식한다. 그들이 돼지를 욕함은 예외다. 홍콩에서 개고기를 팔거나 먹으면 법적처벌을 받는다. 그들이 개를 욕하면 무가내다. 조선족은 개를 문화적음식전문으로 고용하면서도 가급적인 남용으로 견책을 일삼으니 전통문명이 조응될 리 만무하다.

전통, 습성, 풍속의 계승발전은 민족속성기질의 완미화와 직립된다. 개와 조선족이 선량하고 양속으로 어울리자면 개의 우상이 커야 된다. 그럼 우리도 커질 것이다.

명태 응집력

　용수, 용호, 용해, 용강, 용원, 용문, 용평……. 용자돌림
으로 된 명칭을 들으면 대뜸 화룡시 투도 일대를 떠오른다.
상상적인 길상물인 용의 이미지로 작명되어 세세대대 문전
옥답을 가꾼 칠십 리 평강벌 한복판이다. 황금낟알, 과일동
산을 쌓아왔던 조상들의 삶의 터전이다.

　허나 인젠 용수평이 용의 선입견을 탈태하고 명태동네,
명태지방, 명태고장이라는 어미지향으로 소문 높다. 용의
고루한 자리매김을 배격하고 어상(魚商)이라는 새 주인으로
정착한 명태교체다. 지역우세를 발휘하여 경제장성점을 개
척한 거다. 지리, 인문, 기후 등 유리한 조건을 활용해 년
7억 원의 생산액을 창조했다. 연변은 매년 6만여 톤의 동

태를 가공해 길림성어업생산액의 절반을 차지한다. 명태제품이 국제시장의 30%를 점하며 건명태제품은 국내시장의 80%를 점한다.

2003년 5월 16일 내가 용수진 어귀에 들어서자 벌써 화독내 같은 명태냄새가 진동하며 코를 찔렀다. 논벌에서는 이따금 모내기를 하는 농부들이 보였고 아스팔트로는 써레 따위 농기구를 실은 트랙터들이 오갔다. 역하고 독한 명태악취 때문에 손수건으로 입을 싸쥐었다. 허나 본토인들은 전혀 개의치 않고 스쳐 지난다. 후, 명태에 아주 절은 채 폐활량이 원활한 체질들이여!

용수만 아니라 연변 여러 지방들이 명태가공이나 명태장사로 거부를 속출시켰다. 명태와 연변경제는 산업구조의 주요한 조성부문으로 맥락을 이어온다. 특히 농촌무역의 도경으로 명태가공업은 농경사회장성점이라는 평판을 반복한다. 명태를 들먹거리노라니 자연히 조선족을 연상케 된다.

명태의 식열(食悅)만큼 생산판매가공 또한 호황이다. 해산물맥주점이나 스탠드바에 앉아도 서민적인 생선대표로 주문하는 게 명태꼬치안주이다. 동태국으로부터 창란젓, 식혜(食醢), 대가리젓, 뼈무침, 명란젓, 눈깔튀김, 껍질요리, 양념장을 바른 포(脯), 순대, 짝태구이 등 시식회(施食會) 같은 계열요리를 조리하고 고안한 발명자들은 과연 누구였던가? 굳이 명토를 박지 않아도 어련히 짐작할 거다.

명태는 경골어강(硬骨魚綱 Osteichthys) 대구목(大口目 Gadi-formes) 대구과(大口科 Gadidae)에 속하는 한류성 해산어류이다. 삼수갑산에 눈이 어두운 사람들이 겨울 한 달 어촌에 나와 명태를 먹으면 눈이 밝아진다고 해서 '명태'(明太)라 했다. 명태에 간유(肝油)성분이 많은 근거의 소치라 하겠다. 사실 명태어원은 따로 정설이 있다. 조선왕조 때 함경도 관찰사로 부임한 민모 씨가 초도순시(初度巡視)차 명천군을 시찰하였다.…… 시장했던지라 반찬으로 식탁에 오른 생선을 포식(飽食)했다. 감칠맛의 잔류감각이었다. 물고기이름을 물으니 맙소사, 무명일 줄이야……. 태(太)씨 성의 어부가 포획한 거라고 주민들이 개어올렸다. 그는 명천군의 '명'자와 어부 '태'씨의 성을 따서 즉흥시처럼 '명태' 합성어로 칙봉(勅封)했다. 보아하니 복합사(夏合詞)-신조어-의 작명연유나 신원명분이 기구하고 액색했다. 칼도마에 올라서야 명명수여식이 차례진 거니깐. 이름조차 없다가 천당에 가서야 비로소 수귀(水鬼)한테 입적한 호구였음에랴……. 명태는 예로부터 관혼상제나 제천의식(祭天儀式)의 단골메뉴 같은 지정식품이다. 고사(告祀)를 지낼 땐 무탈을 기원하느라 북어를 필수품으로 이용했다. 비린내 없는 생선이유 때문이다.

명태애찬식과 공통될 동질성은 무엇일가? 한마디로 뭉친 역량과시의 외부표현이 근사한 거다. 한즉 표상적인 응집력 형체만은 긍정하고 싶다. 홀로 고행을 영위한다기보다 떼를 짓거나 무리를 이루어 행동생존하는 생태특징이다. 분명 나약하고 비겁한 약자전일성이다. "한산에 호랑이 두 마리가 없다."고 했다. 범처럼 독단으로 야행한다는 슬기나 담량은 볼 수 없다. 군체를 이루어 집단을 구축했으나 결국 유전자적인 의존기제가 동반한 거다. 펭귄, 개미, 승냥이, 멧돼지, 사자그룹식 같은 포악성은 최대한 생략됐다. 서로에게 의지하고 기탁하는 연약한 연결고리가 하나의 명태공동체사회를 리드한다. 열등감이 다분한 서식환경생리인지도 모른다.

꽤 아이러니(irony)한 대비로는 명태의 수입품과 지방산이라 하겠다.

미국에서 수입한 수산물로서의 명태초상묘사를 살펴보자. ① 눈과 입이 크다. ② 몸 빛깔의 등 쪽은 갈색 또는 황갈색이다. ③ 어체의 크기가 대체로 크다. ④ 주둥이가 비교적 둥근 편이다.

조선명태구조를 알아보자. ① 몸 빛깔의 등 쪽은 갈색이다. ② 어체의 크기가 기본적으로 작다. ③ 주둥이가 보편상 뾰족하다.

패턴 같고 브랜드 같게 선호하는 총애물에 깃든 제약성을 간과할 수 없다.

정문기의 ≪어류박물지≫란 책엔 명태명사가 무려 19가지나 실렸다. ≪림하필기≫(林下筆記)엔 명태로, ≪신증동국여지승람≫(新增東國輿地胜覽)엔 무태어(无泰魚)로, ≪란 호어목지≫(蘭湖漁牧志)엔 명태어로 각각 기재되었다. 말린 건 북어, 갓 잡았을 땐 생태, 얼린 건 동태, 물기 있게 고들고들하게 말리면 코다리, 얼렸다 녹였다를 반복해 노랗게 말린 건 황태, 신선한 명태는 선태(鮮太), 가을에 잡으면 추태, 동지에 잡힌 건 동지바지, 강원도에서 나는 건 강태, 근해에서 잡으면 지방태, 그물로 건져올리면 망태, 크기가 작으면 애기태, 새끼는 노가리…… 그물과 같은 유자망(流刺网)으로 잡은 건 그물태이고 무명이나 나일론 낚시찌를 달아 만든 연승으로 잡은 건 낚시태이고 낚시로 잡은 건 조태(釣太)라고 한다. 예속된 숙명이 파생시킨 난잡한 별명집대성이라 하겠다.

냉수성어종인 명태서식의 표준수온은 3∼4도이다. 7도를 웃도는 온도까지 올라가는 경우에나 0∼2도 정도의 낮은 온도엔 서숙밀도가 줄어든다. 하지만 회유성(回游性)이기에 적합한 온도를 찾아 이동한다. 혼온성(混溫性)이라기보다 적응성을 선호한다는 분석이 더 압도적이다. 암수가 서로 나뉘어져 떼 지어 다닌다. 수놈은 바다 중층에서, 암놈은 하층에서 산다. 송어가 태평양북부 해역, 일본, 사할린, 중국 흑룡강성 우쑤리강, 두만강 유역 등이 산지라면 명태는 더 특정된 서식지가 있다. 동물지리학과 어류구역 조성학의 단골멤버럿다. 겨울에는 동해안 포항근해까지 남하했다가 봄엔 일본 북해도 서쪽 해안이나 더 깊은 수층으로 이동한다. 한류성 어류로 함경남북도, 강원도, 경상북도 연해와 오호츠크 해, 베링 해, 북아메리카 서해안, 일본 야마구치 현[山口縣]에서 이바라키 현[茨城縣] 이북의 북태평양 연해에 분포한다. 어쩌면 불규칙적인 분산속성규율인지도 모른다. 아마존 강의 익룡(翼龍)처럼 신비하지는 않아도 조심스레 완충구를 만들어간다. 고향과 이역 사이를 오가며 계절조마냥 표류하니 떠돌이윤곽을 던져준다. 응집력이라는 군체형식을 단지 무리를 지은 대오로 판정할 순 없다. 내실화를 투영하면서 정체적인 실력여하를 거론해야 한다. 확대지향으로 객지를 방문하는 건 민면(黽勉)답사와 창조비전이다. 허나 일시적역경의 곤혹을 탈피하는 자리뜸은 의지박약으로밖에 통할 수 없다. 다시마가 그렇잖은가.

원양어선으로 낚던 작살로 잡던 명태는 무더기로 포로된다. 집단귀순 같다. 명태잡이는 조선 후기에 본격적으로 발달했고 1960년대에 들어 북태평양으로 진출하면서 어획량이 급증했다. 그 뒤 1988년 이후 미국의 대외국 쿼터(quota)가 소멸되는 등의 여건 변화에 따라 어획량이 감축(減縮)되었으나 1991년 9월 한국과 구러시아어업협정이 체결되면서 다시 어획은 호전되었다. 개인행동이나 자유독단이었더라면 나포살상을 모면했을 거다. 준동(蠢動)의 응집력형체는 목표물노출로 제공된다. 확실한 사냥정보의 신호니깐. 단결의 허울을 들쓴 이면은 지극히 나약하다. 철갑상어, 식인어, 고래, 악어 등 적수들의 집중 마크(mark)를 당하는 공격물이나 맞받아 물리친다는 반격은 없다. 언제나 숨고 피하는 은신칩거가 생존철학이다. 명태의 이동기후가 이율배반이다. 맛이 담백하고 어획량이 많아 풍부한 수산자원이라나?! 식이성은 자격지심을 반추할 계기를 유발하는구나!

"명태하고 팥은 두들겨서 껍질을 벗기고 촌놈하고 계집은 두들겨서 길들인다." 속담치고는 비하문화소산물에 비근하다. 단순히 남존여비에만 국한시킬 빙자가 아니렷다. 적어도 고루한 민질답습으로 염오함이 자명하렷다. 명태가 언감생심 터파(攄破)하지 못하는 한 객관적 비교로 조명해야겠다. 건명태는 해독효능이 강하다. 명태는 천상(天上) 28수(宿) 중의 여성정(女星精)으로 화생(化生)한 물체로서 수정수기(水精水气)의 강한 해독제를 한 몸에 집약한 수중음세계(水中陰世界)의 최고 영약(灵藥)이다. 동해안에서 생산되는 마른 명태는 연탄독, 지네독, 초오(草烏), 부자(附子), 천오독(川烏毒), 주독(酒毒) 등 모든 독을 풀어주는 신비의 약이다. 그러면서도 고질 같은 자폐증(自閉症)만은 해독하지 못한다. 형식과 내용의 통일이라는 변증법적철리를 새삼스레 절감케 되잖은가.

명태의 산란은 겨울철에 이루어지는데 북방일수록 그 시기가 늦어진다. 산란할 때는 거의 먹이를 전폐하기에 어부들이 그물로 잡아도 모른다. 산란 시간은 자정부터 새벽까지이다. 명태 한마리가 산란하는 알의 수는 25만 개 내지 40만 개다. 절기(節气)에도 별의 분야가 있는데 대설(大雪)부터 동지(冬至)까지는 여성(女星) 분야에 속한 생물이므로 대설 이후에서 동지 사이에 알을 슬고 새끼를 친다. 허나 내일도 바다를 통치하거나 어류세계를 제패하지 못할 거다. 고답적으로 도망하고 은거할 거다. 그러다가 또 으스름한 집어등(集魚灯)이 껌뻑거리면 윙크추파로 알고 부나비마냥 몰려들어 무리죽음을 당할 거다.

중국은 동태평양의 주요어류생산국의 하나였다. 그러나 20세기 60년대 이래 두만강유역오염이 악화되면서 회유성물고기들이 줄어들자 어원국(漁源國) 자격을 취소당했다. 명태는 어업법보호에서 소외당한 채 비어원국성원과는 무관하게 잘도 잡힌다. 영국의 철학자 스펜서는 적자생존을 제창하였다. 약육강식을 경쟁연대의 부력으로 알자. 주체성이나 능동성이 약하면 조만간에 민멸된다는 잠언의 뚱기침이렷다.

 만우절

2005년 4월 1일은 만우절이다. 연변에서도 기존세대에 비하여 신세대계층들에서 명절이라고 두간히 떠드는 목소리들이 잘 들려온다. 아마 신생사물은 젊은 층이 먼저 흡수 소화하나 보다. 하루의 스트레스를 해소하는 감초 역할이기엔 미흡하다. 그런대로 이런 여유와 공간을 자투리로나마 가졌다는 느낌에서 후-안도의 숨을 날려본다. 몇 년째 들어오는 만우절인지라 나도 올해엔 그 유래를 바로 알려고 일부러 해당 자료를 찾아 뒤지었다.

서구에서는 해마다 4월 1일에 갖가지 가벼운 장난과 그럴듯한 거짓말로 남을 곯리거나 헛걸음을 하게 하는 풍습이 있는데 이날 속아 넘어간 사람을 '4월바보'(April fool)라고 하며 일반적으로 이 날을 만우절(万愚節)이라 부른다. 만우절은 11월 1일 "모든 성인(圣人)의 축일"에 대비한 명칭이라고도 한다나. 그리스도가 유태인에게 조롱당한 일을 잊지 않기 위해 만들어진 날로서 또는 그리스도의 기일(忌日)이라고도 한다.

'4월바보'의 기원에는 부동한 여러 설이 있다. 서양에서는 춘분으로부터 새해를 시작하던 때에 새해 축제의 마지막 날인 4월 1일에 선물을 증정하던 전통풍습이 전해오고 있었다. 그런데 1564년 프랑스 샤를 9세가 양력을 채용하여 1월 1일이 새해가 되자 옛 풍습을 그리워하는 사람들이 4월이 되면 다량으로 포획되어 식용되는 고등어를 바보 같은 물고기라고 하여 푸아송 다브릴(Poisson d'avril: 4월의 고기라는 뜻)이라 부르고 4월 1일에 장난조로 신년축하행사를 열어 엉터리 선물을 한 것에서 연유했다는 전설도 있다. 또 영국극작가 W. 컨그리브가 풍속희극 ≪늙은 독신자≫(The Old Bachelor, 1693)에서 '4월바보'를 다룬 이후 널리 행해졌다고도 한다. 인도에서는 불교도가 춘분으로부터 7일 동안 설법을 청문(听聞)하거나 좌선을 통해 깨달음의 수행을 쌓는다. 그 기간이 지나 속세로 돌아가는 날을 '야유절'(揶揄節)이라 하여 서로 놀리는 행사를 벌인 것이 점차 서양에 전해진 것이라는 주장도 없지 않다.

중국에서는 '중우절'(衆愚節)이라고도 한다. 이날 속인 사람을 "낚시에 걸린 고기"라고 놀리기도 한다. 4월과 발음이 비슷한 '사자'(獅子)와 '어리석다'(愚)는 의미와 발음이 같은 '고기'[魚]는 중국의 만우절 농담에 가장 자주 등장하는 단어들이다. 그래서인지 한국은 만우절날 119 장난전화가 많지만 중국은 동물원과 수족관 직원들이 하루 종일 걸려오는 장난전화로 곤욕을 치른다.

만우절은 정말 거짓말을 한다는 시폐의 논조가 한층 거세진다. 이날만은 일 년 365일 중 아무렇게나 막 거짓말을 둘러 대면서 놀리고 기편하고 골탕을 먹이는 인간재주를 묘기마냥 연출한다. 평범한 세계인들은 물론 지도자-수뇌자-들까지도 만우절을 요긴하게 활용한다. 보아하니 기원유래를 떠나 지구촌 인류의 각광을 받는 명절빔마냥 통일되었고 다각적인 커뮤니케이션이 통하는 연대성으로 승격했다. 하여 남녀노소, 상하양반, 빈부격차, 선악미추를 분간하지 않고 가능한 소통영역에서는 기이고 속히는 기만극 토크쇼에 무척 신경을 곤두세운다. 하여 경사와 환희의 종료 후엔 잇단 풍파일화로 화제가 심심찮게 나돈다. 가십(gossip)거리의 기사화로 번져지는 논란을 듣노라면 자연히 제한된 문화심층을 실감하지 않을 수 없다.

제아무리 만우절광장이라고 해서 순치보거(脣齒輔車) 같은 총섭(總攝)조차 거부하고 방자하고 허황하고 악의적인 험담을 발설할 수 있단 말인가! 도저히 납득할 수 없어 그냥 몰리해로 맡길 퍼즐이렷다. 만우절도래와 함께 도처에서 분분하게 포커스로 뜨는 리서치(research) 무더기들이다. 인과보응의 악성순환이다. 구설수에 오르고 비난을 면치 못한 만우절의 단면 내지 허점을 간과할 수 없다.

영문 '거짓말박물관'(www.museumofhoaxes.com)이라는 유표하면서도 이색적인 홈페이지에선 "최악의 만우절 거짓말 베스트 10"을 소개하여 만우절의 진상을 투영하고 있다.

1. 후세인과 아들의 장난

이라크가 미국의 경제적 제재를 받던 1998년 만우절 첫째 아들 우다이는 소유하고 있던 바빌 신문을 통해 "미국 클린턴 대통령이 이라크에 대한 경제적 제재를 풀었다."는 보도를 했다. 이라크 국민들은 환호했지만 이는 만우절 거짓말이었다. 이후에도 3년 동안 후세인 일가족은 만우절마다 "구호품으로 펩시콜라와 초콜릿이 나온다."는 등 단지 재미로 거짓된 정보를 내보내 가뜩이나 어려움을 겪던 이라크 국민들을 실망시켰다.

2. 범죄자 석방

2000년 로무니아 신문 오피니아지는 바이아메어 형무소에 있는 수형자들이 석방될 것이라는 만우절 거짓말을 했다. 수형자 가족들은 먼 거리를 이동해 형무소를 찾아와서 가족의 석방을 기다렸지만 나올 리 없다. 결국 오피니아지는 분노한 가족들에게 공개사과를 공식적으로 해야 했다.

3. 거짓 마감시간

런던 시청에서 근무하던 그렌 호렛의 동료들은 만우절 그렌을 골탕먹이기 위해 그가 맡고 있는 프로젝트의 마감시간이 앞당겨졌다고 속였다. 이를 진짜로 믿은 그렌은 마감에 맞추기 위해 무리해서 일을 하다 과로로 심장질환을 앓게 됐고 결국 건강악화로 휴직을 해야 했다. 이 사건이 불거진 이후 런던시청은 '마감시간 당기기' 거짓말이 금지됐다.

4. 범퍼에 매달린 개

폴 구비는 동료 케빈 멜로이를 놀래기 위해 죽은 치와와(chihuahua) 한 마리를 케빈의 차 범퍼(bumper)에 매달아 놨다. 그것을 모르던 케빈은 차를 그대로 몰았고 개가 차에 매달려 죽어있는 모습을 본 다른 운전자는 케빈이 개를 죽었다고 생각하며 그를 쫓아왔다. 결국 친구를 놀리려던 폴 구비는 죽은 동물을 오용한 혐의로 처벌받았다.

5. 가짜 자살 소동

랜디 우드는 이혼 후 전(前) 부인에게 복수하기 위해 전화로 전 부인을 불러 집으로 오게 했다. 그리고 정원에 있던 나무에 목을 매달아 자살하는 척을 했다. 깜짝 놀란 전 부인은 119에 신고했고 경찰, 소방관, 구급차가 달려왔다. 자살시도가 거짓이었음이 밝혀져 랜디는 1,000달러의 벌금과 1년의 징역을 부과받았다.

6. 권총 강도 소동

오하이오주에서 옷가게 점원으로 일하던 시트라 워커는 만우절 집에 있던 매니저에게 전화를 걸어 "권총강도가 가게를 습격했다."고 거짓말했다. 매니저는 황급히 경찰에 신고했고 한바탕 강도소탕작전이 벌어졌다. 시트라가 농담을 했던 것이 밝혀지자 매니저는 당장 그녀를 해고했다.

7. 가짜 사망설

1986년 이스라엘 라디오 방송은 시아파 반군의 지도자 나비 베리가 사망했다고 보도했다. 분쟁지역은 초긴장상태에 들어갔다. 그러나 이는 '중동의 평화'를 바랐던 한 군 관계자의 농담이 와전돼서 만들어진 오보였다. 결국 이 군

관계자는 군법에 의해 처벌받았다.

8. 바르샤바 협정 부활?

러시아 이타르타스 통신은 1996년 공산국가들의 협약인 바르샤바 협정을 부활시킬 것을 러시아 의회가 통과시켰다고 보도했다. 이 소식은 즉각 퍼져 체코, 불가리아 등 동유럽 국가를 긴장시켰다. 사태가 커지자 이타르타스는 이 보도가 만우절 거짓말이었음을 발표하며 공식 사과했다.

9. 가짜 재해방송

오리곤주 라디오 방송의 한 디제이(DJ)가 "오코코댐이 붕괴돼 수천 톤의 물이 가옥 쪽으로 밀려오고 있다."는 실감나는 거짓말을 해 이 지역 주민들이 긴급 대피하는 소동을 일으켰다.

10. 이라크 대사의 마지막 농담

이라크전쟁이 한창이던 2003년 러시아의 이라크 대사 압바스는 영국 로이터통신 기자들에게 브리핑(briefing)을 하던 도중 "미군이 핵미사일을 영국군에게 발사해 7명이 사망했다."는 농담을 했다. 영국 취재진은 화들짝 놀랐고 압바스는 곧 농담이었다고 해명했지만 며칠 후 이라크가 붕괴되면서 이라크 대사의 농담도 결국 정말 마지막이 됐다.

　세계적인 빅뉴스도 역시 만우절이라는 소통을 통해 크게 번졌다가 나중에 마무리나 수습이 난처한 형국으로 돼버렸다. 해프닝이나 소동의 현장에는 늘 만우절이라는 방패가 내세워졌다. 어쩌면 너무나 고달프고 어처구니없는 꼭두각시탈춤이 아닐 수 없다. 인간사고의 이중성과 표리부동을 적절하게 폭로하는 대목이 아닐지 모르겠다. 상가들의 협잡행위나 정계의 음특성이나 군사통치자들의 허드레 소일거리로 던지는 희롱 역시 그 자체의 비리이자 얄팍한 체면피부의 반영이다. 도덕은 내내 이를 아니꼽게 흘겨봄을 자각함이 우선 우리의 깨도 부분이다.

　만우절 대처법을 익혀둘 필요 있는 격변기이다. 귀화망어(鬼話妄語)들이 난발하고 궤언허사(詭言虛辭)들이 폭발하는 만우절의 오용남용은 안정단결과 평화건설에도 때론 반작용을 끼친다. 망석중 놀리듯이란 속담의 뜻은 자기 마음대로 부추겨 조롱함을 비유적으로 이르는 말이다. 피동적이나 수동적으로 움직이기보다 또는 그 누구의 대행자로 고용될 것이 아니라 어디까지나 주체성을 가져야 한다. 그래야 당하거나 기만극에 덜 속아 넘어갈 것이다.

　만우절을 해박하게 보낼 수 있는 방법을 제시한 게시물

들이 네티즌 사이에서 화끈한 인기리(人氣裡)에 화제다. 유머사이트 마이팬이 제작한 한 포토드라마는 재미있는 사진과 함께 거짓말을 하고 싶은 사람을 위한 "거짓말을 성공할 수 있는 방법"과 거짓말에 속고 싶지 않은 사람들을 위한 "거짓말에 속지 않는 방법"을 제공하고 있다. 나도 덩더꿍 너도 덩더꿍 하는 티격태격 한마당에서 혹 인기아취(人弃我取) 역시 자타의 자양분이 될 수 있을까 하고 은근히 타진해보게 된다.

우선 거짓말에 성공하는 첫 번째 방법은 "설마 나한테 거짓말을 할까"라고 생각하는 사람에게 과감히 거짓말을 하는 것이다. 지위가 높은 사람에게 사표를 던지는 거짓말을 한다면 속을 수밖에 없다. 그러나 "진짜 잘릴 수도 있으니 조심하라."는 조언도 잊지 않았다.

"숨이 안 쉬어진다."는 등 생명과 관련된 거짓말을 해 놀라게 하는 것이다. 이것도 나중에 "커피에 이물질이 섞이는" 등의 복수를 당할 수 있으니 각별히 각오해야 한다.

반대로 거짓말에 속지 않는 방법도 무척 기발하다. 우선 "오늘은 무조건 거짓말을 한다고 생각하고 모든 말을 무시한다."가 제시돼 있다. 또 무슨 말을 해도 "거짓말이죠?"라며 반문으로 확인할 수도 있다. 정치인들이 나오는 뉴스나 신문을 보지 않는 것도 컨트롤과 회유(懷柔)의 방법이다. 용두질이나 오나니슴(Onanisme)을 기존의 비속어로 알고 있는 문화 동네에서 허위가설이 빈발하는 와중인지라 모름지기 심태를 자위함도 백해무익할 것이다. 밸런스를 잡기 위한 조절치고는 가히 합리한 방편이라 하겠다.

주변은 갈수록 만우절 계기를 전후하여 벌써부터 어떤 황당하면서도 센세이션이 될 이슈를 만들려 노리는 눈치들로 기웃거렸다. 하여 만우절은 버라이어티 쇼(variety show)를 방불케 한다. 세계의 음식천국으로 손색없는 중국엔 '만우절 특별메뉴'가 판매장에 올랐다. 샐러드 안에 칵테일을, 오리구이 속에 아이스크림을 넣는 등 교묘한 방법으로 고객들에게 웃음을 선사하고 있다. 또 물을 뿜는 사진기, 물을 묻히면 폭발하는 비누, 냄새 나는 방귀를 뀌는 인형 등 완호지물을 개발하여 신세대라는 소비잠재를 겨냥하였다. 보아하니 만우절이라는 호시절을 포착하여 장사이익을 보려는 기발한 상술이나 보다. 미국의 감사절, 아르헨티나의 사과절, 스키절, 웽그리아의 포도절, 브라질의 경우절(敬牛節), 일본의 가마쿠라(Kamakura[鎌倉])축제, 메히꼬의 옥수수절, 아메리카와 아프리카의 성년의식, 아버지절, 크리스마스, 어버이날 등 이색적인 외국명절의 일부가 이미 연변에 밀접히 침투되었다. 다이어리데이, 밸런타인데이(Saint Valentine's Day), 화이트데이, 블랙데이, 로즈데이, 키스데이, 실버데이, 뮤직데이, 포토데이, 와인데이, 무비데이, 머니데이 등 연인의 날이라는 명절이 파다하게 풍미된다. 디너쇼가 공작새마냥 활짝 날개를 펼쳤고 나이프와 포크가 식탁에서 전통수저를 충격도전한다. 그 계열후속력으로 만우절 역시 이미 본격적인 진입을 가졌나 보다.

서구에서는 만우절날 국가지도자의 농담이 가십(gossip)거리로 기사화되기도 하지만 중국에서는 아직 청소년들을 주축으로 하는 계층에서 만우절화제를 보편적으로 시글시글 논하는 형국이다. 아니면 노임족이나 출근족들에서 간혹 만우절이라는 서양명절이 신변에 붙어침을 미약하게나마 감지하는 상황이다. 그 편단을 빈다면 상업주의와 소비문화를 조장하는 서양패턴을 무단적 내지 맹목적으로 수용모방하는 것은 바람직하지 않다는 비판적인 시각들이 우세적이다. 이에 앞서 연인절이 초콜릿 판촉기획으로 발상한 야바위라며 드디어 비난의 목소리가 터져나왔다. 변상적인 마케팅(marketing)은 시장을 잃고 소비자의 반감을 자아낸다. 윈도드레싱(window dressing)을 뒤늦게나마 발견하고 분개를 터뜨리듯이 말이다. 홍보나 선전은 대중의 근본이익으로부터 출발하여 성실신용을 우선함이 원칙이다.

거짓말을 하고 있는 육체적인 동작반응을 알아보자.

1. 눈을 똑바로 쳐다보지 못한다.

눈은 마음의 창이다. 과학적으로도 맞는 논리이다. 거짓말을 하는 사람은 눈을 똑바로 쳐다보지 못한다. 시선을 피하며 자신의 마음을 숨기기에 급급하다. 눈을 쳐다보면 눈동자가 흔들리고 심하게 깜박이는 등 시선을 고정시키지 못하는 불안정한 증세를 엿볼 수 있다. 물론 소심한 사람은 진실을 말하면서도 눈동자가 흔들린다.

2. 손에 미세한 떨림이 생긴다.

상대가 거짓말을 하고 있는지 체크하려면 손을 잡아보자. 손은 인간 행동의 50% 이상을 전달하며 대다수의 신체 언어를 표현하므로 감정을 숨기는 것 역시 어렵다. 아무리 능숙한 거짓말쟁이라도 손의 감정은 숨기지 못한다. 바로 단번에 알아낼 수 있다. 손은 적중 확률이 100%에 달하는 거짓말 탐지기이다.

3. 코등에 손을 대거나 문지른다.

거짓말을 할 때면 코 안의 발기 조직이 충혈돼 코가 팽창하고 가려워져서 긁거나 문지르기 또는 다른 방식으로 코를 만지는 행동을 하게 된다. 순간적인 갈등이 섬세한 코의 조직에 스트레스 반응을 일으켜 손이 코를 구원하는 것이다. 거짓말을 하면 코가 길어지는 피노키오(Pinocchio) 이야기도 나름대로 과학적인 셈이라 하겠다. 피노키오(Pinocchio)

란 이탈리아의 콜로디(Collodi, C.)가 지은 동화이다. 나무 인형 피노키오가 훌륭한 인간이 되기까지의 과정을 그린 교훈적인 이야기로 정식 명칭은 '피노키오의 모험'(Le adventure di Pinocchio)이다.

4. 머리를 긁적이고 다리를 꼰다.

뭔가 떳떳하지 못하므로 자신의 불안한 마음을 눈치채지 못하게 하려고 다른 쪽으로 시선을 유도하거나 화제를 은근히 슬쩍 바꾼다. 갑자기 주위가 산만해졌다면 지금 나에게 뭔가 숨기고 있다는 반응이다.

5. 갑자기 말이 많거나 적어진다.

웬만큼 뻔뻔스럽지 않은 이상 말수의 변화는 확실히 생긴다. 혈압, 맥박, 호흡이 빨라지므로 갑자기 말이 빨라지고 많아지는 게 정상이다. 말이 적어진다면 뭔가를 숨기고 싶다는 심리가 작용해 자신의 말수를 조절하는 것이다. 말수가 평소와 많이 다르다면 거짓말하고 있는 중이다.

위언(僞言)이 쏟아질 때면 으레 그를 동반한 행동상의 알레르기가 나타남을 알아보았다. 민감한 체위반응이 조금은 수상쩍다지만 허설을 배태한 꿍꿍이속이라는 데서 응당한 동태인 것이 아닐까? 음모자는 발편잠을 못 펴고 잔다는 항설에 일리가 있구나. 육체언어 몸짓메시지를 체크해보면 인간의 됨됨이를 어느 정도 파악할 듯싶다. 포커-페이스 (poker face)란 속마음을 나타내지 아니하고 무표정하게 있는 얼굴을 말한다. 포커를 할 때에 가진 카드의 좋고 나쁨을 상대편이 눈치채지 못하도록 표정을 바꾸지 않는 데서 유래한다. 과연 세상만사는 새옹지마요 인간은 요지경이라 했는데 어떻게 복잡다단한 속세우주를 일거에 속속들이 거니 챌 것인가? 보조적인 식별법을 몇 가지 더 알아보자. 즉 혈액형과 관련된 판단법이다.

::A형: 철저한 사전 준비형

섬세한 완벽주의로 정평이 난 A형이다. 감정을 겉으로 표현하지 않고 안으로 삭이는 스타일인 만큼 거짓말을 능숙하게 잘한다. 일체의 트집이 잡히지 않게 주변사람들과 입을 맞춘다거나 탄로 났을 경우를 미리 대비해 변명거리를 준비해두는 등 치밀한 계획을 세우거나 사전준비를 철저히 하는 야무지고 옹골찬 전형이다.

::B형: 바로바로 즉석형

솔직하고 자유로운 특징의 B형이다. 희로애락이 얼굴에 잘 드러나는 스타일이기 때문에 거짓말을 잘 못하는 숙맥이다. 설령 거짓말을 한다 해도 그때그때 즉흥적으로 하기 때문에 꼬리를 잡히기 쉽다. 낙천적인 성격으로 거짓말이 탄로 나도 반성하기보다는 승산 없이 운명에 밀어 맡긴다. 즉 나중에 어떻게 되겠지 하며 수수방관으로 얼버무리는 경우가 많다.

::O형: 잘난 척 오버(over)형

활달하고 성격이 좋은 O형이다. 거짓말을 나쁘게 생각하지 않는 개성의 소유자이다. 상황에 따라 필요하다고 생각하면 죄의식 없이 태연하게 거짓말을 하는 천성이다. 특히 남 앞에서 자신을 내세우거나 뽐내는 등 자신을 화려하게 현시하기 위해 둘러맞추는 횟수가 점점 잦다. 거짓말 내용은 매우 단순해서 들통이 나기 쉬운 편으로 악의 없는 허언(虛言)말이 대부분이다.

::AB형: 살짝 둘러대는 고수형

철저한 합리주의 AB형이다. 말은 곧 진실이라 생각하는 고집스런 괴벽이다. 자신이 한 말에 필요 이상으로 책임감을 느끼는 당위성이다. 그렇기 때문에 여간해서 거짓말을 하지 않는다. 어쩔 수 없이 거짓말을 할 때에는 확실하게 이야기하지 않고 애매한 말로 빠져나갈 구멍을 개척한다.

하기야 63억이라는 인간집단지를 고작 네 가지 혈형으로 분류하고 요렇게 저렇게 가려보라고 손가락질하는 자체가 우둔하고 협소하다 하겠다. 그런대로 허위현상을 분별하는 데 혈액형 판단기준을 제공했으니 아마 카오스(chaos)와 뢴트겐(Röntgen)이라는 엑스선(X線) 간의 비교인지도 몰라 좀은 당황스럽고 안쓰럽다.

하다면 만우절의 명절의의가 정말 야하고 저급적인가? 결국 또 그런 일방적인 소극성으로만 몰아붙일 수도 없는가 보다. 왜? 유머러스와 아이디어가 그 보상보완을 잘 담당한 데서 난처한 국면을 타개하면서 보다 멋진 창발성을 보여주었다는 데서이다.

2005년 3월 '거짓말박물관'(www.museumofhoaxes.com)이라는 홈페이지의 "최고의 만우절 거짓말 베스트 100"에는 "참말 같은 거짓말"이 수준급으로 게시되었다. 그중 톱10만 클릭해본다.

1. 스파게티(spaghetti)나무

신뢰성 높기로 정평 난 영국 BBC뉴스가 1957년 "이상기온으로 인한 바구미의 창궐로 스위스의 한 농장에서 스파게티가 나무에 열리는 신기한 일이 발생했다."고 보도했다. 당시 BBC는 농부가 나무에 주렁주렁 열린 스파게티를 수

확하는 사진도 뉴스와 함께 내보냈다. 이 뉴스를 본 시청자들로부터 "스파게티나무를 키울 수 없는가" 하는 문의가 빗발쳤다. BBC의 답변이 걸작이다. "잔가지를 토마토소스에 꽂아두면 스파게티가 열릴 것"이라고 답했다.

2. 시속 270㎞ 강속구(强速球) 투수

1985년 '스포츠 일러스트레이티드'지는 뉴욕 메츠의 신인 투수 시드 핀치에 대해 대서특필했다. 기사는 야구팬들이라면 귀가 번쩍 뜨일 내용으로 "핀치는 무려 시속 270㎞의 강속구를 던지는데 선수경력은 전혀 없고 단지 티베트 라마승 밑에서 신비한 수련을 거쳤다."는 것이었다. 흥분한 야구팬들의 문의가 터진 것은 명약관화하다. 그러나 시속 270㎞의 강속구 투수는 기자의 머릿속에만 존재하는 선수였다.

3. 인스턴트(instant) 칼라TV

흑백TV 시대인 1962년의 스웨덴에서였다. 한 방송국 기술담당자 스텐슨이 뉴스에 출연해 "흑백TV 수상기를 간단하게 칼라로 바꿀 수 있는 기술이 개발됐다."고 밝혔다. 이날 스텐슨이 주장한 신기술은 너무나 간단했다. 나일론 스타킹을 TV화면에 씌우면 채색으로 방송을 볼 수 있다는 것이었다. 수백만 명의 시청자가 이 어처구니없는 방법을 그대로 따라 했다나.

4. 타코벨 사의 미국 정복

1996년 멕시코 인스턴트 음식 업체인 타코벨사는 미국 정부로부터 독립기념물인 '자유의 종'을 넘겨받아 보관하고 있다고 발표했다. 분노한 시민들의 항의가 잇따랐다. 사태는 백악관 대변인이 링컨기념관을 비롯한 각종 시설도 매각할 것이라고 발표했을 때 절정에 달했다. 그러나 몇 시간 후 모든 것이 만우절 조크(joke)로 밝혀졌다. 만우절명작이나 보다.

5. 산 셰리페 건국 10주년

1977년 영국 '가디언'지는 인도양 해상에 몇 개의 군도로 이루어진 나라 '산 셰리페'의 건국 10주년 특별기사를 7쪽에 걸쳐 실었다. 기사는 세상에 알려지지 않은 이 나라를 애정이 어린 시선으로 그리고 있었다. 이날 가디언사의 전화는 이 목가적인 나라를 여행하려는 사람들의 문의로 인해 진종일 울려 댔다. 그러나 산 셰리페라는 이름을 비롯해 기사에 나오는 고유명사는 모두 인쇄업자들 사이에 쓰이는 전문용어를 사용한 가상의 기사였다.

이 밖에 6위에는 워터게이트 사건(Watergate 事件)으로 물러난 닉슨 전 대통령이 1992년 대통령선거에 출마할 것이라는 미국 공영라디오의 보도가, 7위에는 1998년 미국 앨라배마 주의회가 파이(π)의 값을 '3.14159~'에서 '3.0'으로 변경할 것이라는 거짓말이 차지했다. 또 8위에는 왼손잡이용 버거를 개발했다는 버거킹의 광고, 9위에는 남극대륙에서 전혀 새로운 생명체가 발견됐다는 ≪디스커버 매거진≫의 1995년 보도, 10위에는 태양계의 행성직렬 현상으로 지구 곳곳에서 중력이 줄어들 것이니 점프를 해보고 결과를 알려 달라며 수백만 명의 청취자를 '실험'에 참여시킨 BBC 라디오의 보도가 올랐다.

후, 코웃음과 영탄곡의 이부합주이자 엉터리와 호기심의 듀엣(duet)집성이다.

오늘은 필경 어제의 때벗이 계속이다. 내일은 탈쇄의 설계도이다. 요즘 들어 만우절에 대한 평판이 심각하고 정색하여졌다. 가치관념은 흔들리고도 하고 밸런스를 또 회복하기도 하나 보다. 악의 없는 도언(徒言)이 공식 허용되던 만우절의 위용이 고전을 답습하기엔 무기력해졌다. 위트와 재기 넘치는 깜짝쇼로 경악과 스릴을 안겨주던 전통이 입지가 줄어들었다. 뼈있는 날조도 발붙일 면적을 잃었다. 대신 만약 허황한 이슈가 나돌면 그것이 가상공간이라는 사이버거나 혹은 요언이기를 바라는 편향이 더 많다. 2003년 4월

1일에 터져 나온 빌 게이츠 마이크로소프트(MS) 회장의 피살 보도 역시 시초엔 그런 기미가 농후했다. 확인 결과 오보로 밝혀졌지만 애초 사람들은 모두 오보이기를 애타게 희망했던 것이다. 2003년 만우절 홍콩 영화배우 장국영의 투신자살도 2005년 2월 한국배우 이은주의 사망 역시 네티즌과 팬들에게는 새빨간 거짓말이기를 얼마나 바랐던가! 유언비어 같은 사실을 부정하는 취향에서 바로 이 시대를 믿고 진실을 추구하는 심미관을 만난다 하겠다.

만우절유래는 그저 에피소드나 농지거리로만 맥락을 고착할 수 없다. 반드시 새로운 문화차원의 함량을 지닌 요소들이 볕을 보아야 한다. 연변의 만우절풍속도 이제 세계의 선진적인 문화차원을 본받는 추세로 추이해야 할 것이다. 그 추구 속에 만우절의 참된 묘미가 작동할 것이 아닌가!

우리말 방송망

　방송은 라디오에서 시작하여 흑백텔레비전, 컬러텔레비전으로 이어지며 대중적 보급을 실현하여 글로벌시대의 멀티미디어에 이른다.

　먼저 라디오방송의 간단한 국가별 연혁사를 점검해보자.

　미국 최초의 라디오 프로그램은 R. A. 페슨던이 1906년 매사추세츠 브렌트록에서 크리스마스이브에 방송한 것으로 2곡의 음악, 1편의 시, 짧은 이야깃거리 등으로 이루어졌다. 이 프로그램은 당시 반경 수백㎞ 내의 선박무선기사들이 청취할 수 있었다.

　제1차 세계대전이 종결되면서 군대에 의한 전파통제가 해제되자 많은 실험방송국이 아마추어 무선기사들에 의해 설립되었다. 이러한 실험방송국들은 대부분 가청구역이 수㎞에 불과했다. 하여 청취자들 또한 당시의 실험적인 방송인들처럼 수신장비들을 갖추고 취미의 일환으로 즐기는 것에 불과했었다. 방송이 처음으로 등장한 이래로 라디오 청취인구는 엄청나게 증가했고 이에 힘입어 오락과 정보 프로그램 방송을 목적으로 한 종합채널의 방송국이 육속 오픈하였다. 최초의 상업방송국은 피츠버그의 KDKA로, 1920년 11월 2일 저녁에 하딩과 콕스의 대통령 선거전에서 하딩의 당선 발표를 첫 방송으로 하면서 방송업무를 개시했다. KDKA 방송과 음악방송 프로그램 등의 성공으로 이와 유사한 여러 방송국이 연이어 설립되었는데 1921년 말엽까지 미국에서는 총 8개의 방송국이 가동되었다. 라디오 방송이 대폭 인기를 끌면서부터 방송국은 라디오 수신기를 제조, 판매하거나 광고방송을 함으로써 운영비를 충당할 수 있게 되었다. 마침내 광고는 방송에서 주요한 재정후원수단으로 자리매김을 하였다.

1921년부터 1922년에 라디오 수신기 판매는 엄청난 붐을 일으켰고 이것은 곧 방송국의 기하급수적 증가를 낳았다. 1922년 11월 1일자로 미국에서 인가된 방송국은 총 564개에 이르렀다. 1922년에는 장거리 유선 전화선을 이용해 뉴욕의 방송국과 시카고의 방송국을 연결한 풋볼 시합 중계가 이루어져 라디오 방송의 새 지평을 열었다. 1926년 내셔널방송회사(NBC)는 뉴욕시의 WEAF를 구입해 방송 본국으로 사용하는 한편 영구 방송망을 설립해 일상 프로그램을 송신하게 했다.

초기 미국의 라디오 방송은 양적인 면에서 급속히 발전했으나 규제가 없었기 때문에 혼돈상태에서 방황했고 수신기 제조업체와 대규모 방송국 사이의 협정 등으로 독점의 폐단도 없지 않았다. 미국 의회는 1927년 무선통신법을 제정해 독점을 금지하는 한편 연방통신위원회(FCC)를 설립, 난립하는 방송국에 주파수를 할당했다. 그 결과 NBC, CBS, MBS, ABC의 거대 4개 방송국 체제로 정립되어 오늘에 이르고 있다.

영국의 라디오 방송은 미국과는 매우 다른 방식으로 발전했다. 최초의 성공적인 방송은 1919년 대서양을 가로질러 에식스 주의 첼름스퍼드와 아일랜드 사이에서 이루어져 1920년까지 하루 30분 정규 프로그램이 방송되었다. 그러나 군사적 필수 통신에 지장이 생길 것을 우려한 군대가 이에 반발하자 우정국은 이를 금지시켰다. 실험방송도 개별적으로 우정국의 허가를 받아야만 했다. 이러한 통제에도 불구하고 1921년 3월까지 약 4,000대의 수신기가 면허를 받았으며 150개의 아마추어 전송 면허가 발급될 정도로 라디오에 대한 관심이 높아져 종당엔 마르코니사가 주당 15분 방송이라는 제한적 면허를 받게 되었다. 영국의 우정국에서는 1922년에 제조업체들의 연합을 권고해 민영기업으로 영국방송회사(British Broadcasting Company)가 설립되었다. 이 회사는 청취자에게 수신료를 부과하고 수신기를 판매할 때 10%의 로열티(royalty)를 받아 재원으로 삼으면서 지방에 계열 방송국들을 설립했다. 이러한 시청료 징수는 이후 다른 많은 나라에서도 채택되었다. 영국의 방송은 독점상태로 출발했기 때문에 다른 나라보다 앞서 방송의 공공성에 대한 연구가 이루어졌다.

1927년 의회의 권고로 영국방송회사는 공영방송조직인 영국방송협회(British Broadcasting Corporation / BBC)로 바뀌어 어느 특정 분야의 이해에 좌우되지 않는 공익방송체제를 갖추었다. BBC는 1954년 독립텔레비전공사(ITA)가 설립되기 전까지는 사실상 영국 내의 방송을 독점했다. BBC는 1960년대 말엽부터 지방방송을 실험가동해 1970년대 초반에는 여러 지방 방송국을 개국했다. 1972년 ITA는 독립방송공사(IBA)로 개칭했다. 독립적인 라디오, 텔레비전 방송국의 설립 및 규제를 책임지고 있는 ITA는 블록(bloc) 단위의 광고를 판매해 방송 재원을 마련하고 있다.

기타 국가들의 방송연혁사를 계속 알아보자.

피츠버그에 미국 최초의 방송국이 설립되기 이전부터 이미 네덜란드 헤이그에서는 1919년 11월부터 정규방송이 이루어지고 있었다. 1920년대 초부터 캐나다(1920), 오스트랄리아(1921), 덴마크(1921), 프랑스(1922), 러시아(1922), 벨기에(1923), 체코슬로바키아(1923), 독일(1923), 스페인(1923), 일본(1925), 인도(1926) 등 세계 여러 국가에서 라디오 방송이 개시되었다.

국가가 방송을 통제하는 정도는 각각의 나라마다 달라 국가 독점의 형태를 띠는 곳도 있었고 민영방송이 지배적인 곳도 있었다. 민영방송이 지배적인 곳이라 하더라도 방송국의 설립은 국가의 인가를 받아야 했고 전파사용에 대한 협정을 준수해야 했다. 그러나 그러한 곳에서는 대부분 방송에 대한 철저한 자유재량권이 주어졌다. 반면 그 밖의 국가에서는 프랑스와 같이 국가가 직접 통제하거나 그렇지 않으면 독일이나 일본처럼 잠재적인 분쟁의 이해 당사자들 사이에서 국가가 중재 작용을 놓아야 했다.

하다면 세계의 방송은 얼마만큼 규모적인 진로를 모색했을까?! 그 배경 속에서 우리는 방송의 발전단계를 한층 더 자세하게 요해할 수 있을 것이다.

세계의 방송은 30년 주기로 발전해 가고 있다. 즉 1920년대에 먼저 라디오가 개시되었다. 1920년에 미국에서 최초의 상업방송국인 KDKA국(피츠버그)이, 1922년에 영국, 프랑스, 독일, 러시아에서 정규방송이 시작되었고 1925년에는 일본이 시작하였다. 텔레비전은 라디오가 시작되어서부터 수년 내에 선진국에서 실험되었으나 제2차세계대전으로

이 방송들이 중단되고 전쟁이 끝난 뒤 1950년대부터 본격화되기 시작하였다. 이때부터 1930년이 지난 1980년대에는 방송위성, 통신위성을 포함한 뉴미디어가 등장하여 여러 가지로 방송과 연관되어 새로운 방송미디어 편성시대로 나아가고 있다. 알고 보니 텔레비전과 라디오방송은 유기적인 연대성을 갖고 있으면서도 각자의 독보적인 계단적인 발전과정을 겪었던 것이다.

이제 라디오는 전 세계의 수백 개 나라에서 방송되고 있다. 텔레비전은 아직 라디오의 단계까지는 이르지 못했으나 개발도상국가에서도 텔레비전의 도입이 급속히 진행되고 있어 전 세계에서 텔레비전보급률이 쇄도하는 중이다. 여기에서 라디오방송과 텔레비전방송 간의 동일성과 구별점, 즉 그 자체들 간의 우세와 열세상태를 진맥하게 된다. 보완과 특점의 상응성으로 이 두 매체는 서로 간의 합일성에 목표를 두고 운영되는 것이 아닐까 싶다.

방송은 송신과 수신에 기계가 필요하고 프로그램을 제작하는 데 기계기술뿐만 아니라 많은 인재와 능력이 필요하기마련이다. 방송의 운영과 진척은 국가 간의 교류를 촉진하고 홍보, 선전, 대외활동 등 영역에서 홀시할 수 없는 중개역할을 담당한다. 하여 민족이나 군사, 무역, 수출뿐만 아니라 정치, 의학, 외교, 상업, 농업, 과학, 위생, 야금 등 분야에서도 방송매체를 광범하게 활용한다. 또 휴대하기 편리하고 수신효과가 정상을 보장하는 우세를 감안해서라도 방송은 당연히 애청자들이 급증하면서 팬이나 군체형성을 달성한다. 또 장소제한, 시간장애 등 애로를 단연히 거부한 채 편안하고 적시적인 동시정보교류를 향수할 수 있는 것이 방송의 간단하면서도 기존적인 방편이다. 위기관리능력이란 임기응변만 아닌 적자생존의 법칙을 의미한다. 텔레비전이나 기타 매체들은 부득불 파제만사하고 시청해야 하는 전제조건이 있는 반면에 라디오는 한편으로 청취하고 한편으로 겸행(兼行)할 수 있는 호환성(互換性)이 강하다. 라디오미래가 어둡지 않다는 중고부인을 이런 견지에서 확신할까 보다. 멀티미디어라는 인식 속에는 방송의 주도적인 작용이 오롯하게 개입했음을 알고도 남음이 있다. 글로벌시대에 방송을 홀시하는 것이 아니라 갈수록 각광을 받는 원초매체, 미니통신으로 총애하는 계층들의 찬양으로도 라디오 가치를 재삼 긍정해주고 싶지 않은가! 인기가도를 달리는 라디오방송의 매너가 이제 시대와 민족과 미래에 접목되는 그 실리적 효과를 결코 간과할 수 없다 하겠다.

기독교방송이나 불교방송 그리고 텔레비전방송, 유선방송, 인터넷방송을 이 지면에서는 차치하고 이제 세계 속의 주요 라디오방송현황과 우리말 라디오방송의 지구촌 피복률을 간추려 살펴보자.

먼저 한국의 공중파 방송국을 돌아보자.

한국은 비교적 통신망이 집중되고 라디오방송도 부단한 발전을 가져왔다. 크게 한국방송공사(KBS), 문화방송, 교육방송, 부산방송, 서울방송, 인천방송, 대구방송, 경기방송, 대전방송, 울산방송 등으로 손꼽을 수 있다. KBS사회교육방송의 ≪보고 싶은 얼굴, 그리운 목소리≫라는 프로그램은 지구촌의 동포들을 무비의 환락과 감동의 도가니에 잠기게 했다. 이런 방송국들은 전 세계 동포들이 비교적 잘 알기에 소개를 중복하지 않을까 한다. 대신 우리들이 아직 잘 모르거나 알지 못하는 우리말 방송매체들과 그들의 제휴진척을 이 기회에 더 자상히 요해해볼까 한다.

2004년 12월 31일 방송위원회의 재허가 추천 거부로 방송을 중단한 경인방송을 대신할 '경인지역 새 방송 설립' 움직임이 본격화됐다. 2005년 1월 1일 '희망로조'로 전환한 과거 경인방송로조와 시민단체들로 구성된 '경인지역 새 방송 설립 주비위원회'는 3월 14일(월) 오전 11시 프레스센터에서 기자회견을 열고 새 방송사 설립계획을 발표했다. '경인지역 새 방송 설립 주비위원회'는 당초 예상 규모인 600명보다 훨씬 많은 1,010명의 주비위원이 참여한 가운데 장문하 경기민주언론운동시민련합 상임대표, 오경환 인천경제정의실천시민련합 공동대표, 이명순 민주언론운동시민련합 이사장이 공동대표를 맡았다. 오경환 공동대표는 의견발표를 통해 "시민들이 주주로서 참여하면서 방송 프로그램 편성에도 참여했으면 한다.”며 이를 통해 “지역특성에 적합한 프로그램을 만드는 방송이 될 것”이라고 새롭게 탄생할 방송특징에 대해 설명했다. 장문하 공동대표 또한 그동안 경인방송은 “민영방송이 아니라 사영방송이었다.”면서 “새로운 방송은 시민이 참여하는 공론의 장이면서 지역문제를 다루는 공익적 방송이 되어야 한다.”고 강조했다.

일본의 NHK는 비영리 공익 방송국으로 2개의 텔레비전 채널과 3개의 라디오 네트워크를 보유하고 있는데 그중 1개의 텔레비전 네트워크와 1개의 라디오 네트워크는 교육방송 전용으로 활용되고 있다. NHK는 프로그램 제작과 전송 등 기술적인 면에서 세계에서 가장 선진화된 장비를 갖추고 있으며 1978년부터는 하나의 텔레비전 화면에 2개 국어를 동시에 방송하는 음성다중방송을 실시하고 있다. NHK는 일본의 해외방송도 담당하고 있는데 해외방송 업무는 일반방송과 지역방송으로 나누어져 있다. 일반방송은 전 세계를 대상으로 영어와 일본어로 매일 방송되고 있는 것으로 알려졌다. 해외지역방송은 아메리카, 아시아, 아프리카, 오스트랄리아에서 20여 개 국어로 방송되고 있다.

마이니치방송[每日放送, Inc. Mainichi Broadcasting System]은 일본 긴키[近畿: 교토(京都)와 오사카(大坂)를 중심으로 한 2부 5현] 일대를 시청, 청취 가능지역으로 하는 일본의 라디오, 텔레비전 방송국이다. 본사는 오사카시에 있다. 1950년

12월 민방 라디오 제1호인 신일본방송(新日本放送)으로 설립되어 이듬해 9월 라디오 방송을 개시했으며 1958년 6월 마이니치방송으로 개칭했다. 텔레비전은 1975년 신문사간 지주(持株) 정리에 따른 네트워크 개편으로 텔레비전 아사히[朝日] 계열에서 도쿄방송[東京放送] 계열의 JNN으로 변경되었다.

도쿄 방송[東京放送, Tokyo Broadcasting System Inc.]은 일본의 민간방송국 중의 하나이다. 민간방송의 발족이 결정된 1950년 여름 그때까지 면허신청을 내고 있던 아사히[朝日], 마이니치[毎日], 요미우리[讀賣] 등 3개 신문사와 광고회사인 덴쓰[電通]가 주식회사 '라디오 도쿄'를 발족시켜 1951년 12월 25일 본방송을 개시했으며 1955년 4월 텔레비전 본방송을 개시했다. 1959년의 황태자 결혼식의 실황 중계를 계기로 8월에는 홋카이도[北海道] 방송, 주부[中部] 일본방송(나고야[名古屋]), 아사히 방송(오사카[大坂]), RKB 마이니치(후쿠오카[福岡]) 등을 주축으로 하는 저팬 뉴스 네트워크(JNN)를 결성했으며 1979년 현재 가맹 25개 국(局)의 중심이 되었다. 1975년 방송망 개편으로 아사히 방송은 마이니치 방송으로 바뀌었던 것이다. 라디오는 1965년 발족한 저팬 라디오 네트워크(JRN: 1979년 현재 30개 국 가맹)를 갖고 있다. 1960년 11월 회사명을 도쿄 방송으로 변경했다. '도쿄 음악제'를 개최하며 TBS서비스, TBS영화사를 비롯해 여러 관련 사업을 추진하고 있다.

VOA – 미국의 소리 한국어방송으로서 분야별 기사, 영어 교실, 한국어 방송을 제공한다. VOA News – Korean는 미국의 소리 한국어이다. 포괄적 세계뉴스와 문화 교육 등 다양한 기사를 제공하는 미국의 소리이다. 미국의 소리 최초의 한국어 방송 편집 주임으로는 황성수였다. 1992년 12월 20일 황 목사가 미국의 소리 한국어 방송 초창기 이곳에서 방송 요원으로 활동하였다.

RTI 우리말 방송은 중국의 대만에서 송출하는 한국어 단파라디오 방송이다. 매일 30분씩 세 차례 송출하는 RTI는 대만의 이모저모와 다양한 이야기들을 청취자들에게 전해주고 있으며 공식 국교관계가 없는 한국 – 중국 대만 사이에 전파를 통한 민간 외교의 역할에 이바지하여 왔었다. 그러나 2005년 1월 13일에 비상이 걸렸다. 방송스톱이었다. 예산 문제, 청취자 수요 저조 등의 표면적 이유를 초들어 아랍어, 미얀마어, 몽골어, 티베트어, 그리고 한국어방송을 1월 31일자로 폐지한다는 결정을 내렸다. 하여 실상은 대만 지역내향 방송의 예산을 만든다는 목적하에서 5개 언어를 희생시키는 것이라는 반발들이 거세지었다. RTI는 대만의 유일한 국영 국제방송기관이다. 해외 청취자들을 대상으로 방송을 하는 것이 목적인 국제방송이 지역내향 방송을 하겠다는 이유만으로 본업인 국제방송의 5가지 언어를 폐지할 수 없다는 목소리들이 높아졌다.

RRI - VOI 한국어방송은 인도네시아 자카르타에서 방송된다. 한국어방송이 있기 이전에 일본어방송도 이 채널을 쓰는데 수신 상태가 이상적이 아니었다. 그런데 우리말 방송은 너무 효과가 좋다. 한국의 대그룹인 삼성전자의 협찬으로 방송이 이뤄지게 되었던 것이다.

이민 100년을 맞는 하와이 한인사회의 위상을 거론할 때 물론 빠뜨리지 않고 등장하는 것이 바로 한인 방송국(KBFD - TV)이다. 물론 라디오방송은 아니지만 절해고도에서 우리말 매체가 세종대왕님의 문화로 통한다는 자체가 실로 기적처럼 대단해보이지 않는가! 하와이 인구 중 겨우 2%를 차지하는 한인들이 인구수도 훨씬 많고 이민역사도 더 오래된 일본인들이나 중국인들이 갖지 못한 방송국을 가지고 있는 것이다. 그것도 미전역 최초로 1986년 개국된 공중파 한국어 방송국이며 1988년 한국어 방송에 영어자막을 넣기 시작한 것도 KBFD - TV가 미국에서 처음 해낸 일이다. 영어자막으로 시청자 범위를 영어권까지 확대해 이제는 하와이 어디서나 한국드라마에 관한 얘기를 들을 수 있을 정도로 인기란다. "로컬 사람들이 밤 8시부터는 전화하지 말라고 해요. 한국드라마 봐야 된다고." KBFD - TV의 설립자이자 대표인 정계성 회장은 로컬인들이 한국드라마를 보고 배울 점이 많다고 할 때 가장 큰 보람을 느낀다고 한다. 드라마를 통해 한국문화를 알린다고 생각하기 때문이다. 한국드라마의 인기는 하와이 한류열풍으로 이어져 드라마를 잘 이해하기 위해 성인학교 한국어 반에서 우리말을 배우는 사람들도 있고 로컬인들로 구성된 한국배우 팬클럽도 생겼다. "로컬사람들이 한국드라마에 열광하는 것은 배우들도 멋있지만 그 속에 가족을 중시하고 어른을 공경하는 가치가 들어있기 때문입니다." 이런 한국문화는 하와이 한인 후손들의 환원의식, 뿌리교육에도 막강한 실력을 과시하고 있다. 물론 이민 1세들이 뉴스 등 한국어 방송으로 고국소식을 접하고 고국과 취향의 맥락을 연결하는 것은 KBFD-TV의 기본역할이다. KBFD-TV의 출발은 1975년으로 거슬러 올라간다. 당시 일주일에 30분간 방송되던 한국어 방송을 인수해 1975년 '한국의 소리'(Voice of Korea)방송을 개국했다. 방송시간은 TV와 라디오 각각 일주일에 두 시간이 고작이었다. 그것도 TV는 KIKU 방송국에서 시간대를 사서 방송하다 보니 밤 11시 등 시청률 사각지대(死角地帶)에 방송하기가 일쑤였다. 그러나 드라마를 방송하기 시작해 한인 비디오가게가 없던 시절 한인들의 호응이 높았다고 한다. 1980년대 초 오시아닉 케이블을 빌려 하루 3시간 방송하는 등 방송시간을 점점 늘여가다 좋은 시간대에 방송하려면 자체 방송국을 가져야겠다는 결론을 내려 1985년 미국 연방통신위원회(FCC)로부터 방송국 설립허가를 받았다. 이듬해 3월 24일 KBFD-TV를 개국하고 방송설비를 완비해 1987년 미련방통신위원회로부터 정식 TV방송국 면허를 받아 채널 UHF32번 공중파로 시간제한 없이 자유로이 방송할 수 있게 됐다. 방송국 설립 3년 만에 흑자를 냈으나 정 회장은 이에 멈추지 않고 미전역에 한국어 방송 전파를 목표로 LA에 거점을 두고 1991년 한국어 위성방송인 TAN - TV(The Asia Network)를 개국했다. TAN - TV는 1998년 미주 한인 최초의 디지털 위성 TV방송을 위해 독자 채널을 확보하고 현재 하와이를 포함 북미주 전 지역에서 매일 24시간 KBS, MBC 등 한국의 6개 주요 방송 프로그램을 방송하고 있다. "우리가 왜 못해?(Why not?)라는 생각"으로 여기까지 달려왔다며 KBFD - TV에서 한인이민관련 교양물을 많이 제작할 예정이라고 한다. 코리안 아메리카의 정체성에 관한 얘기도 많이 다룰 것이라고 밝혔다. 그러나 시청자는 한인에게 국한하지 않고 한인과 더불어 사는 로컬인이 포함된다는 말을 잊지 않았다. 방송을 통해 로컬인들에게 한국문화를 알리고 그래야 서로 잘 이해하고 평화롭게 살아갈 수 있다는 것이 이른바 그의 논리다.

미 워싱턴D.C에서 24시간 한국어 방송을 하는 '라디오 워싱턴 기쁜 소리방송'(WDCT)은 미주 최초의 한인 소유 라디오 방송국이다. 1955년 처음 전파를 쏜 이 방송은 현재 목회자로 활동하고 있는 신경섭 씨가 1995년 미련방통신위원회로부터 전파 소유권을 완전히 인수했다. 가청권은 워싱턴 D.C를 중심으로 린근 버지니아주를 포함한 반경 100km이다. 워싱턴 지역에 사는 한인 15만여 명이 주요 청취자이다. 신경섭 사장은 "서울과 워싱턴, 이민 1세대와 2세대, 미국과 한국의 문화를 이어주는 다리 역할을 하고 싶다."며 "한미동맹 관계의 복원을 위해 노력할 것"이라고 천명했다. 동양방송 아나운서 출신인 부인 이현애 부사장은 "방송을 시작한 후 워싱턴에 거주하는 한인의 인구가 두 배로 증가했다."며 "앞으로도 이분들에게 한국소식을 한국어로 생생하게 전해 드리도록 노력하겠다."고 말했다.

로스안젤스에 기반을 둔 한국어방송 라디오코리아가 2005년 8월 8일부터 미국 시리우스 위성라디오(SSR)를 통해 북미주 전역에 위성방송을 시작했다. 미전역을 가청권으로 확대할 한국어 위성방송은 시리우스 기본채널에 포함돼 ≪시엔엔≫, ≪시엔비시≫ 등과 뉴스부문에 함께 편성된다. 라디오코리아는 시험방송을 거친 뒤 15일부터 정규방송에 착수했다. 위성방송은 음악과 스포츠, 뉴스, 연예오락 4개 부문으로 나뉘어 편성되며 가입자들은 매달 12.95달러의 수신료를 따로 부담해야 한다. 현대자동차와 제너럴 모터스(GM), 혼다, 도요다, 아우디 등 세계 유명 자동차업체들은 새 차 출고 때 위성방송 수신 장치를 장착하고 있다.

Worldnet는 캐나다 토론토를 중심으로 새로운 한국어방송이 된 라디오서울이다. (주)코리아 미디어라는 이름으로 캐나다지역에서 우리말 방송을 운영한다.

아메리카라디오방송회사의 영문자는 RCA사[- 社, RCA Corporation]인데 이전 명칭은 Radio Corporation of America(1919~69)이다. 제너럴일렉트릭사의 일부로 미국의 주요 전기, 방송의 복합기업이다. 자회사(子會社)로 내셔널방송회사(NBC)가 있으며 본사는 뉴욕시에 있다. 1919년 이 회사는 제너럴일렉트릭사가 아메리카마르코니무선전신회사(1899년 설립)를 인수하여 설립한 것이다. 영국계 회사의 자회사인 마르코니무선회사는 인수 당시 유일하게 상업적인 대서양 무선통신이 가능한 회사였다. 제너럴일렉트릭사는 자국의 기술보호를 원하는 미해군의 협조로 이 회사를 인수할 수 있었다. 그 후 50년간 데이비드 사노프가 경영하여 현대적인 통신복합기업으로 만들었다. 1920년 웨스팅하우스사가 아르시에이사에 앞서 최초의 상업방송을 시작했지만 사노프는 1921년 스포츠 방송을 처음으로 시작하면서 그 뒤를 따랐다. 1926년 라디오 방송을 하기 위해 내셔널방송회사를 설립했다. 1929년 빅터토킹기계회사를 인수하고 1939년 실험적으로 최초의 텔레비전 수상기를 개발했다. 1946년 흑백텔레비전 수상기를 시판했으며 4년 후인 1950년에는 컬러텔레비전을 실용화했다. NBC는 2개의 방송망 중 '블루'(Blue)네트워크를 자사의 방송망으로서 포기했고 이 블루네트워크는 아메리카방송회사(ABC)가 되었다. 제너럴일렉트릭사는 당시 비(非)정유사로는 유례없는 금액인 60억 달러 이상으로 아르시에이사를 인수했다. 아르시에이사는 라디오와 텔레비전 방송 이외에도 군사 및 우주전자공학과 위성통신사업에 진출해 있다. 제너럴일렉트릭사는 1987년 아르시에이사의 가전제품 사업부를 프랑스 회사인 톰슨-브랑트사에 처분했다.

조선중앙방송과 평양방송은 모두 조선의 주요한 통신방송기구들이다. 조선의 전국적인 정규 라디오 방송의 하나이다. 내각 직속의 조선중앙방송위원회 소속이며 노동당 중앙위원회 선전선동부의 지휘, 감독을 받는다. 8.15 이전의 평양방송국 시설을 이용하여 1945년 10월 14일 ≪조선중앙방송≫이라는 명칭으로 ≪김일성장군 환영 평양시군중대회≫를 중계 방송함으로써 정식으로 발족하였다. 6·25 때 크게 파괴된 방송시설을 전후에 2개 중파채널, 4개 단파채널에 출력 300 KW로 보강하였다. 1967년 12월 대내방송만을 맡아 하는 조선 제1중앙방송(300KW)과 대외 및 대남방송을 맡아 하는 조선 제2중앙방송(500KW)으로 분리, 운영하였으며 1972년 11월 10일 조선 제1중앙방송을 조선중앙방송으로, 조선 제2중앙방송을 평양방송으로 각각 바꾸었다. 현재 출력 300KW로, 중파 3개 채널, 단파 4개 채널을 이용하여 오전 5시부터 다음 날 3시까지 하루 22시간 방송하고 있다. 방송 프로그램은 교양프로그램 50%, 뉴스 21%, 논설 8.7%, 현장보도 9.8%, 김일성, 김정일의 지시 및 담화 10.5%로 편성하여왔다. 뉴스보도와 해설, 논설 프로그램은 대부분 노동신문 등의 주요 통신, 신문의 내용을 그대로 보도하며 속보성보다는 정론성(正論性)을 강조하고 있다. 연예 프로그램은 음악, 가극, 소설이 대부분의 비중을 차지하고 오락성을 철저히 배제한다. 개성, 해주, 신의주, 함흥, 강계, 원산, 사리원, 혜산, 청진, 남포 등 10개 지방방송국과 10개의 지방 유선방송국을 통하여 조선 전역을 가청지역으로 확보하고 있다. 조선은 이 방송이 첫 전파를 내보낸 날인 10월 14일을 방송절로 제정하고 있다. 이제 조선에 있는 방송종류를 세분화해보기로 하자.

: : 조선중앙방송

정무원 산하 조선중앙방송위원회에서 운영하고 있으며 "위대한 수령님께서 창설하시고 지도하신 새 형의 주체의 방송이며 조선노동당의 위력한 사상적 무기"로 규정되었다. 사옥은 평양시 모란봉 구역 전승동에 위치했다. 조선의 가장 대표적인 방송으로 주민들을 대상으로 한 대내용과 외국청취자를 위한 대외용으로 나누어지고 있다. 1945년 10월 14일 설립된 조선 최초의 국영방송국이다. 1945년 10월 14일 개국한 평양방송국을 전신으로 해 1946년 5월 평양방송, 1948년 2월 북조선중앙방송으로 불리다가 1948년 11월 현재의 명칭으로 확정되었다. 1967년 조선중앙 제1방송과 조선중앙 제2

방송으로 분리된 후 1972년 11월 대외 및 대남 전담방송을
담당했던 제2방송은 평양방송으로 개칭되었다. 개국일이 10
월 14일인 까닭은 김일성이 이날 평양 귀환 연설을 했기 때
문이다. 조선 주민들을 대상으로 한 대내용과 외국 청취자를
위한 대외용으로 구분된다. 개국 초기에는 1개 파장으로 하
루에 3시간씩 방송했으나 현재는 중파 3개 채널, 단파 4개
채널로 오전 5시부터 다음 날 새벽 3시까지 하루 22시간씩
방송하고 있다. 프로그램은 대략 교양 60%, 보도 25%, 오락
15% 등으로 구성되어있다. 교양 프로그램은 주로 사회주의
제도의 우월성과 지도자의 영도력 및 주체사상을 찬양하는
내용이며 오락 프로그램은 혁명적인 가극, 시, 소설, 음악,
스포츠 소식 등으로 꾸며져 있다. 대외방송은 조선말, 중국
어, 일본어, 러시아어, 영어, 프랑스어 등 각국어로 총 90시
간씩 하고 있다.

:: 평양방송

1945년 10월 14일 개국한 평양방송국을 전신(前身)으로
하고 있으며 평양방송(1946. 5.), 북조선 중앙방송(1948. 2.)
등의 이름을 거쳐 1948년 11월 현재의 명칭으로 확정됐다.
개국일이 10월 14일인 까닭은 김일성이 이날 평양 귀환 연
설을 하였기 때문이다. 대남 및 대외 전문방송으로 당 대남

사업부에서 관장하고 있다. 1955년 중앙방송에서 독립, 조선중앙 제2방송으로 출발했으며 1972년 11월 10일 현재의 이름으로 개칭했다. 중파 5채널, 단파 3채널로 하루 23시간 30분씩 방송하고 있다. 방송시간은 아침 6시부터 그 다음날 아침 5시 30분까지이며 방송내용은 조선체제의 우월성을 강조하고 편이다. 기본방송의 포맷(format)은 중앙방송과 비슷하지만 ≪방송통신대학 강좌≫ 등 사상교육용고정 프로그램을 설치한 것이 특징이다. 프로그램의 편성비율은 대개 뉴스 50%, 논설 15%, 교양 10%, 오락 10% 정도이고 대외방송은 영어, 일본어, 중국어, 프랑스어, 로어 등이다.

::조선중앙TV방송

1963년 3월 3일 평양 TV방송국으로 개국한 조선의 대표적인 TV방송이다. 1970년 4월 15일 현재의 이름으로 바뀌었고 1974년 4월 15일 김일성의 62회 생일을 기해 컬러방송을 시작했다. 방영시간은 주간(週間) 47시간 30분인데 평일에는 오후 5시부터 11시까지 6시간을, 일요일과 공휴일에는 오전 10시~오후 1시, 오후 3시~11시 30분까지 11시간 30분을 방영한다. TV소설 가운데는 북부 철길 돌격대원들의 생활을 그린 3부작 ≪북방의 겨울≫ 등이 큰 인기를 끌었으며 춘향전을 극화한 영화 ≪사랑 사랑 내사랑≫

(신상옥 감독의 신필름 제작)에서는 이 도령이 춘향의 저고리를 푸는 장면이 등장해 화제를 모으기도 했다.

::평양 FM 방송

평양 FM방송은 1989년 1월 개국한 음악 위주의 대남 청소년 심리전 방송이다. 방송 시간은 평일에는 오후 9시부터 그 다음 날 새벽 5시까지 8시간, 공휴일은 24시간이다. 가청권은 한국의 충청지역까지이다.

::구국(救国)의 소리 방송

이 방송의 현존실체는 파악이 묘연하다. 고작 한국의 통합적인 포털사이트에서 검색한 것으로 알려졌다. 조선 노동당 비서국 통일전선부에서 관장, 운영하며 모략, 선전, 선동을 편성의 골격으로 하는 대남(對南) 흑색방송이라고 한국에선 공공연히 비난하는 소리가 불거졌다. 사실 한국에도 조선을 비난하는 매체들이 없지는 않다. 흔단의 얼룩을 보이는 남북의 각축전은 전파로부터 설전한다. 결과 남북통일은 자체모순 속에서 허덕인다. 구국의 소리 방송은 김일성의 지시로 1970년에 통일혁명당 목소리방송으로 시작했단다. 1985년 구국의 소리방송으로 명칭을 변경했다. 프로그램 제작은 평양시 흥부동의 '칠보산련락소'에서 이루어지며 황해도 해주 남산의 해주외 평양, 원산 등에 송신소가 있다. 이 방송은 중파 1채널, 단파 2채널로 05:00∼10:00, 12:00∼16:00, 19:00∼02:00 등 하루 세 차례 16시간씩 방송하고 있다. 이들 송신소에서 중파 1개, 단파 6개 채널을 통해 하루 총 91시간 방송 프로그램을 송출한다. 이 방송은 서울에서 방송되고 있는 것처럼 위장하기 위해 방송용 어도 서울 표준말을 사용하고 있다는데 사실 여부는 확인이 어렵다. 조선은 2003년 7월 제11차 남북 장관급 회담에서 상대방에 대한 비방방송 중단을 강력히 요구하면서 같은 해 8월 1일 이 방송을 전격 중단했다. 구국의 소리 방송은 이른바 한국민족민주전선의 대변 방송이다. 한민전은 지난 1969년 8월 한국 내에서 자생, 조직된 것으로 주장하는 이른바 통일혁명당이 1985년 7월 27일 이름을 바꾼 것인데 그 직후인 1985년 8월 8일 이 방송도 통일혁명당 목소리방송에서 현재의 이름으로 개칭되었다고 전한다. 이 역시 기연미연이다. 내막의 실체를 파악할 수 없어 그런대로 적어놓을 뿐이다.

2005년 8월 19일 사할린우리말TV가 모국 도움으로 방송 중단위기를 넘겨 동포 1천여 명 축하했다. 얼과 혼을 잇는 방송으로 정평나길 한결같이 바랐다. 사할린은 러시아 동쪽 끝에 위치한 면적 7만 6400㎢의 섬이다. 러시아 영토였으나 1905년 러일 전쟁에서 승리한 일본이 섬의 남부를 수중에 넣었다. 그러다 태평양전쟁이 끝난 뒤 다시 옛 소련으로 넘어갔다. 일제시대에 일본 정부가 조선족들을 강제로 끌고 가 탄광, 운수공장 등에서 노역을 시킨 곳이다. 해방 후에도 러시아의 출국금지 조치와 일본과 한국 정부의 무관심으로 4만 3000여 명의 한인이 사할린에 남아야 했다. 일제시대 강제 징용된 동포와 후손 4만여 명이 살고 있는 사할린에서 한민족 혼과 얼을 심어주는 사할린 우리말 TV방송이 방송중단 위기를 극복하고 18일 개국 한 돌을 맞았다. 우리말TV 개국 1주년 행사는 이날 오후 유주노사할린스크시 체홉센터에서 김원웅 열린우리당 의원 등 국내 인사와 사할린주 문화국장, 유주노사할린스크시 부시장 등 현지 관계자와 동포 1천여 명이 참가한 가운데 성황리에 열렸다. "아리랑 아리랑 아라리요 / 아리랑 고개를 넘어간다 / 풍파 사나운 바다를 건너 / 한 많은 남화태(南樺太: 남사할린섬) 징용 왔네. 아리랑 아리랑 아라리요 / 아리랑 고개를 넘어간다 / 철막 장벽은 높아만 가고 / 정겨운 고향길 막연하다." 사할린 조선족 1세들이 즐겨 부르는 '사할린 아리랑'의 일부다. 사할린의 유일한 한글 신문인 새 고려신문이 2003년 실시한 가사 공모에서 당선된 정태식(75) 씨의 가사다. 우리말 TV의 김춘자(54) 국장은 우리말 방송 중단을 막는 데 도움을 준 방송위원회를 비롯해 KBS, CJ홈쇼핑, 한강포럼, 권병현 전 재외동포재단 이사장 등 단체와 개인 등을 일일이 소개한 뒤 "부족한 것이 많지만 앞으로도 많은 관심과 지원을 부탁한다."고 말했다. 개막식에 이어 열린 축하 공연은 한민족 노래자랑에서 대상을 수상한 동포들의 노래와 에트노스 민속악단의 무용, 인기가수 김국환 씨의 축하무대 등으로 펼쳐졌다. 사할린 우리말 TV는 지난 1956년 설립된 우리말 라디오방송(중파 531Khz)이 지난해 문을 연 TV 방송이다. 방송 개국과 함께 재정을 지원해 주던 러시아 국영텔레비전 및 라디오공사가 방송 시간 단축과 보조금 삭감을 단행해 방송 중단 위기를 맞았었다. 라디오 방송은 월 1천500달러, TV는 월 5천 달러를 자체 조달해야 해 방송을 지속하려면 앞으로도 지원이 절실한 상황이다. 한국드라마 ≪가을동화≫를 내보내 사할린 전역에 한류열풍을 일으켰던 우리말 TV는 글을 읽지도 쓰지도 못하는 1세 노인에겐 한국어로 고국소식을 전하는 유일한 통로이며 2−3세에게는 한민족 자긍심을 불러일으키는 매개물이다. 이수진 사할린주리산가족협회 회장은 "현재 한국드라마의 방영으로 한국교육원과 동양어문학교 등에는 한국어를 배우려는 학생이 몰려들고 있다."며 "한민족의 '얼과 혼'을 잇는 방송이 되길 바란다."고 기대를 표출했다. 한편 우리말 TV는 러시아 사할린 TV · 라디오 방송공사 내 채널5를 빌려 매주 금요일 오후 7∼9시까지 2시간씩 방송하고 일요일 오후 3∼5시에 재방송한다. 1956년 조선어 라디오 방송국으로 출발한 '사할린 우리말 방송국'은 2004년부터는 TV방송까지 하고 있다. 나도 박춘자 국장님과 몇 번 이메일을 통해 사할린방송국의 아집과 인고를 충분히 알고도 남음이 있었다. 그것은 동질성을 여구히 이어보려는 저력의 소산이기도 하다. 대학에서 영어와 독일어를 전공, 졸업 후 영어교사로 일했다는 김 국장은 소수민족에 대한 차별로 1981년 우리말 신문사 기자로 입사했고 3년 후 우리말 라디오 방송국으로 옮겨와 10년 전부터는 이곳 책임자로 지내게 됐다. 그러던 1988년 페레스트로이카 개혁은 우리말 방송국에도 찾아왔다. 한민족이 가지고 있는 절박한 문제에 대해 방송에서 전면으로 다루어질 것과 우리 문화에 대한 재생, 재교육 요구가 거세게 일어났던 것이다. "1988년부터 사할린 한인들의 숙원사업인 이산가족 및 친척 찾기 운동을 펼치고 1990년에는 사할린과 서울, 대구를 직접 연결해 4시간 동안 방송을 진행했습니다. 또 교과서도 구입할 수 없는 상황에서 방송국 직원들이 직접 서클을 만들어 한글을 가르치기도 하구요. 설이나 추석 같은 명절에는 사할린한민족노래자랑 등을 개최하고 있습니다." 김 국장은 지난 2001년 한민족여성네트워크 발족을 통해 KTV 개국을 가시화할 수 있었다고 덧붙었다. 그러나 최근 방송국 재정 운영에 대한 압박으로 어려움을 겪었다. 2005년 5월 경기도 남양주시 와부읍 소재 남양주 도곡초등학교(교장 김창순) 학생들은 올해 뜻 깊은 어린이날을 맞았다. 러시아 사할린우리말 방송국 살리기에 나선 학생들이 1차 모금을 마감하는 날이기 때문이었다. 사할린에서 유일한 우리말 방송국인 이 방송국은 최근 운영비를 마련하지 못해 방송중단 위기에 놓였다가 현대홈쇼핑 등의 지원으로 일단 방송을 계속할 수 있게 됐지만 여전히 어려운 처지에 놓여있다. 학생들은 지난달 말부터 어린이날 하루 전인 4일까지 1차 모금을 마무리했다. 모금액은 260만 원이 전부이지만 고사리 손들이 낸 성금의 의미는 액수에 비할 바가 아니다.

2005년 9월 홍콩에서는 한국어를 가르쳐주는 라디오 방송이 출범했다. 한국에 대한 관심이 이제는 '한국어 배우기' 열풍으로 이어지고 있다. 홍콩 국영 라디오 방송과 한국 총령사관, 시티대학이 함께 손을 잡고 한국어 라디오 프로그램 제작에 나섰다. 2005년 8월 말부터 방송을 시작한 ≪한류를 찾아서≫는 초반부터 높은 청취율을 기록하며 인기를 누리고 있다. 그 동안 홍콩 국영 라디오 방송은 이 시간대에 일본어 강좌 프로그램을 방송해 왔으나 한류열풍으로 한국어 강좌 프로그램이 대체된 것이다. 청취자 중 상당수가 한국어를 공부하고 싶어한다는 사실을 감안해 본 프로그램을 기획하게 되었다. 매주 일요일과 월요일 30분씩 진행되는 ≪한류를 찾아서≫는 딱딱한 외국어 강좌에서 벗어나 한국의 관습과 민속 문화도 흥미롭게 소개하고 있다. 홍콩의 유명 스타인 양영기, 이극훈 씨도 한국어 홍보 대사로 나서 홍콩 청취자들의 많은 관심을 모으고 있다. 별도로 제작된 한국어 교재는 시중 서점에 이미 5천 부 이상 무료로 배포되었다. 내실 있는 한국어 강좌를 위해 홍콩의 실력 있는 한국어 강사들이 프로그램에 참여하고 있다.

중국국제방송은 중국의 유일한 국가 대외방송이다. 방송 취지는 세계에 중국을 소개하고 중국을 세계에 소개하고 세계에 세계를 보도하며 중국인민과 각국 인민 간의 이해와 친선을 증진하는 것이다. 중국국제방송은 1941년 12월 3일에 개국, 현재 38개 외국어와 중국어표준말, 4가지 방언으로 전 세계를 향해 방송한다. 중국국제방송의 하루 총 방송시간은 390여 시간, 그중 본토 발사대를 이용한 프로그램 송출시간은 190여 시간, 해외 발사대를 이용한 프로그램 송출시간은 202시간이다. 중국국제방송은 2004년, 세계 161개 나라와 지역의 청취자 편지 180만 통을 받았으며 세계각지에 청취자 클럽 3600여 개를 두고 있다. 중국국제방송은 방송언어와 총 방송시간, 청취자 편지 수량이 세계국제방송들 가운데서 앞자리를 차지하는 세계적으로 영향력이 큰 국제방송이다. 중국국제방송의 '국제온라인'(www.cri.com.cn)사이트는 중국 국가 중점 언론 사이트의 하나이다. 현재 이미 42가지 언어문자의 사이트를 운영하고 있으며 중국에서 어종이 가장 많은 사이트로 발전하였다. 2005년 초 미국 Alexa사이트의 통계에 따르면 '국제온라인'사이트는 이미 세계 국제방송 사이트 중 앞자리를 차지하였다. 중국국제방송은 뉴스, 국제정보, 유행음악을 다루는 《EASY FM》, 《국제정보》, 《Hit FM》 등 국내 방송 프로그램도 제작하여 북경, 상해, 광주 등 도시에서 방송하고 있다. 중국국제방송은 현재 세계에 약 30여 개 지국을 두고 있으며 국내 각 성, 시, 자치구, 홍콩, 오문 특별행정구에도 지국을 두고 있어 방대한 정보 네트워크를 형성하고 있다. 중국국제방송은 1999년 10월부터 국제 보도 텔레비전 프로그램을 제작하기 시작, 아시아 2호 위성을 통해 전국에 전송하고 있다. 현재 중국국제방송 텔레비전센터는 매일 5시간의 프로그램을 제작하고 위성에 쏘아올린다. 중국국제방송의 《세계 뉴스지》는 국제보도를 위주로 하며 내용이 국제 정치, 경제, 문화, 체육, 교육, 과학기술, 사회 등 분야에 언급되고 전국에 발행, 이외 영문지인 《정보지》 등 약 30여 종의 외국어 신문도 갖고 있다. 중국국제방송은 출판사와 음반출판사 등 기구도 두고 있다. 중국국제방송은 현재 38여 가지 어종의 인재 약 800명, 편집기자, 전문기술인원 600명, 외국적 사업인원 100여 명을 두고 있다. 이 가운데서 조선어방송부는 지역사회와 해외 동포들에게 방송의 공간전파로 맥락을 이어가고 있다. 2005년 중국국제방송국 조선어방송은 이미 방송개시 55돌을 맞았다. 중국의 목소리를 세계에 전파하여 평화와 친선과 교류를 위해 크나큰 기여를 하였으며 또

한 중국 조선족들의 발전을 위해 마멸할 수 없는 공적을 쌓았다. 새로운 시기 중국국제방송국 조선어방송은 자체의 모습을 이미 각인시켰다. 중국국제방송국 조선어방송은 개시된 지난 55년 동안 당과 국가의 노선, 방침, 정책을 적극적으로 선전하고 나라의 안정, 변강의 번영, 대외선전에서 돌출한 업적을 이루었다. 중국국제방송국 조선어방송은 당의 민족정책의 배려하에 장장 55년이라는 범상치 않은 노정을 달려오면서 중국과 세계를 이어주는 '공중대사'로 명실상부(名實相符)요, '친선의 가교'로 되기에 손색이 없었다. 대외방송의 성스러운 과업을 짊어지고 있는 국제방송국 조선어방송은 자체의 특정된 사명감을 완성하고 있다. 지난 55년래 중국국제방송국 조선말 방송은 정치, 경제, 문화, 과학기술 등 여러 분야의 이모저모를 대외에 널리 소개하여 '중국의 목소리'를 세계에 널리 홍보했고 우리나라 경제건설의 비약적인 발전상황과 사회의 약동하는 모습을 세계에 홍보함으로써 대외방송의 역할을 출중히 발휘했다.

1946년 7월 1일에 창립된 연변인민방송국은 2006년이면 방송국창립 60돌을 맞는, 중국에서 가장 규모가 크고 역사가 제일 오랜 조선어방송국이다. 반세기 남짓한 역사의 흐름 속에서 연변인민방송국은 당의 민족정책의 따사로운 빛 발아래 우리민족의 문화와 전통을 계승 발전시키고 민족의 얼을 살리고 민족적 자부심을 높이기 위해 정성을 다해왔다. 연변인민방송국은 보도. 사회교양. 연예오락 등 다양한 프로그램들을 다루고 있는 영향력이 비교적 큰 언론매체의 하나로 인정받고 있다. AM1206KHz 주파수로 방송하고 있는 연변인민방송은 200KW의 송출 출력으로 중국 내 동북 3성은 물론 조선반도와 러시아 극동지역, 일본, 몽골 등 나라와 지역에까지 그 가청지역을 넓혀가고 있다. 연변인민방송국에는 보도부, 사회교육부, 문예부, 과학생활부, 청소년부, 경제부, 밤프로부, 아나운서실, 기획편성실 등 15개 부서가 있다. 2002년부터 연변인민방송은 시대발전템포에 발맞춰 아침, 점심, 저녁 3단식방송의 틀에서 벗어나 하루 17시간 40분 동안 청취자와 함께하는 열린 방송시대를 열었으며 전통적인 아날로그 방송시대를 종말 짓고 컴퓨터음성처리시스템에 의한 디지털방송시대를 열었다. 그중 자체제작프로그램이 30여 개로서 일당 900분에 달하며 전체 프로그램 중 생방송 프로그램이 85%를 차지하고 있다.

FM 94.9메가헤르츠, FM 103메가헤르츠 중국 유일 우리말 문예전문방송, 근린사회의 전파지평선에 새로 떠오른 연변문예생활방송이다. 연변조선족자치주창립 53돌이 되는 2005년 9월 3일 중국 유일 우리말 문예전문방송인 FM 94.9메가헤르츠, FM 103메가헤르츠 연변문예생활방송이 정식 비주얼 쇼우했다. 자치민족의 전통문화를 계승 발전시키고 현대문예심미를 고양할 취지에서 발족된 연변문예생활방송은 기존의 방송체계에서 획기적으로 해탈하여 자체운영모식의 경영기제로 근린사회의 지역동포방송초창기를 개척했다. 윤연월의 ≪정보광장≫, 장련의 ≪가요데이트≫, 김광비, 최명옥의 ≪살롱토크쇼≫, 김계월의 ≪라디오책방≫, 최명옥의 ≪사랑의 멜로디≫, 김걸, 연영미의 ≪94.9 뮤직여행코스≫, ≪레스트하우스≫, ≪한국드라마≫, ≪노래향연≫, ≪가요광장≫ 등 다양한 아이템으로 매일 12시간 자체프로, 6시간 중계프로 도합 하루 18시간 방송한다. 엘리트 방송인의 사명감을 안고 김동환 국장은 "개혁하지 않으면 생존이 위기를 느낀다. 방송자원을 개발하고 인원구조, 설비갱신, 프로탈변, 프로그램대상화(목표화), 채널전업화, 시장개발로 참신한 일로를 모색해야 한다. 연변은 문화애호라는 잠재력이 우세로 부여되었다. 이 지리적 청중시장을 포착개발하는 것이 착안점이자 급선무이다. 최적화로 개혁을 다그치고 전업채널의 복사를 도입하는 실질적 추진으로 새 방송의 장을 열련다."고 일가견을 내놓았다. 운영집행위원회 위원장이자 스폰서인 이영일 주임은 자치방송의 무거운 연대성에 동조하면서 전폭적으로 투자했다. 개인재부의 증폭에 초점을 둔 것이 아니라 방송개혁의 템포에 동조하면서 시대정보와 미래추향을 접목하는 안광으로 새 채널오픈에 궐기했다. 단계적인 투자의 후속력으로 향후 이제 보다 원활한 새 설비인입, 인재초빙, 적격자의식으로 가장 탈쇄한 브랜드방송을 만들어가련다고 피력했다. 나중에 설비재산이 전부 방송국재부로 입고되며 선진설비의 운영을 위한 상응한 투자대책도 감안 중이라고 했다. 아울러 문예홍취의 연대성과 광고의 실효성을 부단히 접목하면서 보다 고층차적인 방송특징을 발산하여 투자와 운영의 합리성을 달성할 것이라고 덧붙였다. 지금은 국제적으로 라디오를 선호하는 신드롬이 쇄도하는 와중이다. 이는 마치 복귀거나 윤회의 생태섭리를 밸런스로 대변하는 반증이기도 하다. 종합적이면서도 옵션이 다공능화로 질적 변이를 가져온 모던시대이다. 이 르네상스 같은 라디오편향은 연쇄반응이나 신생사물처럼 불가항력적인 증후군으로 정보수집, 참여의식, 정감교류, 커뮤니케이션(communication), 텔레파시(telepathy) 등 소통의 애청군체를 조성하고 있는 실정이다. 이는 마치 수레바퀴가 끊임없이 구르는 것과 같이 중생이 번뇌와 업에 의하여 삼계육도(叁界六道)의 생사 세계를 그치지 아니하고 돌고 도는 불교의 생사윤회(生死輪廻)를 방불케 한다. 또한 지리학에서 말하는 침식윤회(浸蝕輪廻)의 현상이기도 하다. 지형이 침식되어 일정한 과정을 거쳐 변화하여 가는 일로서 곧 지표가 원지형(塬地形)에서 유년기, 장년기, 노년기를 거쳐 준평원(準平塬)에 이르기까지의 일련의 과정을 이른다. 보다 선택적이고 심층적이면서도 점입가경(漸入佳境)인 라디오속성이 고전적인 매너로 함께 인류의 총애를 자아내는 방송생리우세이나 보다. 이런 라디오애청붐이 민중문화로 자리를 굳히는 국제기후에 동조한 중국연변문예생활채널의 비쥬얼쇼우는 그 발상부터 정세를 포착한 하나의 히트예감이 아닐 수 없다. 방송정체성, 채널전업화의 시장모식과 현대심미에 적중한 발로이다. 목하 PD, MC, 제작록음사, 주조정실에 도합 10명 멤버를 둔 연변문예생활방송가족은 하루 일인당 평균 1시간의 프로배당을 작업한다. "들리는 방송, 듣는 방송"을 만들어가는 봉사입장에서 최선, 최강, 최고를 다투는 중이다. 청중과 방송인의 거리를 극력 줄이고 상응성의 피복률로 지역사회의 우리말 방송공간의 스릴과 동감을 작동한다는 신심을 앞세웠다. 새 전파의 지평선이 막을 올린 연변문예생활방송은 이제 비전과 비약의 만리 항로에서 출항의 돛을 올렸다. 자치민족의 문화향기를 계절의 흐름 속에 마냥 싱그럽게 풍겨갈 것이다.

1956년 흑룡강성방송국에서는 조선말방송프로를 증설할 것을 온양하고 보도부농촌조에서 책임지고 사업을 추진하도록 하였다. 농촌조에서는 조선족기자로 박춘선을 전근시켜 1957년 1월부터 ≪우리 성 조선민족의 기본정황≫, ≪조선말방송사업초안≫ 등 두 가지 보고문을 작성하게 하고 조선문도서도 얼마간 사들이게 하였다. 그러나 정치운동으로 하여 조선말 방송증설사업이 중단되고 말았다. 1962년에 방송국편집위원회에서는 성위의 지시정신에 좇아 조선말방송증설문제를 다시 토의하였고 7월에는 편집위원회의 직접적인 영도밑에 보도부에서 대리 관리하는 과급 '조선어조'를 신설하기로 하였다. 1962년 7월 25일에 흑룡강성방송사업국당조 및 편집위원회는 성위선전부에 조선말방송을 증설할 보고서를 올려보냈다. 1963년 2월 20일(수요일) 16시30분, 흑룡강인민방송국에서 처음으로 하는 조선말방송이 할빈시 교외 성고자진에 위치한 904송신소의 높이 125미터 되는 송신안테나로부터 무선전파를 타고 사면팔방으로 울려퍼졌다! 현재 송신안테나의 높이는 147m이다. 흑룡강인민방송국에서 증설한 '조선말방송'은 3년간의 초창기를 순조롭게 지난 후 10년 동란을 겪고 건전히 발전하는 단계를 거쳐 개혁개방을 심화시키고 대활보로 전진하는 희망찬 단계에 들어섰다. 당의 11기 3중전원회의가 있은 후로 흑룡강조선말방송은 동란 속에서 철저히 해방되어 상처를 가시고 건전히 발전하는 길에 들어서게 되었다. 1978년 5월, '조선말방송편집부'는 정식비준확인을 받지 못한 형편에서 오랜 시간의 온양을 거쳐 편집부산하에 '보도조', '농촌조', '정치교육조', '문예조', '방송조'를 두고 임시로 각 조 정, 부 책임자를 정했다. 개혁이 심화됨에 따라 조선말방송의 주요봉사대상인 민족지구의 객관형세는 비교적 큰 변화를 가져왔다. 개혁개방이 심화됨에 따라 조선 ≪평양신문≫과 한국KBS방송공사, 미국 ≪LA한국일보≫ 등 국외보도계 벗들이 잇달아 편집부에 특별방문을 와 국내외

관계개선도 불가피적인 것으로 되었다. 주관과 객관형세의 심각한 변화는 편집부로 하여금 냉정하게 형세를 분석하고 대책을 연구하게 하였다. 조선말방송개설초기, 성방송국의 방침은 조선말방송은 ≪전성중계방송≫과 매차 ≪뉴스≫프로를 번역해 쓰기로 되어있었다. 청취자들은 본민족언어방송을 듣게 되니 매우 기뻐하였다. 그러나 시간이 지나면서 그들은 자기들의 신문보도를 듣고 싶어하였고 국내외뉴스를 알고 싶어하였다. 1985년 5월부터 매주 한 차례씩 20분 ≪겨레의 숨결≫프로를 꾸리기 시작하였다. 이 프로의 취지는 중국에 친척방문을 왔거나 관광하러 온 조선인과 국외청취자들에게 흑룡강을 선전하고 중국조선민족 현황을 선전하는 동시에 국외조선인의 현황을 알맞게 소개하는 것이다. 이 프로는 한국신문계의 주목을 받기 시작했는데 몇 번이나 방송에서 방송된 중국조선민족기업가소식과 조선민주주의 인민공화국의 도로건설성과기사 등을 자기들의 신문에 실었다. 1992년 4월 12일부터 매주 한 차례씩 한국KBS사회교육방송국과 전화로 흑룡강뉴스와 조선족뉴스를 KBS방송국에 전하여 세상에 알리고 있다.

중앙인민 라디오 방송국의 전신은 1940년 12월 30일 중국혁명의 근거지 연안에서 출범한 연안 신화라디오 방송국(延安新華广播電台)이다. 이후 1949년 3월 25일 북평 신화라디오 방송국으로 개칭되었다가 1949년 12월 5일 현재의 중앙인민라디오방송국으로 개칭해 오늘에 이르고 있다. 중앙인민라디오방송국의 임무는 국내외 중대 사건, 당과 인민정부의 방침정책임무와 국가 법률을 전국에 전달하는 기능과 함께 문화와 과학기술을 인민들에게 제공하고 우수한 문예 프로그램을 인민들에게 제공하며 애국주의공산주의 사상을 대중에게 교육하는 것을 목적으로 하고 있다. 또한 프로그램 편성은 방송의 특성과 임무, 전국 각 청취자들의 필요성, 방송이 가지고 있는 우세, 인력 기술 등의 조건에 의해서 결정되며 방송규정의 3가지 임무는 뉴스방송과 정치명령 전달, 사회교육, 문화오락이다. 중앙인민 라디오 방송국은 "주파수의 전문화, 청취자 목표화, 서비스 대상화"를 중요 테마로 여러 차례 방송 프로그램 개편을 통해서 2002년부터 현재 모두 9개의 채널과 매일 156시간 25분 분량을 위성을 통해서 중국 전역에 방송하고 있다. 2003년에는 2002년 개혁의 기초 우에 1568주파수 채널의 전문화 개조작업 및 전면적인 프로그램의 수준을 높이는 작업을 실시, 프로그램 개혁과 관련해서 계속적으로 주파수 채널의 전문화 요구에 맞는 운영 관리체제를 개선하고 조성함으로써 활력과 효율성을 높이고 인사 재무기술행정 등의 각 항목의 개혁을 실시했으며 경영방송의 능력을 높이고 방송산업 경영의 길을 개척했다. 이 가운데서 중앙인민방송국 조선말방송은 아세아지역을 벗어나 세계적인 동포방송으로 위상을 높이고 있다.

독일 Freiburg 한국어 방송 우리 방송이다. 우리 방송은 매주 토요일 아침 9시에서 10시까지 생방송으로 Radio Dreyeckland 공중파 FM 102. 3 MHz, Kabel FM 93, 6 MHz에서 들을 수 있다. 1996년 12월 22일부터 시작된 것으로 알려진다. 우리 방송은 'Radio Dreyeckland' 방송국 내에 있는 외국어 방송의 하나로 출발하여 지금까지 수많은 분들이 방송에 참여하며 독일에서 한국어로 라디오 방송을 하는 드문 방송으로 자리매김을 하였다. 현재의 방송 형태는 1998년 10월부터 당시 통일원에서 연수를 나오셨던 김인호 씨가 방송에 참여 하면서 만들어져 지금까지 그 기본구조들을 유지하고 있다.

우브젝 방송국에서는 고려친선 프로그램이 일주일에 3번 15분씩 나간다. 내용은 우즈베키스탄에 거주하는 고려인, 훌륭한 고려인 활동가, 한국 대사관의 모든 것을 방송하며 한국의 소식 그리고 한국노래도 알린다고 박 리따 피디가 이메일로 전해왔다.

이외 세계 각지와 국내에 분포된 우리말 방송의 명칭, 대표자거나 운영집행자들을 열거해보면 다음과 같다.

미국 LA 라디오코리아 USA - 유대식 국장
미국 LA 코리아 위성방송(KISB) - 한관현 사장

미국 LA 라디오 코리아 USA – 손태수 회장

미국 LA 라디오 서울 – 전성환 사장

미국 뉴저지 마운틴방송 – 주선영 사장

미국 사이판 한미방송 – 김재홍 사장

미국 뉴욕 라디오 서울 – 권영대 사장

미국 샌프란시스코 라디오 서울 – 김동옥 사장

미국 샌프란시스코 미주상항 한국어방송 – 성기왕 사장

미국 샌프란시스코 북가주 한국어방송 – 장금자 국장

미국 샌프란시스코 한미라디오 – 김진배 사장

미국 시애틀 라디오한국 – 서정자 사장

미국 시카고 한국라디오방송 – 이인숙 국장

미국 필라델피아 미주중앙방송 – 김덕수 회장

미국 포틀랜드 월드크리스천 방송 – 김상우 사장

미국 포틀랜드 FM 코리아방송 – 김헌수 사장

미국의 소리 – 한인섭 국장

미국 시카고 한국방송공사 – 김용화 회장

미국 샌디에이고 라디오 서울 – 조광세 사장

미국 필라델피아 중앙방송 – 김덕수 회장

뉴질랜드 오클랜드 FM 한인방송 – 김정곤 사장

뉴질랜드 크라이스트 처치 굿뉴스코리아 인방송 – 임종환 사장

캐나다 밴쿠버 캐코컴 – 성익제 사장

캐나다 밴쿠버 라디오 서울 – 정용호 사장

캐나다 토론토 캐나다 라디오 서울 – 김정학 대표

아르헨티나 라디오코리아 아르헨티나 – 이을기 사장

일본 동경 NHK국제방송 –contact fujimoto toshikazu 팀장

중국대만 중앙방송 – 백조미 팀장

호주 시드니 CTS 한국어방송 – 김영기 국장

호주 시드니 SBS Radio – 주양중 팀장

중국훈춘인민방송 – 이성웅 주필

중국연길인민방송 – 김우 국장

중국화룡인민방송 – 최창선 국장

중국용정인민방송 – 임룡성 국장
중국도문인민방송 – 정희수 국장
중국왕청인민방송 – 이학철 부국장
중국 장백조선족자치현라디오방송 – 송귀산 국장
러시아 모스크바 러시아의 소리방송 – Viktor Chistakov 팀장
카자흐스탄 알마타 고려말라디오방송 – 성이리나 국장
카자흐 국제방송 – 채영근 부국장
카자흐 한국어 방송 – 김옥려 실장
키르키즈스탄 비슈케크 아리랑 방송 – Contact 박스베틀라나 팀장

이상에서 주마간산(走馬看山)식으로 세계 속의 우리말 라디오방송을 중심으로 기타 매체를 간접적으로 살펴보았다. 보다시피 라디오방송이라는 전파수단으로 지구촌의 우리말 매체기구는 결코 간과할 수 없을 만큼 그 실력 내지 유구한 역사를 지녀오는 터다. 라디오방송은 인류를 소통시키고 인맥을 연결하면서 이미 자체의 독특한 포인트를 수립하였다. 그 특성과 기능은 마멸할 수 없는 인류문화로 되었다.

전파매체의 전신원형이라고 해도 과언이 아닐 것이 바로 라디오인가보다. 방송은 신문, 잡지와 공통적인 매스미디어로서의 특성, 기능과 전파미디어로서의 특성을 갖추고 있다. 방송은 음성과 영상에 의한 미디어이다. 활자로 인쇄된 신문, 잡지와는 달리 방송정보는 구체적인 사람의 음성, 얼굴, 모습, 물건 등으로 구성되어 전달되므로 그 표현은 직접적, 감각적, 정서적이다. 방송은 이렇게 사람의 음성과

영상으로 표현되므로 인쇄물보다 이해하기 쉽고 누구라도 자기 나름대로 정보를 얻을 수 있다. 하여 사람들은 신속한 정보화시대에 라디오를 휴대하거나 자가용 안에서 라디오 다이얼을 돌려 애청주파수를 찾는다. 방송정보는 라디오의 경우 스피커나 이어폰을 통한 음성, 텔레비전의 경우 브라운관의 영상과 스피커를 통한 음성으로 제공되는데 인쇄물의 정보가 종이 위에 고정된 활자로 나타나는 것과 비교된다. 이 방면에서 라디오라는 공감대의 소통은 보다 신선하고 원활하다 하겠다.

방송은 이제 새로운 미디어의 등장으로 여러 가지로 변화하고 있다. 새로운 방송의 형태가 지금까지의 방송 속에 어떻게 편입되고 또 지금까지의 방송과는 달리 어떠한 서비스를 하게 될 것인가를 정확히 예견할 수는 없지만 확실한 것은 지금까지의 방송이 다양화된다는 것이다. 방송의 개념은 확대되고 여러 의미에서 방송의 종류가 확장되며 서비스도 수와 량이 크게 증대할 것이다. 즉 방송의 다양화 시대가 올 것이라 예상된다.

FM 다중방송[FM multichannel broadcasting]은 FM 문자다중방송 서비스의 일종이라고 할 수 있다. FM 방송 전파의 여유 공간에 중첩하여 문자정보를 송신하고 전용 수신기의 디스플레이에 표시한다. 음성과 동시에 프로그램 정보, 뉴스, 일기예보, 교통정보, 스포츠 경기의 결과 등을 화면으로 볼 수 있다. RDS(Radio Data System), SCA(Subsidiary Communication Authorizations), DARC 등이 있다. RDS는 FM 다중방송에 의해 문자정보 서비스나 방송수신의 자동화를 실행하는 방식으로 스웨덴이 1986년, 영국은 1987년, 독일은 1988년에 RDS 방송을 시작했다. SCA는 기존 FM 방송 주파수의 빈 공간에 다른 프로그램을 내보내는 보조통신 채널로서 1995년 한국방송공사(KBS)가 표준 FM 주파수대 SCA 방식으로 사랑의 소리 방송을 시작했다. 이 방송을 들으려면 전용 라디오가 필요하다.

음성다중방송(音聲多重放送: sound multiplex broadcasting)이란 라디오의 음성방송전파에 별도의 신호를 실어서 본방송과는 다른 내용의 다양한 정보를 제공할 수 있는 방송 방식이다. 주로 잡음이 없고 음질이 깨끗한 초단파의 주파수변조(FM) 방식의 방송파를 이용한다. 이때 음성을 포함한 음향을 방송하면 FM음성다중방송 그리고 문자나 도형정보를 보내면 FM문자다중방송이라고 하는데 이 2가지 방법을 모두 채택하는 경우에는 FM다중방송이라고 부른다. 텔레비전에서도 1가지만으로 방송하던 TV음성을 입체음향 형태로 방송하거나 동시에 2개 국어로 방송하여 시청자가 기호에 맞춰 선택해 들을 수 있도록 했는데 FM라디오의 방송방식과 원리가 비슷하다. 즉 방송기술의 발달로 기존의 혼신방지를 위해 남겨둔 주파수의 간격을 이용해 주음성신호에 다른 하나의 음성신호를 추가해 방송하는 것이 가능하게 되었다. 다중방송은 여러 종류의 정보를 기존의 방송전파에 중첩시켜서 보내기 때문에 한정된 주파수를 최대한으로 이용할 수 있을 뿐 아니라 이용자에게는 교통정보안내, 방송 채널의 자동선택, 프로그램의 종류별 자동선택, 특정 프로그램의 선택, 데이터의 중계, 라디오텍스트, 음악, 음성의 조정, 무선호출을 포함한 다양한 서비스를 제공할 수 있다. 라디오연혁과 함께 이제 향후 추진할 라디오방송의 미래를 짚어보면서 세계 속의 우리말 매체를 확신하게 된다. 물론 격변기에 정보화시대의 충격을 받아 라디오도 불가피면적인 흔들림을 당하였다. 청중들은 선택의 권리가 늘어났다. CD, VCD, DVD, 가정영화관, TV, 전자도서관 등 다양한 멀티미디어들이 속출하는 와중에 라디오라는 기존매스컴전신은 기우뚱거린다. 호화로운 거실에 책장과 라디오가 없는가 하면 라디오이어폰을 귀에 걸고 강변유보도에서 아침조깅에 나선 애청자를 아니꼽게 흘겨보는 눈찌들이 없지 않다.

하다면 라디오방송이 과연 자체의 우세를 잃었단 말인가? 사실은 웅변보다 낮다. 기실 라디오방송도 그 자체의 끈끈한 맥락을 이어오면서 자체의 우세풍격을 매력처럼 떨치고 있다. 사실 방송은 전파통로로 세인을 하나의 집합체로 만들고 세계를 하나의 마을로 압축한다. 빈 라덴과 관련된 보도로부터 방송매체 역시 크게 히트하지 않았던가! 알

자지라 (Al Jazeera)방송은 위성을 통해 24시간 아랍어 뉴스를 내보내는 뉴스 전문 채널이다. 카타르의 셰이크 하마드 칼리파 알타니 국왕이 5년간 재정 지원을 하는 조건으로 1996년 11월 설립되었다. 알 자지라는 '반도'(半島)를 뜻하는 아랍어로 반도에 자리 잡은 카타르국의 방송사임을 상징한다. 알 자지라 방송은 2001년 9·11테러를 전후해 전 세계에 이름을 떨치기 시작했다. 테러 배후로 지목된 오사마 빈 라덴의 육성 녹음테이프 등을 독점적으로 내보내면서 대번에 명성을 날렸다. 그해 10월 미국이 아프카니스탄에서 대 테러전쟁을 벌일 때도 카불 등지에서 벌어진 전투 현장을 전 세계에 생생하게 보도했다. 전 세계 35개 주요 도시에 55명의 특파원을 두고 있으며 미국 내에서도 15만 명의 시청자를 갖고 있다. 미국의 아프가니스탄 공습 직후 카타르에 본부를 둔 ≪알 자지라≫(al - Jazeera,반도) 방송은 오사마 빈 라덴 및 탈레반 국방장관과의 독점 인터뷰를 내보냈다. CNN 등 서방 언론들은 일반인에게 낯선 이 방송사의 보도를 고스란히 받아 써야 했다. 알 - 자지라는 현재 탈레반 정권이 취재를 허용한 유일한 외국계 방송이다. 세계 3대통신사인 AP, AFP, 로이터 등도 현지 통신원이 보내는 기사에 의존하는 형편이다. TV와 인터넷을 금지시킨 탈레반은 세계와의 소통수단으로 알 - 자지라만을 이용하고 있다. 알 - 자지라는 9·11 테러 이후에만도 숱한 특종을 올렸다. 2001년 9월 26일 아프간 시위대의 카불 전미 대사관 건물 방화사건도 알-자지라만이 녹화, 방송했다. 며칠 뒤에는 빈 라덴의 테러조직 ≪알 카에다≫가 아프가니스탄의 이란 접경지대에서 3명의 미군 특공대원을 체포했다고 보도해 또 한 번 센세이션(sensation)처럼 주목을 받았다.

이로부터 알 수 있는바 일이란 사람이 할 탓에 달렸다. 기적은 상상을 초월하면서 자연을 감동시킨다. 라디오매스컴운영도 마찬가지이다. 문제의 관건은 어떻게 자체의 우세 내지 특성을 주도면밀하게 발휘하는가 하는 것이다. 라디오방송의 성공 여부도 그 자체의 저력 내지 잠재를 확실하게 발굴하는 기본 고리에 깃든다. 동북아문화협력권이 점점 품을 크게 열어주는 포옹의 시대에 동조하는 것이야말로 우리의 당당한 위치일 것이다. 현대인들은 한결같이 이동성이 강하다. 무더기로 쏟아지는 정보 속에 잦은 템포로 곧잘 자리틈한다. 무역이 그렇고 상업, 사업, 경업, 일상이 그렇다. 하다 보니 한 자리라는 고정위치에서 독서계제나 TV시청 조건이 극히 미약하거나 제한되었다. 하여 휴대폰과 함께 소형반도체를 소지품으로 지니고 부단히 정보수입을 보장받는다. 오토바이거나 승용차에 라디오를 장착하는 이유도 여기에 있다. 또 네트워크, TV시청, 동영상감상은 회원가입, 유료봉사, 로그인, 입금서비스 등 사안이나 시스템버전,

플레이업그레이드가 미만하여 소기에 목적에 도달할 수 없다. 하여 사이트에서 사이버라디오방송을 즐겨 듣게 된다. 이것이 라디오방송의 객관적인 우세조건이다. 놓치기 쉬운 것도 기회요, 성공을 조정하는 것도 역시 모멘트(moment)이다. 포착은 자체의 능숙 여하에 달렸다. 이제 세계 속의 우리말 라디오전파복사피복률과 그 통합력(統合力)의 개연성(蓋然性)을 운운해보자.

우리에게는 통합함량을 갈구해야 할 그 명목의 절박감과 당위성을 느껴야 할 민족자존이 있다. 지구촌에 분포된 배달겨레의 동질성을 강조하고 공통연대성을 고양할 안목에서 상호 통신망을 구축하면서 보다 집합적인 전일성을 수요함이 바람직하다. 그러자면 우선 공간제한을 받지 않는 라디오방송의 전파수단을 활용하여 튼실한 기초공정을 꾸려야겠다. 우에서 언급해보았듯이 지구촌에 널리 산재된 우리말 통신수단으로서의 라디오매체는 실로 부지기수이다. 그러나 서로 격리되고 폐쇄되다 보니 오랜 세월 고루한 자체의 봉쇄망에서 맴돌았다. 결코 우리말 방송체계가 도처에 산재되었다고 나무아미타불을 부를 한탄이 아니렷다. 진부한 세습을 철저히 포맷(format)하자.

세계 30여 개국 200여 개 대학에서 제2언어로 우리말 강의가 개설되었다. 이 외에도 세계 여러 나라에 크고 작은 우리말 학교가 2천여 개 된다. 유네스코문맹퇴치상도 세종대왕상으로 이름을 떨치게 되었다. 523만 동포들이 소재국에서 스스로 민족교육을 위해 우리말을 가르치고 배우며 계승해 나가고 있다. 6대주 4대양 140여 개국에 산재한 이들은 대부분 현지 교육기관과 학교들을 운영하고 있다. 세계 각국에서 외국어로서 우리말을 배우고 사용하고 있다. 하여 우리말 방송을 청취하고 활용할 무대가 무한한 잠재력을 가졌다고 지적하는 바이다.

다다익선(多多益善)이란 많으면 많을수록 더욱 좋다는 뜻이다. 중국 한(漢)나라의 장수 한신이 고조(高祖)와 장수의 역량에 대하여 얘기할 때 고조는 10만 정도의 병사를 지휘할 수 있는 그릇이지만 자신은 병사의 수가 많을수록 잘 지휘할 수 있다고 한 말에서 유래했었다. 마찬가지로 지구촌 방방곡곡에 널려있는 우리말 방송 단위들도 이제 하나로 합심제휴하여 우리말송출의 공감대를 넓힌다면 동질성이 크게 급상승할 것이다. 물론 선진국들에서 이미 인도주의적인 박애 입장에서 자선을 베풀고 원조를 보내 컨소시엄(consortium)으로 통합가능성을 시도했으나 어디까지나 지역적 한계를 벗어나지 못했다. 하여 매양 피곤하고 액색한 유감을 덜지 못했다. 그렇다고 청탁병탄(淸濁竝呑)의 미흡으로 오해할 수도 없다. 단순한 경제적 내지 물질적 후원을 할애하는 것만으로는 정체적인 통합이 불가능하고 무기력하다. 모름지기 동질의 주체성과 능동성이 충분히 작동한 전제하에서 개발과 협력이 관건이다. 아울러 타결과 보완이 급선무이다.

과연 세상을 이어주는 동아줄은 없을까? 있다. 개중 라디오전파가 바로 그 한 갈래이다. 보이지 않는 무형의 전파를 타고 우리는 직업적 우세로 혈연의 핏줄을 접목해야 한다. 소리로 만나고 소리로 대화하는 루트를 통해 자아를 홍보하고 대방을 포섭(包攝)할 수 있어야 한다. 전파는 국경을 무난히 넘는다. 대화는 신조를 굳힌다. 보수적이던 진부한 관념을 대담히 포기하고 나중에 더 가까운 구심력을 구축해야 한다. 라디오를 선호하고 애청하는 시대가 대두한 현 시점에서 우리는 이 시대의 우세생리를 충분히 이용하여 자타가 유리한 방편을 가져야 한다. 그냥 자탄가(自嘆歌)거나 망향가만 염불하지 말고 밝아오는 새 세기의 푸른 아침을 두텁게 보듬어야 한다. 라디오매체로도 능히 한민족의 연대성을 강화할 수 있다는 자부심을 가질 때 배달겨레는 더 강하고 억세게 뭉칠 수 있는 것이 아닐까?! 소외당하고 구박을 받아오던 천한 족속의 슬픔을 이제 우주의 무한한 산소 속에 증발시키고 깔끔하고 탈쇄한 스타일로 흠모를 자안해자.

그러자면 먼저 서로의 정보교환이 빈번해야 할 것이다. 지방소식, 이국기별, 레퍼토리(repertory), 동포개황, ISDN-종합정보통신망, 고민사연, 콘텐츠(contents) 제공, 자문사항, 향후 타산 등 프로젝트들이 완미하게 꾸려져 정기적인 방송망에 들어가야 한다. 다양한 프로그램교환으로 국가, 지역 간의 활성화를 다그치는 한편 기획갱신, 소속관계사방문, 상무고찰, 아이템개발, 전통문화고수, 텔레마케팅(telemarketing), 이색적인 탐구, 시장조사로 새 차원의 동족통합을 기해야 한다. 이 전제조건으로 하나의 중심이 될 기반이 성립되어 보다 정체적인 포괄을 주체해야 한다. 아니면 로테이션 식으로 주최방송국을 선정하여 임기집행제를 실시하여야 한다. 상무이사, 주최측운영위원회, 회원제도, 대표권위인사, 실무추진업체, 후원단체, 상임선거법 등 행정기구들을 건립하여 세계 속의 백의동포들이 라디오방송으로도 능히 통일화목을 다그칠 수 있다는 신심을 주입해야 한다. 그러자면 한편으로는 세계적인 우리말 사용통일에도 매체의 일익을 동원해야 한다. 세계 속의 우리말은 그 지칭용어가 여직 통일되어있지 않았다. 한국에서는 한국어, 조선에서는 조선어, 미국교포들은 한국말, 일본에서는 조선어, 한국어, 코리아어, 독립국가련합체에서는 고려말 등등 아무렇게나 나름대로 사용하는 폐단을 시종 극복하지 못했다. 이런 경향은 민족통합에 불리한 인소를 조성한다. 중국에서도 언어명이 통일되지 않은 관계로 학과명, 교재명이 대학마다 다르다. 다행스러운 것은 중국의 경우 국가교육위원회에 '조선어'로 등록되어있기 때문에 아직까지 법적인 명칭은 '조선어'라 하여야 할 것이다. 이런 언어남용갈

등을 감안하더라도 세계 속의 라디오방송이 수행할 의무는 너무나 많고 당연하다 하겠다.

분산되고 단일하고 객체적인 기존모식에서 해탈되어 세계적인 동포방송의 유비쿼터스(ubiquitous) 시대를 창세기로 열어간다는 사명감이 급선무이다. 이 방면에서 이미 TV들이 선각자의 자세로 귀감을 보이는 붐들이 육속 시각을 즐겁게 해준다. 말하자면 TV주창자들이 라디오방송을 앞선다는 지적이다. 목전의 열세상태에서 자극을 찾고 새로운 사운드 - 박스(sound - box) 타이밍(timing)의 비전을 해야겠다.

한국 KBS프로그램이 중국호남위성TV로 부상했다. 2005년 8월 24일 KBS와 중국의 호남위성 TV가 북경에서 프로그램 고정편성을 위한 양해각서(MOU)를 체결함에 따라 한국드라마가 개별프로그램으로 중국에 수출되는 협애한 단계를 벗어나 중국 전국채널에 고정편성방식으로 공급될 수 있는 터전이 마련됐다. 이번 체결에 따라 개별적으로 중국에 수출되던 KBS프로그램들이 빠르면 2005년 말부터 중국 전국채널에 고정편성방식으로 공급되게 된다. 또 호남TV에서 KBS의 다큐 및 어린이프로그램 방영이 가능해짐으로써 기존의 드라마중심의 프로그램수출단계를 뛰어넘어 다양한 장르의 프로그램수출이 활발해질 전망이다. 호남위성TV는 중국 전역의 약 5억 명이 시청하는 종합채널로 미국위성방송 플랫폼인 에코스타(echostar)에도 속해있어 북미에 거주하는 화교들도 시청할 수 있다.

한국의 아리랑국제방송이 2005년 8월 29일 천진 TV와 방송교류협정을 맺음에 따라 중국 전역에서 지상파와 케이블, 위성TV를 통해 아리랑TV프로그램을 볼 수 있게 된다. 천진 TV는 2005년 11월부터 ≪아리랑타임≫이라는 타이틀로 한국방송블록을 주 5회(각 30분) 별도로 편성해 아리랑국제방송에서 무료로 제공하는 한국의 역사, 문화 프로그램 ≪내셔널 트레저≫와 한국 연예정보프로그램 ≪비즈 엑스트라≫ 등을 방영한다. 아리랑국제방송도 2005년 11월부터 천진 TV에서 제공하는 중국과 천진지역의 역사, 문화를 소개하는 프로그램을 방송할 예정이다.

한국 KBS와 중국호남위성TV, 한국 아리랑국제방송과 중국 천진 TV는 모두 지구촌을 이어주는 친선의 유대를 이미 달성했다. 집중과 통일, 관리과 감독 그리고 참여의식의 동반으로 이뤄질 시추에이션(situation)의 시스템을 라디오방송매체들에서도 신속히 구축할 것을 기대해본다. 전파복사피복률과 그 통합력(統合力)의 개연성(蓋然性)으로 본 전일성모드(mode)도 그 가능성에 비롯된다. 그 소치를 자타의 숙원이자 세대교체의 희망이라고 보고 싶다. 비주얼-랭귀지(visual language)거나 비주얼-커뮤니케이션(visual communcation)이 아닌 미디어의 오리지널(original)인 라디오소통에서라도 우리말 사용권을 무한대로 확대하자는 앰프(←amplifier)의 여음메시지이다.

우리 모두 주연배우로 캐스팅(casting)하자. 애청경청 그리고 조화로운 호흡의 하모니(harmony)가 구중천의 플라자(plaza)에서 메아리로 들린다 하겠다. 지구촌 곳곳이 텔레파시의 진원지(震源地)인가! 희출망외(喜出望外)요, 희호세계(熙皞世界)의 피크(peak)가 아닐 수 없다. 세인의 주목 속에 우리의 통합포커스(focus)를 코디네이션(coordination)마냥 아름답게 가꾸자. 그러는 도중에 자주 액티브 소나(active sonar)를 점검보수하자.

원숭이 인간

2004년은 갑신년(甲申年)으로서 육십갑자의 스물한 번째이다. 목후(沐猴), 미원(獼猿), 미후(獼猴), 호손(猢猻), 노유(猱狖), 원후(猿猴)……. 원숭이해를 맞으며 당연히 떠올려보는 잔나비라는 동물속성과 그로부터 진화발전해온 인간원형을 두루 살펴보게 된다.

12지신상(十二支神像)은 십이지를 뜻하는 수면인신상(獸面人身像)이다. 십이지라는 개념은 중국의 은대(殷代)에서 비롯되었으나 이를 방위(方位)나 시간에 대응시킨 것은 대체로 한대(漢代) 중기의 일로 추정된다. 다시 이것을 쥐[子], 소[丑], 범[寅], 토끼[卯], 룡[辰], 뱀[巳], 말[午], 양[未], 원숭이[申], 닭[酉], 개[戌], 돼지[亥] 등 12동물과 대응시킨 것은 훨씬 후대의 일로서 불교사상에 영향을 받은 것으로 보인다. 이러구러 원숭이가 수많은 동물종류들 가운데서 12가지 지정멤버로 입선되었음이 그 자체의 잠재력과 인기와 갈라놓을 수 없다. 당대(唐代)에 와서는 십이지생초(十二支生肖)를 조각한 석재 및 토우가 묘지장식에 나타났다. 한국의 경우는 호석(護石)에 12지신상을 조각한 경주(慶州)의 괘릉(掛陵)이나 김유신묘(金庾信墓)가 최초의 것으로 보인다.

원숭이는 불교문화권에서 지혜로움과 잔재주를 상징하고 극진한 가족애를 지닌 섬세한 동물로 인식돼 왔다. 불교문화권에서는 원숭이를 건강과 성공, 수호의 힘을 갖고 귀신을 쫓는 역할도 한다고 믿었다. 원숭이는 새끼를 애지중지하는 습성도 있어서 고려시대에 제작된 청자나 청화백자에서 어미가 새끼를 꼭 껴안고 있는 모자상(母子像)이 자주 등장한다. 원숭이는 그림 속에서 장수의 상징, 자손의 번창을 기원하는 소재로 자주 나타나기도 한다.

원숭이라면 자연히 지혜와 재주의 상징이라는 선입견을 앞세운다. 한 것은 원숭이 자체가 아마 선천적인 생리와 내재적 속성이 그와 맞먹는 양상이라는데 비롯된 거라 하겠다.

신화에 나타난 원숭이의 상징도 다종다양하다. 밤의 신으로 등장하기도 한다. 한민족의 조상으로 일컬어지는 해인(解人)이 쓴 ≪귀장역≫(歸藏易)에 닭은 해가 떠 있는 낮을 관장(管掌)하고 원숭이는 해가 진 밤을 관장함을 알 수 있는 이야기가 전한다. 동쪽 끝의 큰 복숭아나무위에 사는 커다란 하늘닭[天鷄]이 해가 떠오른 새벽마다 크게 우는 것을 시작으로 세상의 모든 닭이 따라 운다. 그리고 서쪽 바다 끝의 큰 밤나무위에 사는 원숭이가 저녁마다 긴 팔로 하늘의 해를 따서 엉덩이 밑에 깔고 앉기 때문에 세상이 깜깜한 암흑으로 변하게 되는데 원숭이의 엉덩이는 해에 타서 털이 없어지고 화상을 입어 빨개졌다고 한다. 원숭이가 불덩이 같은 해를 통째로 깔고 앉아 밤을 만들어 휴식을 제공한다고 생각하니 인내력이 강한 걸로 여겨진다. 다음번 동물원구경 땐 원숭이를 새삼스런 시각으로 존경해야 할까 보다. 불사조라는 말은 있어도 불사원후(不死猿猴)라는 말은 없질 않는가! 이제부터 시작해볼 판이다.

무속과 민속에 나타나는 이미지는 또 어떤 것일까?! 길흉사에서 밝혀본다. 하늘의 28수 중에서 큰 원숭이 별인 자성(觜星) 자리에 화성이 들어오면 흉사가 거듭되고 이 점괘가 나온 사람은 불길하며 재수가 없다고 한다. 이날에 일을 도모하면 형벌이 찾아오고 3년 안에 반드시 홀로 된다고 한다. 그리고 이 점괘가 나온 날에 매장을 하면 갑자기 죽는 자가 여럿이 잇따르고 특히 호랑이해의 이날은 살인을 부른다고 한다. 한 사람이 약을 먹으면 두 사람이 중독되고 가문의 논밭이 남아나지 않게 되며 창고에는 금은보화가 없어져 먼지와 거미줄만 가득하게 된다고 한다. 한편 그 별이 밝게 빛나면 천하가 평안하고 오곡이 풍성하게 풍년을 이루지만 흐리거나 흔들려 보이면 충신이 쫓겨나고 가뭄이 든다고 한다. 이와 같이 큰 원숭이별은 만물의 나고 듦을 관할하며 길흉사를 좌지우지(左之右之)한다. 잔약하고 왜소한 원숭이를 별의 이미지로 부여하여 길흉화복을 운운한 인간발상은 우선 원숭이의 해박성에 안주한 거라 하겠다. 통찰력과 함께 순박성이 은근히 내비쳐지는 원숭이품격이기도 하다. 이런 지순성을 깔축없이 전수받지 못하고 흐트러지고 음특한 일면을 채 기이지 못하는 인간허점이 야속스럽기만 하다.

정령과도 서로 작용한다. 별자리 중에서 서방 백호(白虎)에 속하는 삼성(參星)의 정령은 원숭이로서 이 별자리에 수성이 들어오면 원숭이의 장난으로 희비가 엇갈리게 된다. 이 점괘가 나오면 큰 영화가 찾아들어 벼슬이 높아지고 문창성(文昌星)이 도와 논밭과 재산이 늘어나지만 이 점괘가 나온 날에 매장을 하면 질병과 초상이 뒤따라 마당에 흙먼 띠만 날리게 된다. 이날에 혼인하면 재앙이 찾아들어 남녀 많이 헤어지거나 사별하게 된다고 전한다.

○ 수호신으로 알아본다. 왕궁이나 사찰 등의 용마루나 추녀 위에는 원숭이 왕 손오공(孫悟空)이 갑옷차림으로 앉아 있고 그 뒤로 저팔계, 사오정, 마화상, 나토루 등의 잡상(雜

像)이 5 또는 7, 9개가 좌정해 사귀나 재앙의 침입을 막고 있다. 정령이나 수호신으로서의 원숭이는 액막이나 굿의 가능성을 미신하던 원초토템을 리드하며 인간문명 내지 과학진리를 탐구한 일원이다. 현대엔 그 자취를 더듬어 신화전설로 미래를 지향하며 생활을 동경하고 아름다움을 사랑하게 계시한다.

풍습에 나타난 원숭이의 심벌(symbol)은 우선 총명을 표현한다. 원숭이해에 태어난 사람은 재주가 많고 총명하며 영특하다고 한다. 원숭이를 월건(月建)으로 치면 만물의 성장이 모두 이뤄져 여물기를 기다리는 음력 7월이다. 따라서 원숭이는 만물이 무르익을 때까지 교만하게 굴지 않고 영특하게 기다릴 줄 하는 지혜를 지닌 동물이어서 참고 기다리면 반드시 뜻을 펼치게 된다고 한다. 2004년 갑신년을 맞아 생육지표주문이 상승세를 그었고 대박이 터지게 다산다태가 경사를 맞는다고 전해진다. 부유보건소나 영아건강자문센터들에선 벌써부터 꼼꼼한 스케줄로 서비스시스템을 구축하고 대기한단다. 원숭이를 우생우육과 지혜재능으로 간주하는 심미관이 발상시킨 믿음이다.

화과산 돌에서 태어난 손오공은 자칭 재천대성 손오공이라고 했다. 칠십이반(七十二般) 변화의 술법과 구름을 불러 타고 다니는 근두운법(筋斗雲法)을 익혀 여의봉(如意棒)으로 용궁과 천궁을 어지럽히다가 관음보살의 법력(法力)에 의해 그 방자함이 진압되고 머리에 법관을 쓴 후 개과천선했다. 그리고 서역 천축국에 불법(佛法)을 구하러 가는 삼장법사 현장(玄奬)을 지켜 요괴와 마귀 등을 물리치며 일행을 잘 인도해 5000여 권의 경전을 구해 구도(求道)의 목적을 달성했다고 전한다. 원숭이를 ≪서유기≫라는 명작으로 집대성한 건 허구적 걸작이지만 속세에 각인된 원숭이의 명달과 총민은 그 자체의 실생활이 반영한 응분한 몫이기도 하다.

아무튼 전형적인 영장류라면 몸이 가벼운 원숭이나 육중한 고릴라를 연상하는 사람들이 많다. 또한 대개의 사람들은 인간도 영장류의 일종임을 알고 있다. 전문적으로 말한다면 영장류라는 것은 분류학상 하나의 목(目), 즉 식육목과 설치목 그리고 고래목 등과 동일한 위치를 차지한다. 대부분의 영장류는 무리를 지어 생활하며 많은 사회성 동물과는 달리 그 구성원이 매우 안정되어있다. 이것이 오늘날 우리가 사회나 가정이라는 집단공동체를 구성하여 응집력이나 대단원을 구축하는 생존섭리와 동일한 이치이다. 아마트이고 진보한 사고방식일수록 무리를 짓거나 그룹조직체로 공존체계를 유지하나 보다. 산에서 숲에서 이동하면서도 군체를 이룬 원숭이 떼가 확산발전한 게 바로 부락이나 도시라는 공간실체가 아니랴 싶어진다. 동굴이나 진대나무속으로부터 움집이나 아파트로 거주지를 승격시킨 진화연혁임에랴……

원숭이는 크게 두 군(群)으로 분류된다. 구대륙의 열대지방에 살고 있는 협비원류(狹鼻猿類)는 긴꼬리원숭이과(一科 Cercopithecidae: 뺨주머니를 가지고 있음)와 콜로버스과(Colobidae: 리프몽키)의 2과이고 신세계의 열대지방에 살고 있는 광비원류(廣鼻猿類)도 마모셋원숭이과(Callithricidae: 마모셋원숭이류)와 꼬리감는 원숭이과(Cabidae) 2과로 구성된다.

열대 아메리카의 올빼미원숭이는 밤에 적극적으로 활동하지만 나머지 원숭이들은 낮에 활동을 하는데 식물, 새의 알, 자신보다 작은 동물, 곤충 등 먹을 것을 찾아 빈번히 무리를 지어 움직인다. 늙은 수컷이 이끌어가는 일족(clan)은 울음원숭이와 비비 등의 사회에만 있다. 원숭이가 주야로 활동한 건 인간이 곱대거리 혹은 야간작업으로 시간을 연장하는 생계존속과 비슷하다. 생산노동이나 오락휴식도 주야라는 연속 이중성으로 지속되는 가운데서 정신적 에너지와 함께 물질적 만족도 섭취할 줄 아는 기존모식이 전통으로 답습된다. 밤에는 일반적으로 잠을 자는 여느 동물세계에 비해 주야겸행(晝夜兼行)을 반복하는 원숭이네의 로고는 약자로서의 그리고 근로자로서의 저력으로 매김되어야 할 품행이기도 하다. 생존을 창조하며 열심히 살아가자면 곰바지런해야 함을 뚱기치는 대목이기도 하다.

모든 영장류가 그렇듯이 원숭이의 뇌는 비교적 크다. 큰 뇌, 손의 자유로움과 잘 발달된 시력 덕분에 원숭이는 행동의 범위가 상당히 넓다. 이들의 행동은 다소 우스꽝스럽기는 하지만 인간과 상당히 유사하다. 작은 신세계원숭이 중에 사람들의 비위를 맞추며 순응성이 높다는 점 때문에 인간에게 사랑을 받는 종류로는 흔히 깃털을 가지고 있고 민첩하고 화려하게 치장한 마모셋원숭이류, 호기심이 많은 다람쥐원숭이류와 양털원숭이, 꼬리감는원숭이 등이 있다. 이들은 원숭이 일반에서 볼 수 있는 호기심과 영리함이 상당히 두드러진다. 그밖에 흥미 있는 종류로는 곡예를 하는 거미원숭이와 시끄러운 울음원숭이가 있다. 구세계원숭이 중에는 동물원에서 인기 있는 많은 원숭이들 특히 아름다운 색깔의 아프리카산 긴꼬리원숭이류(모나원숭이, 다이아나원숭이, 흰코게논, 서배너원숭이, 케르코피테쿠스 사바이우스, 케르코피테쿠스 피게리트루스), 긴 갈기의 검은콜로버스류, 망가베이원숭이, 주로 아시아에 살고 있는 짧은꼬리원숭이류 등이 포함된다. 짧은꼬리원숭이류에는 아시아 밖의 유일한 짧은꼬리원숭이류로서 오늘날 유일하게 유럽 어느 곳에 서식하는 지브롤터 암반의 바바리원숭이와 의학 연구에 사용되어온 인도의 붉은 원숭이가 있다. 기품이 있는 아시아산 랑그루원숭이에는 인도의 하누만랑구르 등이 포함된다. 생김새가 더욱 특이한 원숭이들로는 두드러진 색채의 아프리카산으로 육지 위에서 지내며 몸집이 큰 드릴원숭이와 만드릴원숭이, 보르네오의 코주부원숭이, 서로 근연간인 서부 중국의 납작코원숭이 등이 있다.

십인십색이라는 말은 사람의 모습이나 생각이 저마다 다름을 이르는 거다. 원숭이의 종류가 워낙 유만부동(類萬不同)이였듯이 인간도 역시 외부상태가 다종다양하고 개성내면이 실로 천태만상이다. 복잡할 수밖에 없는 게 인간이다. 아직도 발굴 정리되지 않은 원숭이종류가 원시림이나 열대수림에서 소외된 방종을 일삼는다니 그 총집합을 결산하기엔 향후 세대들의 추적관찰에나 맡겨볼 판이다. 마찬가지로 아직도 지구촌 어느 모퉁이엔 동물인이요 모인(毛人)이요 양성인이요 인요요 원시인이요 하는 인종이 있다질 않는가! 과연 가짓수가 많아 채 등록되지 않았는지 아니면 통계조사가 미흡하여 누락되었는지 차차 완성될 생태보고서이리라! 도태와 교체가 접속되듯이 우리도 부단한 신생사물의 개입으로 영토확장을 늘이며 세상이 크고 넓다는 체감을 풋풋하게 가질 거다. 그러한 감오 속에 자연을 사랑하고 인간성을 고양할 아름다운 당위성으로 완숙을 촉구할지도 모른다. 한번 뻐근하게 기대해볼 만한 부푼 환상이기도 하다.

모든 구세계원숭이는 엉덩이 부위에 털이 없는 딱딱한 부분이 있는데 이 점이 다른 신세계원숭이나 대형 민꼬리원숭이와의 차이점이다. 여우원숭이(lemur)와 달리 원숭이는 특정한 번식시기가 없다. 성적으로 성숙한 후에는 수컷은 항상 교미가 가능하고 임신하지 않은 암컷은 월경주기 (menstrual cycle)라고 하는 규칙적인 월주기(月週期)의 조절 하에 있게 된다. 많은 광비원류에서는 매 주기의 양상을 행동을 통해서 말고는 거의 인식할 수 없다. 그러나 약간의 광비원류와 모든 협비원류에서는 일정한 시기에 출혈이 있다. 이러한 현상은 많은 종(種)에서 외부 생식기와 그 주위 피부가 부풀게 되는 시기에 나타난다. 임신기간은 마모셋원 숭이류의 4~5개월에서 일부 구세계원숭이의 7개월 가까이에 이르기까지 다양하다. 한배에 1마리씩 낳지만 2마리가 태어날 때도 있고 새끼는 어미가 양육한다.

여우원숭이만이 특정번식기가 있다는 게 동물계나 인간사회를 제쳐놓고 뻬어질 만큼 희귀한 생리라 하겠다. 암수의 자유분방한 흘레는 원초적이면서도 관능적인 인간리비도와 비근한 본능주재라 하겠다. 하다면 프로이드 정신분석학범주는 동물계를 망라한 총포괄로 우주 안의 에너지충동을 포섭한 게 아닐까싶다. 이러한 본심은 다욕과 만끽간의 부조리, 이색과 탐색간의 엽기심, 간음과 강간간의 범죄율, 통간과 변태 간의 에이즈병, 호모(homo)와 레즈비언(lesbian) 간의 애찬성(礙竄性)을 초래하여 속세구조본질이 한층 복합화했고 다원화했다. 성의 무절제한 개방란무가 홍수로 범람하는 와중엔 원숭이의 고유하고 집착적이던 본능이 그원류라 하겠다. 사자나 호랑이는 교미기나 발정기가 일 년에 규정된 계절시간이 따로 있는데 유독 원숭이만은 연중 무휴(年中無休)로 아무 때나 사정임신이 가능했으니 번식률의 흥왕과 함께 윤리질서 또한 섞갈리지 않을 수 없다. 하여 인간도 그 후유증의 증후군으로 난륜패륜 속에 몸살이를 겪지 않는가! 별거, 이혼, 재혼, 복혼, 섭외혼, 근친혼, 위장혼……. 되모시, 은근짜, 매춘부, 누드기생, 계명워리, 가지기, 호스티스, 논다니, 달첩, 더벅머리, 덥추, 둘치-부리기, 뻘때추니, 왜장녀, 색정간첩, 호색한, 날피, 발록구니, 건설방, 혼혈아, 고아, 이계속배, 남녀추니, 튀기, 씨받이, 탁맥(馲脈), 크로스(cross)……. 어찌 보면 원숭이의 교합을 일일이 다 체크하지 않아도 인간관능이 우위라는 지적에는 별 이의가 없을 줄 믿는 게 좀 수치스럽다. 원숭이 달 잡기라는 경구를 떠올려본다.

원숭이의 사회적 행동양식이 사람과 매우 흡사해 멋지고 아름다운 원숭이를 본능적으로 선호한다는 연구결과가 나왔다고 슈피겔지가 최근 보도했다. 미국 듀크 대학(Duke University) 연구팀은 원숭이의 사회적 행동양식이 인간을 얼마나 닮았는지를 밝히기 위한 실험을 실시해 이 결과가 생물학 전문지 큐런트 바이올로지(Current Biology)에 실렸다. 이 실험은 긴꼬리 원숭이 우리에 여러 장의 같은 종 원숭이 사진을 걸어 놓고 그 아래 오렌지 주스를 각각 놓아 어떤 사진 앞에서 주스를 가장 많이 마시는지를 살펴보는 방식으로 이뤄졌다. 결과는 아주 '인간적'이었다. 원숭이들은 힘센 리더 원숭이 사진 앞에 가장 많이 모여 들었고 주스도 가장 많이 마셨다. 또 암컷 원숭이의 엉덩이를 찍은 사진 앞의 오렌지 주스도 많이 마셨다. 원숭이 사회에서 왕따를 당하는 원숭이 사진에서는 실험 대상 원숭이들이 거의 반응을 하지 않았다. 왕따 원숭이들을 직접 보여주려고 해도 원숭이들은 아예 사진을 외면했다. 연구원들이 사진 앞에 맛있는 주스를 여러 잔 갖다놓자 원숭이들은 마지못해 사진을 한번 힐끔 쳐다보았을 뿐이다. 이 실험을 진행한 사회학자 로버크 디너(Robert Deaner)는 "이 실험을 통해 인간처럼 원숭이들도 공동체에서 능력이 뛰어나다고 인정을 받거나 성적으로 매력적인 원숭이를 선호하는 것을 알 수 있었다."며 "이는 사회적인 인정 여부가 원숭이의 가치를 판단하는 중요한 기준이 된다는 사실이 처음으로 증명된 것"이라고 설명했다. 하다면 인간의 심미기능도 그런 모식에 비롯된 거라 하겠다.

임첩(臨帖)이란 서화첩의 글씨나 그림을 본떠서 쓰거나 그림을 이르는 말이다. 인간의 모방솜씨는 창조를 동반하며 문화재부로까지 긍정되었다. 성의 비리도도 시조의 민질유전까지 흉내를 초월했다. 계승, 발전, 보급시켰다는 진맥에선 극단적 내지 궁극적으로 과시 성전(性典)을 남길 만하다. 하여 법률화건 제도화 등 일관화가 실행되며 마찰을 빈발한다. 우리는 반드시 원숭이를 긍정함과 동시에 그 제약성을 투영하는 시각이어야겠다.

원숭이를 옛말에서는 '잔나비'라고 했는데 잔심부름, 잔소리에서와 같이 '잔'은 잘거나 가늘다는 뜻을 나타낸다. 또 잔꾀, 잔재주에서 자질구레하거나 얕은꾀를 의미하기도 한다. 그래서 '잔'이란 자질구레한 얕은꾀를 매우 잘 부린다는 의미로 해석된다. 원숭이가 나타내는 시간인 오후 3시에서 5시는 해가 막 지려는 때이다. 그래서 해가 지기 전에 모든 일을 끝내야 하기 때문에 원숭이띠인 사람은 움직임이 재빠르고 눈치도 빠르다. 하지만 시간에 쫓기다 보니 한곳에 집중하지 못하는 성격도 있다. 원숭이 이름의 기원에서와 같이 원숭이띠인 사람은 재주가 많고 지혜롭다. 독립심이 강하고 타인의 부탁을 거절하지 못하며 오히려 다른 사람들의 일에 발 벗고 나선다. 언제나 튀기를 좋아하며 과장된 언행을 하는 수가 많다. 구두쇠라든가 속이 좁은 사람을 싫어하지만 충고를 하거나 솔직한 말을 하는 사람을 멀리하는 경향이 있는데 이런 점은 주의해야 한다.

원숭이띠의 장점을 밝혀본다. 사회적이다. 이지적이다. 의로운 사람이다. 낙천적이다. 단호하다. 자신감이 있다. 재미있다. 사교적이다. 재빠르다. 다재다능하다. 풍자적이다. 관찰력이 있다. 독창적이다. 이성적이다. 객관적이다. 창의력이 있다. 독립적이다. 원숭이띠의 단점을 알아본다. 교활하다.

비열하다. 잘난 체 한다. 비판적이다. 질투심이 많다. 복수심이 강하다. 장난기가 심하다. 허영심이 심하다. 야심적이다. 참을성이 없다. 가짜예술가다. 힘이 세다. 협잡꾼이다. 날카롭다. 무모하다. 교묘하다. 의심을 받는 짓을 잘한다. 하여 직업을 선택한다면 투기군, 중개인, 사업가, 작가, CF감독, 상점주인, 외교관, 암표상, 사기꾼 등이 적합하단다. 하기야 이런 통설은 추측이나 미신이겠으나 어느 정도 원숭이속성에 비근하게 기초한 것으로서 너무 무리는 아닐 거다. 총적으로 답치기를 놓는 모험이나 저돌보다는 인내와 조심성 그리고 소총명을 구비한 게 이른바 원숭이의 이중근성이라 하겠다.

구조적인 유사성으로 인간과 원숭이를 비교할 수 있다. 거북, 말, 인간, 새, 박쥐는 서로 생활방식이 다르고 서식환경이 다른데도 불구하고 골격이 매우 비슷하다. 이러한 동물들의 수족에서 뼈와 뼈가 일치되는 것을 쉽게 볼 수 있는데 이는 그들이 공동조상에서 출발했으나 각기 다른 생활방식에 적응하면서 조금씩 변화되었음을 설명한다. 생물체 대부분의 구조가 완벽하지 않은 이유도 비교해부학으로 설명된다. 즉 각 구조는 원물질(原物質)로부터 특수한 목적에 맞게 새로이 설계된 것이 아니라 유전된 구조에서 조금씩 변형된 것이기 때문이다. 하여 지금 원숭이라면 자연히 인간을 연상하는 계기로 주어진다. '원숭이의 고기 재판하듯이'란 속담은 이솝우화에서 유래된 거다. 고기를 똑같이 나눠준다고 하면서 야금야금 자기가 베어 먹어 마침내 다 먹는 원숭이처럼 겉으로는 공정한 척하면서 실지로는 교활하게 남을 속이고 제 안속을 차리는 모양을 비유적으로 이르는 말이다. 표리부동이란 아마 이런 경우가 아닌가싶다.

진화란 모든 생물들은 공동조상에서 유래되었지만 생물들의 계보가 세대에 따라 변하면서 계속 분지하기 때문에 생물계에 다양성이 생긴다는 생물학 이론이다. 19세기 영국의 찰스 다윈은 생물체란 진화에 의해 나타나는 것이라고 주장했으며 어떻게 진화가 일어나는가에 대한 과학적 설명을 제시했다. 자연선택은 그러한 설명의 기초를 이루는 개념이다. 20세기에 등장한 유전학은 자연선택이 어떻게 일어나는가를 더욱 자세히 밝힘으로써 현대적 진화설의 발달을 유도했고 특히 분자생물학은 1960년대 이후 생물의 진화에 관한 엄청난 지식을 발달시켰다.

진화설의 첫째는 공동자손인 생물체들은 서로 유연관계에 있다는 거다. 하다면 원숭이와 인간도 필경 유전인자로 서로 통하는 면이 많다는 통설이라 하겠다. 이러한 견지에서 우리는 인간과 원숭이를 하나의 접목관계로 결합시킴이 당연하다 하겠다. 그런데 우리는 이미 원숭이원형을 초월하여 보다 풍부하고 보다 다각적이고 보다 능동적인 초탈상태로 조상이고 시조인 원시적 전신을 도태시켰다. 하여 원숭이를 본다면 부감하거나 비하하거나 등 우월의식으로 대하기 일쑤다. 아, 과연 저것이 나의 모형이었단 말인가 하고 복제품을 감상하듯 초매시대를 보며 놀라는 모양을 짓는다. 격세지감치고는 너무 당돌하고 부자연스럽다 하겠다. 이러한 입각점에서 굳이 천명하고픈 건 우리가 이미 복합 형체로 발전됐음을 승인하지 않을 수 없다. 단순하게 모방이나 흉내 혹은 영리함이 촉구한 간교성을 벗어나 인젠 비리, 횡재, 탐오, 사기, 협잡, 매음, 마약, 절도, 방화, 밀수, 살인 등 연대성과오를 빚는 건 유연관계를 찜 쪄 먹는 패덕이다. 원숭이 흉내라는 속담까지 창출한 데는 그럴 만한 연혁이 다분하나 보다.

원숭이인간의 사이비한 돌연변이(突然變異)도 인간 그 정복능력에 의해 좌우지되어야 한다. 단순히 리비도나 욕망에만 빙자할 게 아니라 정신 사고를 동반한 의식혁명에 의하여야 한다. 진화의 과정은 2단계로 나눌 수 있다. 첫째, 유전적 변이가 일어나고 둘째, 선택에 의해 가장 효과적으로 다음 세대로 전달될 유전적 변이체들이 가려진다. 유전적 변이는 2가지의 메커니즘(mechanism)을 수반하는데 그 하나는 자연발생적인 자연돌연변이이고 또 다른 하나는 그러한 변이체들을 재조합하여 변이 군집을 형성하는 과정이다. 돌연변이나 재조합으로 생기는 변이체들이 한 세대에서 다음 세대로 똑같이 전달되는 것은 아니다. 어떤 것들은 유리하기 때문에 보다 자주 나타날 수도 있으며 유전적 부동 같은 우연의 사건에 의해 결정될 수도 있다.

진화에 관한 다원설의 중심 주장인 자연선택은 유전적 변이에서 시작한다. 자연선택은 유전적 변이체들의 특이생식(differential reproduction)으로 정의할 수 있으며 특이생식은 특정 변이를 가지는 생물들과 다른 변이를 가지는 생물들의 생존과 생식력의 차이에 의해 결정된다. 그러므로 인간의 정복욕이자 소유욕이 강한 우세를 능동적으로 잘 구사한다면 순수와 질박을 배제한 그 어떤 잡질성질이든지 일거에 수정, 여과, 개량, 삭제할 수 있다고 확신한다. 21세기 2004년 갑신년 감오가 위안으로 받아들여지는 것은 나만의 행복이 아니라 자타의 향수라고 덧붙여도 괜찮을까?

원숭이인간으로서의 우리가 기억해야 할 것은 "원숭이도 나무에서 떨어진다."는 속담이다. 경계와 자중을 일컫는 잠언록이다. 너무 자기 재주만 믿다 보면 잘못을 할 경우가 있으니 조심하기를 바란다는 권장이 뒤따른다. 호신부로도 가히 삼을 만한 구절이다.

농구와 배구

일반적인 스포츠와 달리 농구는 한 사람이 혼자서 경기를 마련해냈다는 것이 특징이다. 1891년 미국의 매사추세츠 주 스프링필드(Springfield) 기독교청년회(YMCA) 체육학교(지금의 스프링필드대학)의 J. A. 네이스미스가 겨울철의 실내운동으로서 창안한 게 농구였다. 비가 내릴 때에나 겨울철에 청소년들의 운동욕구와 활발하고 다양한 변화를 즐길 수 있는 구기 종목을 모색하다가 미식축구(아메리칸 풋볼), 축구, 아이스하키 등의 요소를 적절히 조화시켜 초기에는 축구공을 사용하였고 골(goal)은 복숭아 바구니 2개를 체육관 양쪽의 발코니에 붙여서 하였으며 룰(rule)에 대해서는 난폭성을 배제하도록 하였다. 1903년 코트를 직사각형으로 결정하였고 이후 농구는 YMCA를 통하여 미국 전역으로 광범위하게 보급되었다. 네이스미스가 최초로 구성한 팀의 선수들 가운데 5명이 캐나다인이었다는 것을 보면 미국을 제외한 나라 가운데 캐나다에서 농구를 제일 처음 실시했다는 증거이다. 이어 1893년 프랑스에, 1894년 영국에 그 뒤 오스트레일리아, 중국, 인도에 그리고 1900년에는 일본에 소개되었다. 농구를 국기(國技)로서 받아들이는 필리핀과 한국, 일본, 중국 등의 아시아지역에서는 무척 놀라운 스피드로 보급되었다. 농구경기는 제11회 베를린올림픽대회부터 정식 경기종목으로 채택되었으며 여자농구가 정식 종목으로 채택된 것은 1976년 몬트리올(Montreal)올림픽대회에서였다.

농구가 너무 격렬한 운동이라고 생각하는 사람들을 위해 실내경기로 고안된 배구는 1895년에 미국 매사추세츠 주 홀리오크의 기독교청년회(YMCA) 체육 이사인 윌리엄 G. 모건이 창안했다. 모건은 원래 이 경기를 '토네트'라고 불렀지만 스프링필드대학교(매사추세츠 주 스프링필드)의 한 교수가 공을 바닥에 떨어뜨리지 않고 발리(volley)로 되받아 치기로 되어있는 이 경기의 특성에 주목하여 '발리볼'(volleyball)이라는 이름을 제안했다. 모건은 최초의 규정집인 "북아메리카 기독교청년회 체육연맹의 공식 안내서 Official Handbook of the Athletic League of the Young Men's Christian Associations of

North America"(1897)를 출판했다. 이 경기는 곧 학교, 운동장, 산업체, 군대를 비롯한 미국의 여러 단체에서 남자뿐 아니라 여자들에게서도 폭넓은 인기를 얻었고 그 후 다른 나라에도 육속 소개되었다. 1925년에는 러시아배구협회가 조직체로서는 처음 창설되었다. 창안국인 미국에서는 이보다 3년이 지난 1928년에 미국배구협회를 설립하였다. 그 뒤 제1차, 제2차세계대전에 참가한 러시아와 미국의 군인 및 러시아의 무용가들에 의하여 전 세계에 전파되었다. 1947년 국제배구연맹이 파리에서 창설되었으며 1980년대 중엽에는 FIVB 회원이 145개국 이상으로 늘어났다. 현재 FIVB 본부는 스위스 로잔(Lausanne)에 있다. 국제배구대회는 1913년 필리핀 마닐라에서 열린 제1회 극동경기대회에서 시작되었다. 아시아에서는 배구가 선교사가 세운 학교를 통해 처음 도입했다.

농구와 배구 그리고 조선족을 삼각관계로 연결시켜 말하면 당연히 배구와 가깝다는 결론이 우세적이다. 배구는 말 그대로 구기의 일종으로서 우리민족의 생리에 부합되는 항목이다. 두 팀이 네트를 사이에 두고 볼이 땅에 떨어지지 않게 서로 경기한다. 연령, 성별에 관계없이 누구나 쉽게 즐길 수 있는 스포츠로서 공 하나만 있으면 여러 사람이 즐길 수 있어 레크리에이션(recreation)에도 적합한 스포츠이니깐. 허나 우리는 여직 조선족이 각별히 배구운동을 선호한다는 표상적 행위를 수긍하기만 했을 뿐 그 원인에 대한 관찰 내지 연구는 미처 거의 없는 줄로 안다. 그저 근린사회의 조선족이라면 무조건 배구를 쳐야 하고 또 배구를 잘 치는 지역권 내의 민족이라면 배달겨레를 대표하는 줄로 아는 선입견에 매료되어 오는 터다.

간혹 공원이나 민속촌, 유원지를 가보면 구기운동항목으로 지정된 게 바로 배구가 아닌가싶다. 거의 천편일률로 조선족이 모인 장소라면 구기운동은 당연히 배구를 선택하더라는 지적이다. 유희도구나 오락공구로 곧잘 봉작을 받는 게 배구공이다. 유보도를 따라 조깅을 하다가 숲속에서 왁자지껄 떠드는 소리가 들리기에 무심히 고개를 돌렸다. 가두정원에서 중년들이 식전운동으로 배구를 치고 있었다. 저녁에 시대광장이라는 도심의 공간 휴식처를 나가보아도 아마추어(amateur) 청년남녀들이 빙 둘러서서 발짓손짓을 섞어가며 단란하게 배구를 치고 있다. 고교생 딸따니도 벌써 4개째로 배구공을 얻어달라고 다랑귀를 뛴다. 사업단위나 공무원기관들에서 계통별로 계절성운동회를 열어도 배구경기가 단연히 지정항목으로 추천된다. 단위나 별장, 휴가촌들을 들려보면 선수들의 입장상태를 수시로 대기하는 배구장이 정연하게 마련되어있다. 곧 경기를 치르도록 설비가 구전한 배구네트가 걸린 배구운동장이다. 그 장비태세로부터 업주나 주인들의 배구애착심을 어렴히 짐작게 된다. 또한 찾아오는 방문객 역시 배구를 집착하기에 부대적시설이 준비되었다는 해석이기도 하다.

조선족학교들에서 천편일률로 배구항목을 잘 가르친다면 한족학교들에서는 농구 운동을 더 중시한다 하겠다. 이렇게 조선족과 한족은 배구와 농구라는 부동한 구기운동으로 이질과 동질을 나타내기도 한다. 부동한 구기 종목에서 부동한 강세우세를 보이는 민족특징은 그 자체의 속성이자 그 자체의 파워(power)이다. 패밀리(family)라는 공동체에서 적극적이면서도 진취적인 사고방식에로 이향해야 적자생존이 아닐까?!

회사에서 향진운동회에서 산보에서 배구공을 여유 있게 다루는 코리안 과외팀 멤버들을 보노라니 과연 우리와 농구는 촌수가 멀구나 하는 직감에 사로잡힐 때가 한두 번이 아니다. 그때마다 올려 받들고 동동 띄우며 기세를 돋우는 배구경기는 백의동포의 전매권처럼 일장 폭풍뢰를 몰아오며 응원단을 불도가니에 잠기게 한다. 혹 민간단체에서 주최하는 민족경기라고 할 때 양극화와 같은 이질성이 선명해진다. 한족들은 농구공을 땅에 떨어뜨리지 않느라고 여간만 신경을 쓰지 않는다. 반면에 조선족들은 공을 줄곧 우로 받들며 더 높이 동동 띄우느라 열을 올린다. 한족선수들이 공을 땅에 치면서 탄성을 제압하는 반대동작이 배구공을 우로 쳐가며 땅에 한사코 떨어뜨리려 하지 않는 극한절제라 하겠다. 상향성과 하향성의 선명한 대조가 보여주는 양

140

극에서 두 민족 간의 부동한 속성을 체크하게 된다.

슬럼프(slump)란 바로 운동 경기 따위에서 자기 실력을 제대로 발휘하지 못하고 저조한 상태가 길게 계속되는 일로서 일명 또 부진, 침체로 순화된다. "정력의 감소는 슬럼프에서 오는 경우도 적지 않다. 하고 있는 일이 무엇이든 더없이 튼튼하고 정력적이던 사람일지라도 한번 슬럼프에 빠지게 되면 갑자기 무미건조한 시기를 맞게 된다. 마음이 이런 상태에 빠져 있는 동안에는 정력이 다른 때보다 훨씬 많이 소모되기 때문에 전에는 비교적 쉽사리 해치우던 간단한 일도 처리하기가 대단히 버거워진다. 그 결과 생생한 정력을 제때 보충해주지 못하게 되며 그래서 대부분 자제력과 능력을 상실하고 만다."(노먼 빈센트 필의 ≪적극적 사고방식≫ 중에서) 누구에게나 슬럼프는 찾아온다. 어느 순간 자기도 모르게 찾아와 지독히도 앓게 한다. 하지만 억지로 피하려 하면 도리어 슬럼프의 늪에 빠지고 말 거다. 슬럼프를 한때의 친구쯤으로 여기는 것이 좋다. 어깨의 힘을 빼고 슬럼프를 벗 삼아 지내다 보면 어느덧 그 슬럼프가 새로운 도약의 발판이 되어있음을 발견하게 될 거다.

왜 이런 결론부터 내리는가?

배구경기는 6명을 한패로 하는 두 단체가 그물을 사이에 두고 손으로 공을 쳐 넘긴다. 농구 경기는 5명을 한조로 하는 두 단체가 일정한 높이에 매달아놓은 상대편 골문에 공을 보다 많이 던져 넣기를 겨룬다. 여기에서 보다시피 배구는 제한된 지역공간에서 활동하는바 공간이용이 농구에 비해 협소하다. 농구는 금지구역이나 국경선이라는 한계를 벗어나 자유로이 움직인다.

배구경기장은 길이 18m, 너비 9m 되는 장방형이다. 농구경기장은 길이 28m, 너비 15m 되는 구형이다. 배구그물 높이는 2.43m인데 반하여 농구판 윗면까지는 3.95m이다. 배구공의 둘레길이는 66±1cm이고 무게는 270±1g이다. 공에 불어넣은 공기의 압은 500±20g / ㎠이다. 농구공의 둘레는 75~78㎠이고 무게는 600~650g이다.

간단한 배구전술에 비해 농구 경기는 기용전술이 영활하고 여러 가지이다. 공보내기, 잡기, 몰기, 넣기, 몸 빼기, 돌기 등 기술수법 외 속공전술, 대인방어, 돌파전술, 구역방어, 혼합방어가 필요하며 달리기, 조약, 던지기와 같은 재치 있는 움직임이 동조하는 합리한 운동요소가 교차된다. 대중기초운동능력의 제고와 함께 완강한 투지를 키우며 인내력을 집중하는 과정이기도 하다.

자고로 사회학자들이 평가하기를 구미인은 수평적인 의식구조를, 배달민족은 수직적인 의식구조로 그 문화속성을 대비시킨다. 하다면 조선족은 분명 모든 사물을 수직적, 종적, 서열적으로 파악한다 하겠다. 격리되고 차단된 소명의식이 결국 자아학대거나 지역봉쇄로 배구그물이라는 네트로 팀을 갈라놓고 제한된 울타리작전에 몰아붙이나 보다. 농구의 공동경쟁이라는 개방공간 뒤에 도사린 무거운 저력은 이렇게 우리의 시각에서 소외될 수밖에 없었다. 굳이 더 일설을 곁들인다면 한족은 라이벌과의 공평한 시합으로 그 가치를 높이는 데서 의미를 찾는다. 조선족이 갇힌 우리 안에서 비좁게 활동할 때 한족들은 적수쌍방이 한 울타리에서 몸싸움에 몸짓을 섞어가며 사력을 키운다. 배구공이라는 위축된 개체를 상상처럼 반공중에 부풀릴수록 농구라는 매개물은 뿌리를 찾는 환원의식으로 저력을 충당한다. 중압적인 농구경기는 부력의 온상이요 표상적인 배구경기는 붓날림의 연습이다. 평형의 균배나 기량의 구사 등 심태조절이 많이 일그러질 수밖에 없길 않는가! 배구경기에선 제 편끼리 서로 양보하거나 눈치를 보아가며 포즈를 취하느라 때론 실수할 때가 비일비재다. 허나 농구는 시종 절주가 빠르고 빈 구석을 미봉하는 보완지속성으로 사개 맞게 조직되곤 한다. 주저의 체면과 쟁탈의 묘미는 경업투사의 효과보고이기도 하다.

응집과 도전의 유발이야말로 농구의 요체가 아닐 수 없다. 정체적 연결고리, 즉 운동 사슬을 만들어가는 한족적인 함수관계를 따져보면 포박된 공간에 갇힌 배구장을 새삼스레 느낄 거다. 공을 한사코 땅에 누르기라는 하한운동으로 집단귀속, 동일동체의 상한에 치달아 오르는 향상정신이 농구이다. 공을 기어코 공중에 떠올리기라는 상한노력으로 중심이동, 위치실각을 모면할 수 없는 모순 거듭나기가 배구이다. 진폭의 최대변위가 반경을 이루는 것은 비약과 추락의 방향문제이다. 노선이 서로 다른 운동의 구별점은 결국 민족이질성을 진하게 암시한다.

배구와 농구는 가족적인 것과 국제적인 것 간의 대등과 통합의 장이다. 마찰과 적응이 농구라면 회피와 타협이 배구이다. 찬스영역이 좁은 것이 배구이고 득점기회가 많은 게 농구이다. 미누스압제와 자아확대 간의 촉발은 가치관의 차이를 입증한다. 그렇다고 162㎡ 되는 배구장을 더 늘리거나 420㎡ 되는 농구장을 축소할 수는 없다. 플러스와 마이너스 간의 상극대치로 가치관을 저락시킬 순 없다. 차이나코리안은 결코 커뮤니터스(communitus)를 반복할 순 없다. 한족은 숨기고 감추며 늘 내적미를 추구해온다. 허름한 솜 외투 속에 동전꿰미가 사계절 짤랑거렸다는 전설이 더는 일화가 아니다. 드러내놓기를 즐기고 사치와 멋을 부리며 자랑하기 좋아하는 조선족은 표상적인 외부표면을 더 중요시해오는 터다. 장식, 디자인, 패션, 색상, 유행복, 오락에 민감한 반응체질들이다. 없으면서도 부자처럼 꾸미고 남한테 보여주기 위해 단장하기가 일쑤다.

사실 연변은 부자동네가 아니다. 연변의 33개의 대중형기업 중 90% 이상이 한족기업가들에 의해 운행된다. 또한 공장이 흥성하는 기업일수록 조선족기업가들을 찾아보기 어렵다. 20세기 80년대 말 90년대 초 지역경제발전을 촉진하는 전략정책의 혜택을 입어 연변은 한국과의 합작, 합자, 독자 등 3자기업 형식들이 무려 600여 개에 달했다. 허나 유감스럽게도 오늘날까지 그 수효는 엄청 줄어들었다. 이런 3자기업에서 기업가로 활약하던 95% 이상의 조선족기업가들이 기업의 부도와 함께 사라졌다. 대신 민영기업의 대량속출은 허다한 한족기업가들을 산생시켰다.

한족들이 겸손하게 부유를 위장할 때 우리는 일부러 젠체하는 것으로 생색을 내며 폼(form)을 잡는다. 하여 아첨, 질투, 시기, 처세에 능하다는 세속의 비난을 등에 달고 다니며 하나의 고로한 민질을 덧보탠다. 농구발명자 J. A. 네이스미스나 배구발명자 윌리엄 G. 모건이 필경 주체민족과 커뮤니티(community)의 대비를 위해 창안한 건 아니련만……. 커미션 닥터(commission doctor)뿐만 아니라 경기심판원, 팀감독, 코치, 리더십 모두가 민족 근성을 해부하면서 생존게임을 바르게 운행해야겠다. 농구나 배구의 발상지의도와는 무관하게 우리 자체의 순리에 적응될 수 있고 글로벌리즘(globalism)조류에 동조할 수 있는 컨디션이나 심태조절이 십분 요청된다.

배구(排球)는 공을 쳐내는 경기라 해서 붙은 이름이고 농구(籠球)는 그물로 된 바구니를 달아놓고 하는 경기라 해서 붙은 이름이다. 배구는 자꾸 쳐내고 쳐 던진다. 농구는 그

릇에 담고 또 퍼담는다. 이런 말이 있다. "다른 사람에게 멋져 보이려고 노력하는 것보다 나 자신의 눈에 만족스런 나를 찾는 데 시간을 쓰는 것이 훨씬 가치 있다. 이것이야 말로 내가 실질적으로 조율할 수 있는 부분이기도 하고 가장 소중한 일이다."(킴벌리 커버거의 "당당한 내가 좋다.") 그렇다. 보다 현실적이면서도 실용적인 일족으로 정평나기를 바라는 마음으로 배구와 농구라는 게임을 치를까 보다.

매춘 뒤안길

(1)

기생(妓生)이라면 자본주의인육시장의 추한 세탁부(洗濯婦)쯤으로만 치부하던 선입견이 인젠 시각전이를 했다. 주변의 항다반사(恒茶飯事)처럼 예사롭게 여기는 관습이 체질화되었나 보다. 그만큼 바람둥이요, 난봉이요, 오입이요, 통간이요, 무릎맞춤이요, 군서방이요 하는 퇴폐적인 말도 진작 인기를 잃었다. 오히려 복고주의처럼 갈보창녀콜걸색갈이라는 신조어에 카섹스, 폰섹스, 콜섹스, 컴섹스, 핸드섹스, 낚시섹스라는 파생어가 신드롬(syndrome) - 증후군(症候

群) - 처럼 쇄도한다. 일차섹스, 시험섹스, 도박섹스, 매매섹스, 소비섹스도 골목유행으로 광희난무(狂喜亂舞) 중이란다. 십인십색의 기생충 계열등장이 창궐하다. 매음녀에 건설방이 등비급수로 늘어나는 와중에 성(性)은 교역물로 뒤범벅이다.

매춘이란 돈을 매개로 성(性)을 사고파는 행위를 이른다. 이젠 매음, 향락 행위 외 오락추구, 여유보완, 사치패션, 부유상징, 권위명분, 교역매개 등으로도 통용되어 고유의미를 확장했다.

성(性 - sex)은 남녀의 구분 또는 남녀의 육체적 특성을 가리키는 말로 통칭한다. 성은 생물의 많은 종(種)에서 볼 수 있는 2가지의 표현 형태인데 인간의 경우에는 남성 - 여성, 동식물의 경우에는 암수의 구별을 뜻한다. 이러한 대립적인 2개의 성이 존재하는 데서 생기는 성적 특질이나 행동도 넓은 의미에서 성이라고 한다.

인간은 일반적으로 생물학적 성에 따라 사회적으로 기대되는 태도, 행동, 의식, 복장 등이 달라지는데 이를 보통 성역할(性役割)이라고 한다.

인간은 유아기에 남녀의 신체구조의 차이를 발견하고 남성과 여성으로 구별된다는 것을 인식하게 된다. 또 이때 부모 중 자기와 같은 성을 가진 사람과 자신을 동일화하는 과정을 거친다. 개인은 각각의 발달단계에서 주위 사람들이 기대하는 성역할을 내면화하면서 청년기에 도달하면 2차

성징의 발현(發顯)과 함께 성욕 등을 자각함으로써 남성 또는 여성으로서의 자기 동일성을 형성, 확립하기에 이른다.

성의 사상사는 인류 진화와 사회발전의 작용영향을 피면할 수 없었다. 고대 그리스의 철학자 플라톤(Plato 427-347 B.C.)은 "인간은 원래 남녀 한 몸이었으나 신이 이를 둘로 분리한 이래 그 각각은 이전에 한 몸이었던 상대를 열심히 찾고 몸을 합함으로써 원초의 상태를 복원하려고 한다."고 했다. 이에 따르면 양성적인 인간이야말로 완전하고 이상적인 인간상이라고 할 수 있는데 실제 그리스의 조각 등에는 유방과 페니스를 함께 가진 모습이 많이 나타난다.

그러나 오늘날에는 양성적 또는 간성적(間性的) 개체는 의학적으로 반음양(半陰陽)의 일종의 기형으로 생각된다. 또 플라톤은 인간의 원초적인 충동을 에로스(eros)라고 불렀다. 그러나 그가 말한 에로스는 남녀의 사랑뿐만이 아니라 진리를 탐구함으로써 이데아(Idea) - 이념 - 의 세계에 도달하려는 사제 간의 사랑도 포함하고 있었다. 이렇게 볼 때 '플라토닉 러브'(platonic love)의 본래 의미는 동성애적이라고 할 수 있다. 중국의 음양사상에서는 상대되는 성질을 가진 기(氣)의 두 측면이 서로 보완함으로써 만물이 성쇠하며 또한 양자는 한 몸으로서 도(道)라는 완전한 것으로 통합되어있다고 설명하고 남녀의 관계도 이 음양의 원리에 포섭된다고 했다.

한편 그리스도교는 이와 같은 헬레니즘(Hellenism)적 세계의 성사상과 유태교를 포함한 선행 제종교의 성 사상을 쾌락주의라고 비판하고 부부간의 성교만을 인정하는 바울로(Paulos)의 주장을 교회의 가르침으로 확립했다. 바울로는 그리스도교 역사에서 가장 탁월한 인물이다. 중세에는 금욕과 순결을 미덕으로 하는 의견이 지배적이 되어 성은 오로지 "생육하고 번성하여 땅에 충만하라."는 신의 뜻에 봉사하는 생식수단으로만 인정되었다. 자위, 동성애, 수간, 간통 등이 신을 배반하는 악덕으로 간주되는 가장 큰 이유는 이것들이 쾌락의 추구를 목적으로 할 뿐 생식에 이바지하지 않기 때문이다. 또 지상의 사랑인 에로스는 하늘 내지 신의 사랑 아가페(agapē)에 대하여 한 단계 아래에 위치하는 사랑이며 육체적 욕망(성욕)은 정신적인 것에 비해서 열등하고 수치스러운 것으로 생각되었다.

가톨릭에서는 성직자에게는 금욕과 독신을 요구하고 신자에 대해서는 정결을 요구했다. 그러나 종교개혁자 루터는 성에 대한 인간의 욕망을 지극히 자연스러운 것으로 보고 독신주의를 오히려 위험한 것으로 생각했다. 그러나 칼뱅은 부부의 관계를 신성시하고 기타의 불륜한 성행동을 죄악으로 간주했다. 기독교에 의한 성의 억압은 서구사회의 성 관념에 큰 영향을 주었으나 종교의 지배가 이완(弛緩)된 르네상스기에는 문학, 미술에서 성과 육체의 복권이 이루어졌다.

18세기에 디드로와 루소는 성을 있는 그대로 인정하고

과학적 고찰의 대상으로 삼을 것을 주장했다. 19세기말 크라프트에빙, 프로이트 등은 성을 교회와 재판소의 문제에서 연구실과 치료실의 문제로 변화시켰다. 성에 대한 원칙상의 금지가 격심했던 빅토리아 시대 말에 이르러서는 의학자를 중심으로 성에 대한 자연과학적 연구인 성과학까지 탄생하게 되었다.

(2)

성을 신성시함과 동시에 상품화한 것도 인간이다. 성을 팔고 사는 등가교환 속에 오직 인간만이 교역한 거다. 매춘, 매음 등의 용어는 참말로 공평하지 못하다. 성을 사는 행위는 무시한 채 성을 파는 행위에 대한 강조와 비난만을 함축하고 있음에랴. 한즉 남성에게는 관대하고 여성에게만 엄격한, 남녀차별의 성윤리를 반영하고 있다. 어쩌면 성을 사고파는 양자 모두의 행위와 책임을 포함하는 매매춘(賣買春) 개념의 사용이 더 적절할지도 모른다.

이성 간의 성행위나 동성애 행위에서 남녀 모두 매춘의 주체가 될 수 있다. 하지만 매춘 행위는 대부분 여자가 주체이고 남자들이 고객의 형태로 이루어지는 게 보편적이다.

예로부터 매춘부들은 냉대와 욕설의 대상이 되었으며 돌던지기, 매질, 낙인찍기, 감금, 조리돌림, 삭발(削髮), 사형 등의 처벌을 받았다. 반면에 매춘부들의 고객은 처벌받지 않았었다. 실제로 대부분의 사회에서 매춘부를 찾아가는 것은 사회의 공분(公憤)을 불러일으키면서도 한편으로는 남성다움의 표시로 여겨졌다. 남존여비의 공공연하면서도 이기적인 반증이라 하겠다.

어떤 사회에서는 사춘기 의식이나 지참금을 버는 수단으로 젊은 여자들에게 매춘을 유괴했으며 일부 종교에서는 특정 부류의 여사제에게 매춘을 요구했다. 고대 그리스, 로마 시대에는 매춘부들에게 유표한 착의를 통일시켰고 따라서 과중한 세금을 헌납하도록 강요했다. 히브리법은 매춘을 금하지는 않았지만 외국 여자들에게만 매춘을 허용했다. 공중보건을 지키기 위해서 모세(Moses)가 기초한 법령 중에는 성병 전염을 다룬 조항도 있었다.

중세 유럽에서는 교회지도자들이 참회하는 매춘부들을 갱생시켜 지참금을 마련해주려고 시도한 적도 있었다. 그러나 궁중연애가 판을 치고 최고 지위의 여성들조차 정치적, 재정적 타협의 대상으로 취급받으며 결혼하는 상황에서는 매춘이 번창할 수밖에 없었다. 매춘은 묵인되는 선에 그치지 않고 법의 보호를 받았으며 면허가 주어졌다. 대도시마다 매춘굴이 생겨났고 아울러 매춘은 막대한 세원(稅源)으로 급부상했다. 정기적이면서도 정상적인 영리상업으로 둔갑한 매음연혁이라 하겠다.

프랑스 툴루즈 시에서는 이익금을 시 당국과 대학이 나누어 가졌다. 영국에서는 윈체스터 주교들이 처음으로 매춘굴을 허가했으며 뒤이어 의회도 이를 허가했다. 16세기에 성병이 유행하고 종교개혁과 더불어 성도덕이라는 새로운 관념이 생겨나자 매춘은 엄격한 규제를 받게 되었다. 유럽 전역의 매춘굴을 폐쇄했으나 성병으로 희생되는 사람들이 계속 늘어나자 법규가 훨씬 엄격해졌다. 몇몇 도시에서는 정기적인 검진을 요구하는 법을 통과시켰지만 별로 도움이 되지 않았다. 1899년 매춘을 위한 부녀자들의 인신매매를 없애기 위한 국제적 협력이 시작되었다. 1921년에는 국제연맹이 부녀자 및 아동 인신매매금지 위원회를 만들었으며 1949년에는 국제연합 총회가 매춘 억제를 위한 협정 안을 채택했다.

미국에서는 매춘이 거의 모든 도시에서 성행했고 1910년 맨 법(Mann Act)이 통과될 때까지는 사실상 통제가 불가능했다. 이 법은 부도덕한 목적을 가지고 다른 주(州)로 부녀자들을 이송하는 행위를 금지했다. 1915년까지는 거의 모든 주에서 매춘굴을 금지하고 매춘 이익금을 관리하는 법을 통과시켰다.

서구 대도시에서는 대부분 매춘이 묵인되고 있다. 따라

서 법집행기관들은 매춘과 연관된 범죄 단속에 더 관심을 쏟는 실정이다. 1959년 영국 의회는 매춘부들의 공공연한 호객(呼客)행위는 금하지만 자신의 집에서 하는 영업은 허용하며 직업을 바꾸고 싶어하는 매춘부들에게는 모두 재활훈련을 받도록 하는 법을 제정했다. 스칸디나비아 반도 3국의 법규는 위생적인 면을 강조하여 잦은 검진을 요구하며 성병에 감염된 사실이 알려진 매춘부는 누구나 강제 입원시킨다.

아세아에서도 매춘이 공공연히 번창한 적이 있다. 20세기 중반까지 매춘은 스스로 생계를 책임져야 하는 여자들이 선택할 수 있는 유일한 직업이었다. 대부분의 아세아 국가에서 매춘은 도시문제에 속하지만 인도에서의 매춘부들은 대개가 가난하고 미혼이며 또 이렇다 할 만한 기술도 없는 사람들로서 이와 연결된 범죄세계로 타락되어 들어간다. 이들은 종종 남자 뚜쟁이(매춘알선업자)와 연결되어있다. 매춘부들은 뚜쟁이나 마담에게 집, 손님의 방문 약속, 신변보호를 받는 조건으로 매춘으로 번 돈에서 많은 몫을 나누어주어야 한다. 이들은 난잡한 성관계를 통해 얻은 성병과 약물남용 등으로 건강을 크게 해치게 된다.

남성 매춘은 대부분의 사회에서 그리 큰 관심의 대상이 아니었다. 이성 간의 성관계를 위한 남성 매춘부는 매우 드물다. 그러나 20세기에 와서 남자 동성연애자 - 비역 - 계간

(鷄姦)-들 사이의 매춘이 대도시에서 성행하게 되었다. 에이즈감염의 원인으로 지목하나 만연은 갈수록 파급 면을 넓힌다.

(3)

사창은 관청의 허가 없이 비밀로 매춘을 하는 창녀를 이른다. 나라에서 매춘을 승인하고 그 보호 아래 두었던 공창(公娼)에 비해 비합법적인 존재이다. 유곽적 군창제도(群娼制度)로서 공창이 있던 국가에서 그 제도 자체를 없애기 위해 또는 국가 영주가 매춘에 부과되는 세금이나 포주의 착취에서 벗어나기 위해 사창이 생겨났다. 바빌론, 고대 이집트, 고대 인도의 예로부터 사창은 현재에 이르기까지 매춘의 역사와 함께 이어지고 있다. 한국의 경우 1904년 6월 일제가 공창제를 실시했고 이는 1930~40년 종군위안부정책으로 이어졌다. 일본군국주의자들이 매춘을 위안부로 발전시킨 피비린 역사증명이다.

스토리빌(Storyville)은 미국 루이지애나 주 뉴올리언스 시의 38번 구역이다. 1897년부터 1917년까지 미국에서 가장 잘 알려진 악명 높은 홍등가였다. 1897년 1월 올더먼 시드니 스토리가(街) 뉴올리언스에서 만연되고 있는 매춘 행위에 대한 일반인들의 반대에 대응하여 시의회로 하여금 사창가, 술집, 기타 퇴폐업소 등을 지정된 장소에서만 제한하는 법령을 채택하도록 하는 데 성공하여 생긴 지역이다. 이 지역(시드니 스토리의 이름을 비공식적으로 채택함)은 비엔빌, 콘티, 커스텀하우스, 세인트루이스가의 5개 구역과 머레이스, 노스베이슨, 노스프랭클린, 노스로버트슨, 트렘, 빌러가의 구역을 포함하고 있다. 이 지역들에는 25센트짜리 값싼 매춘굴에서부터 노스베이슨가에 자리 잡은 최고급 매춘시설에 이르기까지 다양한 종류의 홍등가가 급속히 확산되었다.

1917년 미국이 제1차 세계대전에 개입했을 때 육군과 해군에서는 군사지역 8㎞ 이내에서 매춘을 금지하는 명령을 하달했다. 연방정부는 스토리빌 폐쇄를 명령했고 협박을 받은 시 당국은 복종할 수밖에 없었다. 이 지방 업주들은 대법원에까지 상소하여 법적 대항을 했지만 정부의 명령은 변경되지 않았다. 군사관제수단으로 매춘을 스톱한 사례이다. 강경한 정부행정조치가 매춘을 두절할 수 있다는 유력한 증명이기도 하다.

기녀(妓女)란 가무(歌舞)와 풍류(風流)로써 나라와 궁중의 여러 연회, 유흥행사에 흥을 돋우는 일을 업(業)으로 하던 여성을 가리킨다. 여기(女妓), 여악(女樂), 기생(妓生)이라고도 한다. 보다 포괄적으로는 약방(藥房)에서 의약(醫藥)과 침구(鍼灸)를 배운 의녀(醫女), 상방(尙房)에서 침선(針線) 등을 익힌 관비(官婢)의 총칭으로 어떤 특별한 기능을 가진 여성이라는 뜻이다. 관제상 기생과 같다 하겠다.

고대로부터 가무를 하는 유녀(遊女)는 있었던 것으로 보이나 구체적인 기록은 흔적이 없다. 고려시대의 기녀에 관해서도 자세히 알 수 없으나 초기부터 중국을 본떠 교방(敎坊)이 설치되고 여악이 있었다고 한다. 조선시대에 와서 이러한 여성들은 제도적으로 관청에 소속되어있었으며 신분상으로는 천인(賤人)에 속했다.

기녀의 유래에 대하여 살펴보면 전쟁 포로 가운데 자태가 고운 여자 중 가무에 재능 있는 이들이 기녀가 되었다. 또는 신라 24대 진흥왕 때 화랑의 전신인 원화(源花)에서 유래되었다는 설과 무녀(巫女)가 기녀의 시작이라는, 즉 신격(神格)이던 무녀가 점차 전락하여 권력자의 '노는 계집'으로서 익힌 가무의 재능으로 봉사하게 됨에 따라 기녀가 되었다는 등의 설이 있다. 한편 정약용은 기녀의 기원을 양수척(楊水尺)에 두었는데 ≪아언각비≫(雅言覺非)에 보면 "우리나라[我東方]에 원래 기(妓)가 없었으나 유기장(柳器匠)의 유종(遺種)인 양수척이 있어 수초(水草)에 따라 유랑하였더니 고려의 이의민(李義旼)이 그들로 기적(妓籍)을 만들었던바 이것이 기생의 시초이다."라고 했다. 양수척이란 고려와 조선시대 천인계층의 하나이다. 목축업, 도살, 유기업(柳器業) 등에 종사하던 무리인 화척(禾尺), 재인(才人)의 전신으로 조선시대에는 백정(白丁)이라고 지칭했었다. 또 일명 무자리라고 불리는데 후삼국, 고려 시대에 떠돌아다니면서 천업에 종사하던 무리이다. 대개 여진의 포로 혹은 귀화인의 후예로서 관적(貫籍)과 부역이 없었고 떠돌아다니면서 사냥을 하거나 고리를 만들어 파는 것을 업으로 삼았는데 이들에게서 광대, 백정, 기생들이 나왔다고 한다. 조선시대의 관비를 말하기도 한다.

≪성호사설≫(星湖僿說)에도 그와 같은 말이 있어 남자는 노(奴)를 삼고 여자는 기(妓)를 삼았다고 한다. 또한 고려가 후삼국을 통일하는 과정에서 반항이 컸던 백제의 유민들을 노비적(奴婢籍)에 편입하고 그 비(婢)들 가운데 색예(色藝)가 있는 사람을 골라 기녀로 하여 관청에서 가무를 익히게 한 것이 그 시초라고 하나 모두 확실한 증실 자료는 없다.

고려시대 기녀들은 당악, 향악의 창(唱)과 무(舞)로써 국왕의 사사로운 즐거움이나 궁중연회, 외교사절의 접대 연에 배석했으며 문종 때에는 팔관회(八關會), 연등회(燃燈會) 같은 국가적인 의식과 왕의 거둥이나 궁중의 여러 의식에도 정제(整齊)하였다. 태조가 도읍을 서울로 천도할 때에도 많은 관기가 따라왔다고 전한다. 고려의 기녀는 여악과 관기라는 형태로 나타나는 것으로 보아 교방 및 지방관청에 속한 관기로서 주로 관료양반만 상대할 수 있었을 뿐인 것으로 보인다. 권리가 제패한다는 속설이 가능할 대목일지도 모른다.

조선시대에는 기녀에 의녀가 추가되는데 그것은 유교적 질서가 강화되면서 부인들이 질병을 남자 의원에게 맡기지 못했기 때문이다. 궁둥이 내외라는 민족심벌이 창출한 계기 같다고 할까 보다. 그리고 궁중 내의 바느질을 맡고 있던 침선비(針線婢)도 기녀 가운데서 채워졌다. 그런데 의녀는 내의원(內醫院: 또는 약방), 침선비는 상의사(尙衣司: 또는 尙房)에 각각 소속되어있으면서 남성들의 접대도 겸하고 있었으므로 속칭 약방기생, 상방기생이라 하였다. 조선시대에도 고려의 제도를 이어받아 궁중 내의 잔치와 외국 사절 환영에 여악의 담당자로 기녀를 두게 되었는데 이러한 풍속은 논란의 대상이 되기도 하였다.

여악과 의침(醫鍼)뿐 아니라 군대에서는 장사(將士)를 위안했고 군현(郡縣) 등 지방에서는 사신(使臣)과 객(客)을 접대하기도 했다. 그러나 이러한 기능직의 기녀 수는 전체적으로 큰 비율을 차지하지는 않았다. 이들은 조선시대에 와서 남녀의 상면을 금하는 유교적 질서 속에서 비교적 쉽게 남성들의 접근이 허용된 천인계층에 속했으므로 자연히 잔치에서 흥을 돋우고 남성들을 위안하는 구실을 겸하게 되었다.

조선시대에 와서 기생이라고 칭하게 되었는데 시대의 변천에 따라 기녀의 성격과 생활내용도 달라졌다. 즉 종래의 기녀가 의미하던 기능직이 약화되고 사대부나 변경지방 군사의 위안부 구실이 주요한 임무가 되었다. 따라서 남자의 노리개로서 창기(娼妓)와 대등한 개념으로 변질되었다. 고려시대의 제도 문물을 답습하긴 했으나 도덕을 중시했던 조선왕조의 유교 질서 속에서 창기폐지에 대한 논의가 태종, 세종 때 활발히 제기되기도 했다.

그러나 시대가 내려올수록 그 수는 더욱 증가되었다. 특히 한국 역사상 기생이 가장 큰 사회문제로 등장했던 것은 연산군(1494~1506) 때었다. 연산군 때 기생을 운평(運平)이라 불렀고 그중에서 궁중에 들어와 있는 기생을 흥청(興淸), 가흥청(假興淸), 계평(繼平), 속홍(續紅), 왕을 가까이 모시는 지과흥청(地科興淸), 왕과 동침한 천과흥청(天科興淸)으로 구분하였다. 또한 왕은 전국에서 기생을 뽑기 위해 채청사(採靑使), 채홍준체찰사(採紅駿體察使) 등의 사절을 자주 파견하여 한때는 기생의 수가 1,000여 명에 달했으며 궁궐 내에 거주하는 흥청만 해도 300명이 되었다. 그 후 지식인들이 기녀의 폐단을 비판했으나 조선의 정치, 사회 제도의 한 부분으로 한말(韓末)까지 계속되었다.

자고로 기생방의 은폐영업과 개방경영은 실권 여하에 따라 좌우지되었나 보다. 공창이나 사창은 모두 부패와 해이에 의해 음으로 양으로 비리를 낳았다. 백성의 질고와는 무관하게 황음무치한 패륜으로 정사를 망쳤고 국력을 쇠퇴시킨 종양이다.

(4)

기(妓)와 창(娼)의 종류와 등급은 조선 후기로 가면서 점차 세분화되어 대체로 일패(一牌), 이패(二牌), 삼패(三牌)로 나뉘었다. 일패는 기생, 이패는 은근자(殷勤者), 삼패는 탑앙모리(塔仰謨利)라 불렀다. 기생은 가무를 익혀 국가행사 및 상류사회의 각종 연회에 참석하던 관기의 전통을 계승한 것으로 집에서 사사로이 대접도 하였는데 유녀(遊女) 중에서는 가장 좋은 대우를 받았다.

그러나 30세가 되면 기계(妓界)에서 은퇴해야 했다. 이패는 기생보다는 수준이 떨어지지만 대체로 기생출신이 많았다. 은근자라 한 것은 남몰래 은근히 매춘(賣春)한다 하여 그렇게 부른 것이다. 삼패는 매춘 자체가 직업으로 접객할 때에는 잡가(雜歌)만 부르고 기생처럼 가무는 못하게 되어 있었다. 그러나 후에 삼패들은 당시 정계 유력자-백(back)-의 후원을 받아 신창조합(新彰組合)을 만들고 스스로 기생이라 부르게 됨에 따라 삼패라는 이름은 사라졌다.

이 같은 기생의 종류와 등급은 한말에 와서 전통적인 신분질서의 해체와 때를 같이 하여 붕괴되었고 남성들을 상대로 유흥 접대에 종사하는 여성을 모두 기생이라 부르게 되어 지금까지도 그대로 이어져오고 있다.

조선시대에는 기생을 관장하는 기관으로 관청이 있었다. 펨프 - 뚜쟁이 - 행매(行媒) - 색차지 - 노구쟁이 - 화조사 - 여쾌 - 마담뚜 - 중매인 - 매파군 등 명분의 직능수행이 가능했었다. 행의(行義), 가무, 습서(習書), 회화(繪畵) 등을 가르쳤다. 그 이유는 기생의 접객 대상이 우로는 국왕, 왕자와 정부관리, 학자, 유생(儒生)에서 일반 민간인에 이르기까지 다양해져 예의범절은 물론 문장에 능해야 했다. 따라서 황진이를 비롯하여 매창(梅窓), 소백주(小栢周) 등 시가(詩歌)와 서화(書畵)에 능한 명기(名妓)들이 많았던 것도 당시 기생의 교양 수준을 의미하며 논개, 계월향(桂月香), 홍랑(洪娘)과 같은 절개와 지혜 있는 명기들은 오늘날까지도 그 이름을 남기고 있다. 또한 이 시대에 쓰인 소설에는 기생들이 등장하여 다양한 여성상을 보여주고 있다. 예를 들면 ≪춘향전≫, ≪배비장전≫, ≪숙향전≫, ≪옥단춘전≫ 등을 들 수 있다.

서울, 평양, 진주, 해주, 함흥 등은 특히 기생홍보로 이름난 곳이었으며 지방에 따라 기녀들이 공통적으로 지녔던

특기가 있었다. 경상도 안동의 기생들은 ≪대학≫을 잘 읊었고 강원도의 관동기는 정철(1536~1593)의 ≪관동별곡≫을, 평양의 기생들은 정조 때 시인 신광수의 ≪등악양루탄관산융마시≫(登岳陽樓歎關山戎馬詩)를 많이 읊었으며 이성계가 태어난 함경도 영흥(永興)의 기생들은 조선왕조의 건국을 찬양한 ≪룡비어천가≫(龍飛御天歌)를, 함흥기(咸興妓)는 ≪삼국지≫의 출사표(出師表)를 즐겨 불렀다. 평안도 의주기(義州妓)와 함경도 북청기(北靑妓)는 말을 달리며 재주를 보이는 기례를 지니고 있었으며 제주기(濟州妓)도 말 달리기의 특기를 발휘했다.

조선시대의 엄격한 유교 질서 속에서 천인신분이었던 기생은 특별한 존재로서 일반 여성들의 삶이 일상 속에 파묻혀버리고만 데 비해 개성 있게 살아온 일화를 수두룩이 남기고 있다.

유곽(遊廓)이란 공창(公娼)들을 집창(集娼) 방식에 의해 일정구역 내에 집단적으로 거주시키던 장소이다. 일본에 유곽을 처음으로 도입한 사람은 도요토미 히데요시[豊臣秀吉]로 그는 1585년 오사까[大阪]의 게이세이초[傾城町]를 유곽으로 공인했으며 다음해에는 도쿄[京都]에도 유곽을 허가했다. 이를 이어받은 도쿠가와 바쿠후[德川幕府] 시대에는 25개의 유곽이 있었으며 특히 에도[江戸]의 요시와라[吉原]에는 2,000명이 넘는 공창과 다수의 고용인들이 있었다고 한다. 이 외에 도꾜의 시마바라[島原], 오사까의 심마치[新町] 등도 유명했는데 이들 유곽은 일본의 문학작품과 우키요에[浮世繪]의 창작에 영향을 끼치기도 했다. 메이지[明治] 정부하에서도 유곽은 사회통제의 수단으로 계속 존속했는데 1930년에는 511개의 유곽에 5만여 명의 공창이 있었다.

그러나 1956년 국회에서 통과된 매춘방지법이 1958년 4월에 발효되면서 유곽은 공식적으로 폐지되었다. 메이지 시대 이후의 유곽은 단순한 매춘지대에 불과하지만 에도시대[江戶時代]의 유곽은 연극과 함께 오락의 2대 기관이었으며 연극, 사미센[三味線 – samise]음악, 문학, 회화 등과 밀접한 관련을 맺고 있었다. 당시 유곽에는 무사, 관리, 호상(豪商) 등이 출입했으며 유녀(遊女)들에게도 높은 교양을 요구했는데 유녀의 최고지위인 타유[太夫]는 용모보다도 기예와 지식이 자격요건으로 더 중요시되었다. 유녀와의 술자리에는 '겐지모노다리'(源氏物語)가 준비되고 고대의 시가가 암송되는 등 일본의 유곽은 중세의 귀족적 고전문화를 계승하는 역할을 수행했다.

한국에는 일본의 한반도 침략과 함께 1902년 부산의 일본인 거류지역에 유곽이 처음 생기면서 인천, 원산, 서울 등으로 퍼져나갔는데 일제강점기에는 전국의 도시에 유곽이 성행했다. 그러나 일본에서와 같은 문화적 기능은 전혀 없었으며 단지 창녀를 모아놓은 집창구역에 불과했다. 한국의 유곽은 1947년 10월 미 군정청의 공포한 공창폐지영에 따라서 공식적으로 금지되었다.

게이샤(藝者 geisha)는 일본의 전통적인 접대부를 말한다. 옛날에는 남자를 즐겁게 하는 것이 그들의 직업이었지만 요즘에는 특히 사업상 여는 파티나 요정에서 술자리의 흥을 돋우는 역할을 한다. 게이샤는 문자 그대로는 '예술인'을 뜻하는 말이며 실제로 노래나 춤을 잘하거나 악기를 다룰 줄 아는 게이샤도 많았지만 화술만 뛰어난 경우가 일반적이다. 그들의 본래 역할은 세련되고 유쾌한 분위기를 만드는 것으로서 보통 아름다운 옷차림과 예절 바른 태도를 갖추고 동서고금의 흥미 있는 이야기를 많이 알고 있다. 게이샤들의 생활에서 풍기는 화려함을 동경하여 자진해 이 일을 시작하는 여자들도 있었지만 게이샤 제도는 대개 가불금에 따라 연한을 정하는 인신매매제도가 근간을 이루었다. 얼마간의 돈을 받고 부모가 나이 어린 딸을 유곽에 팔아넘기면 그곳에서 의식주를 제공받으며 몇 년 동안 게이샤로서 필요한 교육과 예능을 전수받는다.

이러한 과정을 거친 뒤 화류계에 진출하여 그동안의 생활비와 부모의 빚을 갚기 위해 돈을 벌기 시작한다. 가무가 서투른 게이샤들은 벌이가 신통하지 않지만 이름난 게이샤들은 혼자서 춤 한 번 추는 데도 많은 돈을 받는다. 게이샤들은 종종 극단과 공연하기도 했는데 그들을 여주인공으로 한 작품이 쓰이기도 했고 실제 남자 배우와 결혼한 사람도 많았다. 결혼을 하면 게이샤는 현직에서 물러나며 결혼을 하지 않은 여자들은 나중에 유곽의 주인이 되거나 나이 어린 게이샤들에게 춤이나 악기를 가르치곤 했다.

우키요에(浮世繪 - ukiyo - e)란 일본 도쿠가와 시대[德川時代]에 유행했던 중요한 미술 장르이다. 오쿠무라 마사노부(1686~1764)가 제작한 우키요에 목판화 '한쇼즈쿠비진소로이'(에도 시대)는 가마쿠라 시대[鎌倉時代]에 창작되었던 에마키[繪卷]의 사실주의적인 설화와 모모야마 시대[桃山時代]와 도쿠가와 시대의 원숙한 장식적 화풍을 혼합한 미술양식이다. 이 양식은 또한 토속적이면서도 이국적인 리얼리즘 요소도 아울러 갖추고 있다. 우키요에 양식으로 그려진 초기 작품들은 병풍화였는데 일반적으로 낙관이 없었다. 이 작품들은 에도나 다른 도시지역의 유곽의 모습을 묘사한 것이다. 통상적으로 유명한 고급 창녀와 유녀(遊女), 가부키[歌舞伎] 배우와 연극의 유명한 장면, 도색적인 내용 등을 주제로 했다. 여기에서 우키요란 덧없는 속세임을 기억할 필요 있다 하겠다.

그러나 병풍화보다 더 중요한 형식은 목판화인데 우키요에 화가들은 목판화를 최초로 이용한 사람들이다. 도시의 일상생활상과 시장에 대해 새로이 관심을 기울임으로써 일반 대중들이 즐길 수 있도록 제작된 우키요에 판화는 급속히 발전할 수 있었다. 일반적으로 우키요에 최초의 대가로 손꼽히는 사람은 히시카와 모로노부[菱川師宣]이다. 단일색상에서 2가지 색상의 채색판화로 이행한 것은 오쿠무라 마사노부[奧村政信]에 의해서였으며 스즈키 하루노부[鈴木春信]는 1765년에 여러 벌의 목판을 이용한 다채색 판화를 도입했다. 우키요에 양식의 진수는 우타마로[歌], 호쿠사이[北齊], 히로시게[廣重]의 작품에서 구현되었다.

(5)

권번(券番)은 일제시대 기생들의 기적(妓籍)을 두었던 조합을 뜻한다. 검번(檢番) 또는 권반(券班)이라고도 했는데 조선시대 기생을 총괄하던 기생청(妓生廳)의 후신이라 할 수 있다. 조선에는 원래 관기제도 외에는 공창제도라는 것이 없었으나 한일합병 후 일본인이 들여온 도쿠가와 시대[德川時代]의 유곽제도를 1916년 3월 데라우치[寺內] 총독이 공창제도로 공포했다. 그 일환으로 기생도 허가제가 되여 권번에 기적을 두고 세금을 내게 했다.

권번은 동기(童妓)에게 노래와 춤을 가르쳐 기생을 양성하는 한편 기생들의 요정 출입을 지휘하고 화대를 받아주는 중간역할을 담당했다. 서울에는 한성권번, 대동권번, 한남권번, 조선권번이 있었고 평양에는 기성권번 등이 있었고 그 밖에 부산, 대구, 함흥, 진주 등에도 각각 권번이 있었다. 권번의 필수과목에는 조선음악, 무도, 조선예법 외에 일본어도 들어있었다. 권번은 1947년 10월 14일자 과도정부법률 제7호로 공창제도가 폐지됨으로써 철폐되었다.

기방춤은 기생학교, 기생조합이라 불리던 권번(券番)에서 추어지던 춤이다. 궁내(宮內)에 설치되어 여악(女樂)을 담당함으로써 기녀들에게 악(樂), 가(歌), 무(舞)를 교습하는 곳을 교방(敎坊)이라 하며 권번은 교방의 후신으로 일제강점기에 만들어진 명칭이다. 지금 전해오는 세속화된 정재(呈才)인 진주검무나 진주포구락, 관아행사와 관련된 승전무, 남녀대무의 일종으로 사교춤 같은 남무(男舞)가 있고 진주교방에 전하는 '한량춤' 같은 무용극 종류도 꽤 많다. 또 교방, 권번에서 무용극 형태의 승무, 줄승무 등 각종 승무가 행해졌다.

양산 사찰학춤도 승려무용가 계통의 줄기가 있으나 거의 기방춤으로 그 맥이 이어져왔다. 이런 춤들은 살풀이와 함께 권번의 기녀들에 의해 교습, 성장해왔다. 교방은 고려 때 제도화되어 조선 말기까지 약 1,000년의 역사를 갖고 있다. 치이크댄스가 흥행하는 패륜오도 속에선 엄밀한 고대

무용질서가 설 자리 없다 하겠다.

장사훈(張師勛)에 따르면 교방과 비슷한 기관으로 신라 진흥왕 때 음악교육기관인 음성서(音聲署)가 있었다지만 기록에는 구체적인 설명이 남아있지 않는다. 그저 삼국시대에 이미 기녀의 춤이 있었다고 한다. 권번과 관련되어 춤과 노래를 직업으로 삼아왔던 기녀들이 남긴 전통적인 예능유산은 현재 고전예술을 연구하는 데 크게 기여하고 있다.

교방이 권번으로 이름이 바뀐 것은 대한제국기 대원군 때부터 기녀들의 입장이 당당해지고 활동이 대담해지면서부터라고 짐작된다. 사가에서도 권번에다 수수료를 지불하고 기녀를 불렀기 때문이다. '놀음'[妓業]을 나간다는 말은 권번양성소에서 3년간 학습을 받은 후 시험에 합격한 기녀에 한해 놀이자리에 불려나간다는 말이다. 이 밖에도 기녀들은 예절, 걸음걸이, 자세, 말솜씨, 몸의 청결, 의복단정 등에 대해 아주 엄격한 교육을 받았다. 그러나 차츰 기녀들은 예절보다는 기술에만 치중하여 춤추거나 노래하는 예인으로 변해갔다. 서울 기방춤 중심의 춤무대가 차츰 민속전반으로 확산되어 오늘날 '고전춤', '전통춤'으로 일컬어지고 있다.

기방춤의 전통을 닦아 무대에 접근시킨 한성준은 전해오던 놀이판을 무대로 직결시켜 자연스럽게 무대에 적응시켰고 옛 장단과 춤사위를 조합하여 재구성하였다. 그 맥은 오늘날 한국춤의 중심을 이루고 있는 원로대가들에게 이어졌다. 또한 각 지방마다 기방명무가 남아있어 우리 춤을 창조적으로 착안하는 건 물론 옛것을 살려내는데도 오롯한 일익을 담당하고 있다. 특히 승무와 검무는 교방, 권번 등을 거치면서 기방에서 발전한 춤으로 각지에서 그 계통을 찾을수 있다. 그러나 기방춤 중 군무는 거의 없다. 이런 점에서지방에서 전해진 '진주포구락'이 1984년 말에 재현된 것은큰 의미가 있다. 가무선호로서의 집착으로 발굴 정리하는민족체질이 기방무답습에도 정진함이 당연하다 하겠다.

기방류로 이어온 춤 가운데 가장 많이 추어지는 살풀이는 같은 호남지방의 '기방살풀이'인데 호남내륙으로 갈수록단아하고 선명하며 웅장하다. 또한 남서쪽으로 갈수록 잔맛이 많다. 기방류의 춤은 굿의 일부로 지켜온 춤과 기방에서가락, 장단을 가져다가 독립된 춤으로 만들어져 전하는 춤으로 나뉜다. 기방예인들은 춤뿐만 아니라 줄타기, 소리,고수 등 많은 재주를 지니고 있었다.

불교의식에서 보이는 여러 춤의 모습, 내용이 기방춤과함께 어우러져 전하는 춤 중에는 한량춤, 타령, 나례무(儺禮舞), 량반춤, 지성승무, 화랑장검무, 기방소고춤 등이 있다. 진주교방예능에서도 진주살풀이, 부채춤, 화관무, 승무등은 아직 살아있다. 그리고 제주도 민요춤도 옛 제주관기들의 가무에서 줄기를 찾을 수 있다. 특히 '오돌또기', '관덕정타령'같이 육지에 많이 알려진 소리는 옛 관기들의 가무악(歌舞樂)에서 그 연원을 찾을 수 있다. 승전무는 영내(營內)에 예속된 교방청의 기녀가 추던 춤으로 궁중춤의 무고와 거의 같은 형태였다. 기방류에서 나온 소고춤을 보면 보통 농악춤과는 달리 정교하고 단아하며 매력적이다.

가곡보감(歌曲寶鑑)은 김구희(金龜禧)가 엮은 가요집이다. 1928년 평양의 기성권번(箕城券番)에서 펴냈다. 기생들이 익혀서 불러야 할 노래와 소리를 모은 것으로 풍류호객들도 부를 수 있게 했다. 모두 6편이며 각 편을 몇 개의 절로 나누었는데 제1편 가곡은 '평우락', '계락', '태평가', '편' 등이다. 제2편은 가사로 '권주가', '어부사', '상사별곡', '편락'(編樂) 등을 실었고 제3편은 시조로 평시조, 사설시조 등으로 나누고 제4편은 서도잡가, 제5편은 남도잡가, 제6편은 경성잡가를 실었다.

(6)

무타(mutah)는 아랍어로 '즐거움'이라는 뜻이다. 이슬람의 임시결혼을 말하는 거다. 이슬람교의 경전인 '코란'(Koran)에 다음과 같이 언급되어있다고 전한다. "너희들은 자신의 재산으로 예의 바르고 음탕하지 않은 행동으로 아내를 얻을 수 있다. 이미 그 여성이 약속을 지켜 너희를 즐겁게 해준 데 대해서는 응분의 보답을 해주어야 한다."(4: 24)

임시결혼은 반드시 양자의 자유로운 결합이여야 하며 계약 조건과 기한은 미리 결정해야 한다. 사전에 동의받지 않으면 결국 여성은 숙식을 누릴 권리와 더 나아가 상속받을 권리도 갖지 못한다. 무타의 기한은 연장할 수 없으나 새로운 합의가 이루어졌을 땐 동거를 계속할 수 있다. 대부분의 수니파 지도자들은 무타를 단순한 매춘이라고 비난하고 있다. 수니파(Sunni派)란 아랍어로서 이슬람교의 정통파이다. 수나(Sunna)를 수호하는 교파로 이슬람교도의 약 90%를 차지한다. 한편 12이맘 시아파(Ithn Ashar Shah)는 영속적인 결혼이 불가능한 환경에서 매춘을 방지하는 하나의 수단으로 이 제도를 옹호했다. 시아파(Shiah派)는 이슬람교의 2대 종파의 하나이다. 마호메트의 사위인 알리(Ali)가 마호메트의 정통 후계자가 되어 세운 교파로서 역대의 칼리프를 정통 후계자로 인정하지 않았기 때문에 수니파와 대립하여 분리파 또는 이단파로 불리는데 다시 이 파로부터 많은 극단파가 나왔고 현재는 이란의 국교가 되었다.

임시동거와 완전결혼 사이의 지탱점을 구축하기 위한 발단으로 매춘맥락이 더 길게 뻗쳐졌음을 알 수 있는 한 대목이라 하겠다. 결국 모호하면서도 묘연한 애정관계를 무마한 리드행위이나 보다. 존속된 성의 사명은 그러한 보장옹호 속에 속성을 무난히 펴보인 거다.

울펀던 보고서(Wolfenden Report)는 성행위를 규제하는 법률에 대한 권고사항을 수록한 보고서를 말한다. 1957년 영국의 동성애 범죄 및 매춘 위원회에서 발표했다. 이 보고서는 심리분석과 사회과학이론을 인용하여 공공사안에 관한 제정법은 도덕성을 문제 삼을 것이 아니라 공공질서를 어지럽히는 성행위에만 관심을 두어야 한다고 주장했다. 따라서 이 위원회는 서로 합의를 거친 인간의 사적인 동성애 행위는 형법의 처벌 대상에서 제외되어야 한다고 했다. 1967년에 이러한 권고를 반영한 성관련범죄법이 제정되었다.

무타의 시야비야와는 달리 울펀던 보고서는 한결 관용하는 입장에서 동성애와 매춘을 묵인한 셈이다. 심히 대조적인 건 양자의 대립비교가 모두다 성을 둘러싸고 각이한 자세를 보여준 거다. 이렇게 성의 연혁사는 부동한 시대와 부동한 종족조종에 의해 역시 천태만상의 점철(點綴)을 보여주었다. 인류의 발전모퉁이엔 성이 얼비친 파란만장한 흔적이 수두룩함도 결국 그 연원에 비롯된 소치인 줄로 알겠다.

정신대(挺身隊)란 일제가 전쟁 수행을 위해 동원한 여성 종군위안부와 근로정신대를 말함을 진작 자타가 잘 아는 터다. 역사적 배경을 살펴보면 다음과 같다. 한일합병이 된 1910년부터 조선 여성을 일본으로 팔아넘겨 매춘행위를 시키는 일이 일상적으로 행해졌다. 그 뒤 1932년 상해사변(上海事變)이 일어나고 일본군의 강간행위가 빈발하자 그 대책으로 오카무라 야스지[岡村] 중장은 나가사키[長崎]의 지사에게 군대위안부 유치를 요청했는데 이것이 공식적으로는 전쟁터에 위안부를 도입한 초창기로 보인다.

그 후 1937년 남경 대학살 사건 때 일본군이 일반시민을 강간하는 포악행위가 드러났으며 성병을 예방하기 위해 본격적으로 종군위안부 정책을 취하게 되었다. 특히 조선여성이 전통적인 유교교육 등으로 성병의 위험이 없으리라는 판단으로 미혼의 조선 여성을 종군위안부의 적절한 대상으로 정했다. 조선여성이 위안부적격자로 발탁된 이유 중 하나가 유교피해자라는 슬픈 근거를 역시 슬픈 인고로 기억할 일이다. 근로정신대의 경우는 전쟁에 따른 노동력 부족을 해결하기 위한 정책의 하나로 제사, 방직공장 등에 조선여성을 동원하여 노동력을 착취했다.

여자정신근로령(女子挺身勤勞令)은 일제가 한국인 부녀자들을 징발하기 위해 1943년 제정, 공포한 법령이다. 중일전쟁 후 파쇼적 총력체제하에서 일제는 조선에 대한 무제한적인 물적, 인적 수탈을 강요했다. 제2차 세계대전의 발발과 더불어 징용, 징병 등 조선인 강제연행으로 인해 노동력이 부족해지자 일제는 전시로무대책의 일환으로서 여성노동에 대한 집중적인 수탈을 실시했다. 이에 따라 1943년

10월 8일 ≪생산증가노무강화대책요강≫을 발표하고 국민
징용령의 시행과 관련된 여자노무의 대체이용 등을 규정했
다. 이 요강은 병력동원과 징용으로 인하여 인력이 부족되
는 2차 산업장 등에 여자노무를 대체하고 궐기촉구한다는
방침이었다.

이러한 방침에 따라 1944년 8월 23일 후생성은 ≪여자
정신근로령≫을 공포, 시행했다. 이 법령은 국민직업능력신
고령에 의한 등록자, 즉 만 12~40세의 배우자 없는 여성
을 정신대의 대상으로 규정하고 정신근로령서를 발급하여
부녀노동력을 확충했다. 여기에 불응하는 자는 취직령서(就
職令書)에 의해 취업을 강제했으며 그래도 불응하면 국가
총동원법 제32조에 따라 처벌했다.

당시에는 여자노무가 국민동원계획에 의한 상비요원(常
備要員)으로 파악되었기 때문에 여자정신근로령은 육해군
의 여군속, 공장, 사업장 기타 총동원 업무에 종사 중인 여
성, 가정생활에 불가피하게 필요한 여성, 즉 기혼녀와 불구,
병약자를 제외하고 일할 수 있는 모든 여성에게 적용되었
다. 여성들은 근로정신령서 1장으로 무조건 노무 제일선에
끌려갔으며 광산, 토목공사장, 군수공장에서의 단순노무 혹
은 전선기지에서 타이피스트(typist), 교환원, 간호사 기타
사무직에 종사했다.

여성정신대는 노무동원의 한 형식이므로 신분은 피징용

여성노무자라야 했으나 그것은 현실적으로 동원될 당시의 표면상의 신분일 뿐이었다. 사실상 군과 결탁한 매춘업자들이 여자정신대 또는 여자애국봉사대 등의 명칭으로 동원된 다수의 여성들을 종군위안부로 투입했기 때문에 여자정신대에 대한 호칭 자체가 마침내는 종군위안부를 뜻하는 경우로 바뀌게 되었다.

표리부동한 백일하의 명색은 예이제 없이 뻔뻔스럽다. 여자정신대가 징용조건을 무시한거나 안마시술소라는 간판의 내막이 영업허가범위를 이탈한 거나 피차일반 - 피장파장 - 이 아닌가! 대충 일별하는 식으로 드로잉(drawing)해도 진면모와 위선자를 분별할 수 있음에랴.

(7)

여성운동(女性運動 - women's movement)은 feminist movement 라고도 한다. 여성이 남성과 동등한 지위 및 권리를 가지며 직업과 생활양식을 스스로 결정할 수 있는 자유를 획득하려는 운동을 지칭한다. 여성의 권리에 대한 관심은 계몽운동에서 비롯되었다. 계몽운동기에 자유, 평등, 개혁사상이 부르주아, 농민, 도시노동자 계급에서 여성으로 확대되기 시작했다.

여성의 권리에 대한 초기 사상을 완성한 사람은 1792년에 영국에서 ≪여성의 권리 옹호 A Vindication of the Rights of Women≫를 출간한 메리 울스턴크래프트였다. 그녀는 여성은 남성의 쾌락을 위해서만 존재한다는 관념을 비판하면서 여성도 교육, 직업, 정치에서 남성과 똑같은 기회를 가져야 한다고 주장했다. 여성운동가치고는 상당히 초월한 의식을 구비한 엘리트라 하겠다.

19세기에 이르러 남녀동권사상을 구체화한 것은 여성참정권획득 운동이었지만 그 당시까지는 사회적 지위, 역할, 경제분야에서 여성이 차지하는 위치에 대한 근본적이고 폭넓은 재평가를 하지 못했다. 19세기 후반 소수의 여성들이 전문직업을 갖기 시작했고 20세기에 이르러 여성 전체가 참정권을 얻었다. 그러나 여전히 여성들이 직장을 갖는 데는 명백한 한계가 있었으며 아내, 어머니, 주부라는 전통적인 역할에만 여성을 묶어두려는 생각이 널리 퍼져 있었다. 결국 여성속성의 제한성을 타개할 수 없었다. 야속한 성별기시라 하겠다.

한편 여성들이 아이를 덜 낳게 되고 가전제품이 발달하여 이전의 가사노동과 관련된 여러 고된 일로부터 해방됨에 따라 여성에게 낮은(또는 적어도 의존적인) 지위를 강요하는 기반이 되었던 경제적인 조건도 변화되었다. 제2차 세계대전 후 수십 년 동안 서구사회의 경제분야에서 서비스 부문이 성장한 결과 남성과 여성이 함께 가질 수 있는 새로운 유형의 직업들이 생겼다. 그러나 여성에 대한 사회의 전통적인 고정관념은 여성의 실제 생활조건의 변화에 비해 과거와 크게 달라지지 않았다. 1960년대 미국의 민권운동에 고무되어 여성들은 대중선동 및 사회비판과 같은 운동을 통해 스스로 더 나은 조건을 얻기 위해 노력했다.

현대 여성운동의 기원을 이루는 획기적인 사건은 시몬 드 보부아르의 저서 ≪제2의 성 Le Deuxisexe≫(1949)의 출간이었다. 곧 전 세계적인 베스트셀러가 된 이 책은 여성운동에 대한 의식을 한층 끌어올렸다. 여성운동의 발전에 기여한 또 다른 주요저서는 1963년 미국의 베티 프리던이 출간한 ≪여성의 신비 The Feminine Mystique≫였다. 프리던은 여성에게 수동적인 역할을 강요하고 남성의 지배에 의존하도록 의식을 마비시키는 가정생활을 맹렬히 비난했다. 1966년 프리던과 다른 여성운동가들이 전국여성연맹을 창설한 것을 계기로 미국과 서유럽에 여권운동단체들이 급속히 늘어났다. 이 단체들도 계약권과 소유권, 고용 및 임금, 재산관리 같은 문제, 성, 출산과 관련된 문제에서 여성을 차별함으로써 여성의 낮은 지위를 강요하는 법률과 관습을 철폐하려 했다.

여성운동이 점점 활발해지면서 여성은 남성에 비해 상대적으로 연약하고 수동적이며 의존적일 뿐 아니라 남성보다

합리적이지 못하고 감정적이라는 사회의 지배적 고정관념을 바꾸려고 노력했으며 여성이 하려고만 한다면 노동을 할 수 있고 남성으로부터 경제적, 심리적으로 독립할 수 있도록 더 많은 자유를 얻어야 한다고 했다. 또한 여성이 성적인 욕망의 대상임을 강조하는 사회의 일반적인 여성관을 비판하고 남성과 동등해지기 위해 여성의 자기인식과 기회를 넓히려고 노력했다. 여성운동의 또 하나의 목표는 정치적인 의사결정과 모든 공적인 영역에서 여성의 참여를 확대하는 것이었다.

여성운동의 목표는 나라마다 크게 달랐다. 여성운동이 가장 강력하게 전개되었던 미국에서는 그 절정기에 오른 1970년대 여성운동가들이 남녀평등헌법수정안통과에 노력을 집중했다. 이 밖에 미국과 서유럽 여성운동가들은 대중매체에서 나타나는 여성에 대한 편견과 차별, 상투적인 여성 묘사에 대한 비판운동을 벌였다. 아프리카 여러 지역에서는 여성운동의 목표가 신부값 폐지와 같은 근본적인 문제에 집중되었으며 중동 이슬람교 지역에서는 여성의 의복에 관한 규율과 격리제도의 완화를 추구했다. 또한 세계 여러 나라에서 아내가 계약을 하거나 소송을 할 때 남편의 허락을 받아야 하는 관행에 대한 비판도 있었다.

약취유인죄(略取誘引罪－abduction)란 법률상 내연관계 또는 매춘을 목적으로 여성을 붙들어가는 행위를 의미한다. 특정 연령 미만의 소녀를 혼인의 목적으로 약취하는 행위 역시 대개의 재판권에서 약취유인죄에 포함된다. 약취유인죄는 통상 유괴의 한 형태로 간주된다. 약취유인죄는 사람의 자유 가운데 신체활동의 자유 특히 장소선택의 자유를 해하는 범죄이다.

약취유인죄의 행위는 약취와 유인이다. 약취와 유인은 다 같이 사람을 자기 또는 제3자의 실력적 지배하에 두어 그 자유를 침해하는 점에서는 같지만 약취는 폭행 또는 협박을 수단으로 하는 데 비하여 유인은 기망(欺罔) 또는 유혹을 수단으로 하는 점에서 양자는 구별된다. 여기서 폭행 또는 협박은 미성년자를 실력적 지배하에 둘 수 있는 정도의 것이면 족하고 상대방의 반항을 억압할 정도임은 요하지 않는다.

약취, 유인의 수단인 폭행, 협박, 기망(欺罔), 유혹은 직접 피인취자에 대하여 가할 필요는 없고 그 사실상의 보호감독자에 대하여 가한 경우도 약취, 유인이 된다. 예를 들면 어머니를 포박하고 그 유아를 연행하는 행위이다. 약취유인죄는 사람을 자기 또는 제3자의 실력적 지배하에 둠으로써 기수가 되고 피인취자의 자유가 회복될 때까지 그 기수상태가 계속되는 계속범이다. 따라서 약취, 유인 후에 그 장소를 변경하더라도 그때마다 하나의 범죄가 성립하는 것이 아니고 포괄적인 일죄(一罪)이다. 다만 약취, 유인 후 피인취자를 계속하여 구금한 때에는 본죄 이외에도 체포감

금죄가 성립된다.

야쿠자(yakuza)라면 떠올리는 연쇄반응이 있을 거다. 일본에서 수세기 동안 전통적으로 이어온 범죄 집단의 구성원이 아니고 뭔가!

야쿠자 조직은 20세기에 들어 마피아(주로 이탈리아나 시칠리아 출신들로 이루어진 고도의 위계적인 범죄집단)와 같은 조직을 갖게 되었다. 야쿠자들은 흔히 사무라이와 같은 의식을 치르기도 하며 때로 몸에 문신을 새기기도 한다. 그들은 일본의 주요도시에서 강탈, 공갈, 밀수, 매춘, 마약, 도박, 고리대금 등 여러 불법활동에 관여하며 많은 식당과 주점, 슬롯 머신(slot machine), 트럭 회사, 연예인 기구, 택시 회사, 공장 등의 업종에 참여하기도 한다. 경찰의 추정에 따르면 20세기 후반 이들의 수는 1만 5,000명을 헤아렸다.

야쿠자 조직의 우두머리는 '오야분'[親分]이라고 부르며 그 밑에 있는 추종자는 '고분'[子分]이라 부른다. 야쿠자 조직은 엄격한 위계질서를 따르며 그들의 규율은 종종 우익이나 군국주의적 이데올로기와 연결되었다. 고분은 피로써 충성을 맹세하며 야쿠자의 규칙을 어긴 자는 자신의 손가락을 칼로 잘라 그것을 비단 보자기에 싼 뒤 오야분에게 바치는 속죄를 해야 한다. 이런 악패세력들이 여성을 상대로 매음창기활동에 창궐하다. 국제테러와 같은 공포를 조성하며 아동과 여성을 유괴판매하니 매음굴소탕도 애로를 겪

기 마련이다. 단순한 여성운동조직으로만 자체권익보호가
불가능하다. 지구촌인류의 공동한 인식통일로 성별차별, 이
성기시를 차단소멸할 때라야만 남녀평등도 가능하다.

(8)

　수간(獸姦 - sodomy)을 성도착증(性倒錯症)의 한 형태로
풀이하기도 한다. 이 용어는 역사, 문학, 법률에서 몇 가지
다른 의미로 정의되고 있다. ≪창세기≫ 18장 19절 소돔
편에 암시된 건 훨씬 광범위하다. 모든 남성 간 형태의 동
성 간 성교, 항문성교, 동물성교나 동물애, 성기 이외의 성
적 접촉에서부터 입과 음부의 접촉과 구강성교 등 여러 가
지 의미로 포괄시켰다. 의학적으로는 수간을 사람과 동물과
의 성기접촉 및 항문성교에 한정하고 있다.
　항문성교는 침팬지나 고릴라 등 민꼬리원숭이에서도 관찰
되며 일부 문맹사회에서는 성인과 소년 사이의 일반적인 행
위로 받아들여지고 있고 특히 성인이 되기 위한 통과의례로
빈번히 행해진다. 현대사회에서는 남성 간의 동성애에서 일
어나며 남녀 간의 성행위에서도 행해진다. 음부와 항문 주
위는 같은 신경을 공유하고 있으므로 아마도 수동적 배우자

(동의에 의한 경우)도 능동적 배우자만큼 쾌감을 느낀다고 생각된다. 일부 지역에서는 범죄로 규정되어있으며 다른 대부분의 지역에서는 비정상적인 행위로 비난받고 있다.

일부 법전에서는 관계가 자발적이며 법적으로 성인인 사람들 사이에서 이루어진 경우라 해도 동성 간의 성교행위를 종신형 판결을 받을 만한 형벌로 규정하고 있다. 소위 ≪반자연적 성교 금지에 관한 법률≫에서는 여러 가지 성적 접촉에 대해 묘사하고 있는데 결혼한 부부에게도 마찬가지이다. 그러나 이러한 법규는 덴마크, 프랑스, 이탈리아, 스웨덴, 스위스 등지와 다른 여러 나라의 법전에는 나타나지 않는다. 영국의 로플던 위원회와 미국법률협회는 폭력, 아동매춘을 목적으로 한 공공연한 유객행위의 경우를 제외하고는 이 영역의 범죄조항 폐지를 제시했는데 이러한 제시는 1961년 미국 일리노이 주에서 처음 채택된 이후 미국의 몇몇 주에서 인정되었고 영국에서도 1967년 이 조항이 폐지되었다.

케데샤(qedesha)란 일명 kedesha, kedeshah라고도 쓴다. 아카드어로는 qadishtu이다. 고대 중동에서 특히 다산(多産)의 여신 아스타르테(아슈토렛) 숭배에서 발견되는 신성한 매춘부를 가리킨다. 공식적인 신전 제사에서 중요한 역할을 한 매춘부들은 남성일 수도 있고 여성일 수도 있었다. 이집트에서 케데슈라는 이름의 여신인 카데시(시리아)는 제19·20왕조(BC 1292~1075경)에서 숭배되었다. 그녀의 모습은 중간 계층 노동자들의 돌기둥 비문에서 발견된다. 그녀는 손에 화살을 들고 나체인 채로 암사자(또는 표범)위에 정면으로 포즈를 취하고 있다. 이스라엘의 예언자들이나 개혁가들이 반복하여 성스러운 매춘을 거부했지만 초기의 이스라엘 사람들은 지역적인 가나안 의식을 받아들인 것 같고 BC 622년경의 요시아 왕 개혁 때까지 공식적으로 그 의식을 행한 것이 분명하다. 아무튼 매춘은 아무리 민족적이고 신성시한다고 해도 거부나 반대를 받지 않은 사례는 없나 보다.

호모(homo), 살친구, 호모섹슈얼, 남색친구 등 동성애 역시 매음행각으로 지목된다는 건 당혹과 의혹을 빈발할지도 모른다. 동성 사이에도 성 매매가 가능하다는 발설이 높아간다. 매춘은 남자끼리도 여자끼리도 발생한다는 거다. 매춘뒤안길은 갈수록 넓어지고 길어지나 보다. 뒤안길이라는 으슥하고 유축진 소외감을 모른 채 어쩌면 탄탄대로로 성교역을 무난하게 치를지도 모른다. 기녀는 장도노리개를 차고 치마는 오른쪽 자락을 왼편으로 둘러 입는 게 특징이다. 인젠 그러한 복식규정도 퇴색했다고나 할까 보다. 약방기생에게는 예복으로 녹의홍상(綠衣紅裳)에 큰머리를 하고 고름에 침통을 찰 수 있도록 한 파격적인 대우 역시 때 지난 패션이라 하겠다. 사라능단(紗羅綾緞)을 재료로 한 모든 복식품의 착용이 허용되고 금, 은으로 장신구를 사용하던 기

녀복의 화려함은 보이지 않아도 특무 같고 간첩 같고 암행
어사 같은 명분들로 섞이어 몸을 판다. 독종(毒腫)치고는
너무나 영악한 병균이나 보다.

매춘뒤안길은 이정비를 세울까 보다. 장승의 표말역할로
무엇을 사열할건가?! 마을의 수호신 구실을 하던 장승이었
다. 대개 남녀로 쌍을 이루어 한 기둥에는 '천하대장군'(天
下大將軍), 또 한 기둥에는 '지하녀장군'(地下女將軍)이라
고 새긴다. 자웅을 표방하여 현대장승은 어떤 배역을 모실
는지⋯⋯.

하청(河淸)이란 중국의 황화(黃河)라는 두 번째로 긴 강
의 물이 맑아지는 일을 이르는 거다. 흐린 황하의 물이 천
년에 한 번 맑아진다고 한다. 매춘에도 하청을 바라는 게
아니라 영원히 두절되어 매일 하청이기를 원하는 바이다.
세탁되면서도 종시 세척되지 않는 게 매음인가 보다. 하여
펨프 – 뚜쟁이 – 행매(行媒) – 색차지 – 노구쟁이 – 화조사 –
여쾌 – 마담뚜 – 중매인 – 거사 – 매파군 들이 중개를 하지
않아도 스스로 이루어지나 보다.

청명주 향사(享祀)

　삼해주(三亥酒)란 정월의 세 해일(亥日)에 만든 술이다. 음력 정월 상해일(上亥日)에 찹쌀가루로 죽을 쑤어 식힌 다음에 누룩 가루와 밀가루를 섞어서 독에 넣고 중해일에는 찹쌀가루와 멥쌀가루를 쪄서 식힌 후에 독에 넣고 하해일에는 흰쌀을 쪄서 식혀서 독에 넣어 익힌다. 한편 춘주(春酒) 혹은 청명주라고도 부른다.

　2004년 갑신년에 다가온 청명은 별스레 4월 4일 일요일인데다가 음력 2월 보름이었다. 게다가 또 윤 2월이 깃든 윤년인지라 절기가 앞당겨진 듯하면서도 더 지루하게 느껴졌다. 한식은 동지에서 105일째 되는 날로서 4월 5일이나 6일쯤이 되며 민간에서는 조상의 산소를 찾아 제사를 지내고 사초(莎草)하는 등 행사로 묘를 돌아보질 않는가! 나는 청명주 향사로 고향길에 올랐다. 그런데 벌써 며칠 전 아니 몇 달 전부터 시야비야하던 논난들이 또 골목마다 거세지는 게 아니겠는가!

"윤달이 든 해엔 청명제사를 안 지낸다오."

"또 죽을 사(死)자와 발음이 같은 사(四)자도 불길하니 산소에 가더라도 가토는 말아야지 뭐!"

"그것보다 올 청명은 저녁 18시 59분에 들었으므로 내일 제사 지내러 가야 응당 맞는 걸세."

3월에 한식이 든 해는 사초(沙草)를 하지 않는다는 말은 들은 적이 있다. 이는 '삼구부동총'(三九不動塚)이라 해서 "3월과 9월에는 묘소를 움직이지 않는다."고 하는 데서 연유한 거다. 물론 그 이유라면 3월은 이미 봄이 되어 싹이 나왔기 때문이고 9월은 이미 겨울에 접어들어 뿌리를 내리지 못하기 때문이란다. 그런데 올 같은 청명이변설은 금시초문일 수밖에 없다. 또 한식날 천둥이 치면 흉년이 들 뿐만 아니라 나라에도 불행한 일이 있다고 매우 꺼려했다는 말은 들은 것 같다. 그러나 올 갑신년의 청명절이 겪는 수난사는 금시초견이 아닐 수 없다. 듣는 이도 말하는 이도 여하튼 찜찜하기는 피차일반이다. 가느냐 그만두느냐 하는 선택여지보다 왜 올 청명은 이렇게 시비곡조 속을 경과해야 하는 반문에 심각해진 거라 하겠다. 하여 나는 누가 뭐라 하든 아예 귓등 밖으로 흘려보내며 환고향길에 올랐다. 제물이나 가토를 치르는 행사를 염두에 둔 것보다 고루하고 답습적인 봉건저축사상이 우세인 청명일수록 더 떳떳이 성묘하련다는 지배가 등을 떠밀어준 거다.

하기야 대합실이나 정류소, 차안은 전에 비해 청명풍경이 홀가분할 지경으로 삭제된 게 눈에 띄었다. 역구내는 평소와 마찬가지로 휑뎅그렁하고 차 안은 여객들이 뜸해 빈자리가 많았다. 추모의 날인지라 더구나 공간까지 썰렁할 줄이야……. 고갈된 인위적 사막인가싶어 한참 청명주를 쓰게 감내해야 했다. 청명주 향사와 함께 그 역사유래를 살펴보는 심리반사, 반감오기에 무작정 부풀렸다.

清明時節雨紛紛(청명시절우분분)
청명날 보슬보슬 이슬비 내려
路上行人欲斷魂(노상행인욕단혼)
길을 가는 나그네 찢기는 마음
借問酒家何處有(차문주가하처유)
목동아 쉬어 갈 주막은 어디에
牧童遙指杏花村(목동요지행화촌)
가리키는 멀리 살구꽃 핀 마을

이는 중국 당나라 시인 두보의 걸작이다.

한식을 중국 춘추시대 제나라 사람들은 냉절 또는 숙식이라고도 불렀다. 조선시대에는 설날, 단오, 추석과 함께 사대명절(四大名節)이었다. 명절날 조상의 산소에 가서 묘사(墓祀)를 지내는 날은 설날, 한식, 단오(端午), 추석(秋夕) 등이지만 절사(節祀)로 가장 성하게 지내는 날은 한식과 추석이라는 설명이 한결 우세적이다. 종묘(宗廟)와 각 능원(陵園)에 제향(祭享)을 지내고 민간에서도 조상의 묘전(墓前)에 술, 과일, 포(脯), 식혜(食醯), 떡, 국수, 탕(湯), 적(炙) 등의 제물(祭物)을 차려놓고 성묘하는데 이를 한식차례(寒食茶禮)라고 한다. 후에 명절제사인 절사(節祀)는 동지(冬至)가 추가되어 다섯 절사(節祀)로 자리매김되었다. 이때 조상의 묘가 헐었으면 떼를 다시 입히고 봉분을 개수하기도 하는데 이를 개사초(改莎草)라고 하였다. 청명, 한식 때는 바람도 심한데 한식날은 불을 사용하지 않고 찬밥을 그냥 먹는 날이었다. "불을 사용하지 않고 찬밥을 먹는다."는 한식의 의미로는 이 날이 계절적으로 풍우(風雨)가 심해서 불을 금하고 찬밥을 먹는다고 하거나 유래 고사에서 연유한 것으로 전해진다.

그러나 본래는 고대의 종교적의미로 매년 봄에 나라에서 새 불[新火]을 만들어 쓸 때 그에 앞서 어느 기간 동안 구화(舊火)를 일체 금하던 예속(禮俗)에서 유래된 것으로 간주하는 설도 없지는 않다. 고대에 종교적 의미로 매년 봄에 나라에서 새 불[新火]을 만들어 쓸 때 이에 앞서 일정 기간 옛 불[舊火]을 일체 금한 예속(禮俗)에서 유래된 것으로 여겨진다. 임금은 청명날 새 불을 일으켜 뭇 신하와 고을 수령에게 나누어준다. 수령은 이 불을 한식날에 다시 백성들에게 나누어준다. 그래서 한식날 묵은 불을 끄고 하루는 불 없이 지내며 찬 음식을 먹는다 한다. 이 하나의 불로써 온 나라의 군신백성은 일체감을 갖게 된다. 한식날을 명절 중의 명절로 삼아 관리들에게 성묘를 하도록 휴가를 주었을 뿐 아니라 이날만은 어떠한 죄수에게도 형을 집행하지 않도록 금지했다고 한다.

이조시대에 들어와서는 더욱 한식을 중하게 여겨 오늘날까지 한식날 성묘하는 관습이 남아있다. 초(醮)는 중국 당(唐)나라에서 전래되어 신라 때부터 전해지는데 고려시대에는 대표적 명절로 숭상되었고 조선시대에 들어와서는 그 민속적 권위가 더욱 부상한 셈이다. 여기에서 말하는 초(醮)란 민속 관례(冠禮)에서 마지막으로 행하는 의식이다. 복건을 쓰고 난삼을 입고 신을 신는 의식인 삼가(三加)가 끝난 뒤에 행하는 축하연을 이른다. 기연미연일지라도 나중엔 성신(誠臣)인 개자추와 관련된 연원으로 아퀴를 짓는 게 통례이다. 즉 충신의 지조를 찬미하는 통념이 지배적인 걸로 주축을 이룬다. 참된 신하 개자추를 기리는 전설에 안주한 후세의 전통이나 보다.

문화란 답습이 아니라 새롭게 만들어가는 과정에 그 실존의미를 풍부하게 확장한다. 충실한 문화의 저력이 사회를 움직이고 인류를 추진하는 이유가 바로 여기에 비롯된다.

춘추시대에 다섯 패왕의 하나인 진(晉)나라의 공자(公子) 중이(重耳)는 여희(驪姬)의 박해를 피하여 19년이나 국외로 망명길에 올랐다. 위나라에서 근근득식으로 망명을 가던 도중에 인적이 없는 곳에서 피로하고 배도 고파 더 이상 서 있을 힘도 없었다. 그때 그를 수행한 개자추(介子推)는 아무도 보지 않는 곳으로 가서 몰래 자기의 허벅지살을 한 덩어리 도려내어 탕을 끓였다. 중이는 기아선상에서 인육탕을 먹고 서서히 정신을 회복하였다. 나중에 자기가 먹은 고기가 개자추의 허벅지살임을 알고는 눈물을 한없이 흘렸다. 19년 후 중이는 진나라의 왕위에 올랐는데 그가 바로 진문공(晉文公)이다. 진문공은 즉위한 후에 지난날 망명길에 올랐을 때 자기를 수행했던 공신들에게 대대적인 포상을 하였지만 유독 개자추만 포상에서 제외되었다. 뿐만 아니라 여직 봉록(俸祿) 한번 타본 적 없지 않았던가! 일편단심 충성하던 신하가 임금의 소외를 받을 줄이야……. 많은 사람들은 개자추에게 불공평하다고 하면서 왕에게 직접 포상을 건의하라고 권하였다. 그러나 개자추는 그렇게 논공행상을 일삼는 사람들을 경멸하였다. 냉대는 받았으나 명리를 따지지 않고 상금마저 초개처럼 여기였다. 그는 행장을 꾸린 후 오늘날 산서성 개휴현 동남쪽에 있는 금산(綿山)으로 가서 은거하였다. 개자추는 상을 구하는 것을 수치로 알고 노모를 업고 금산 땅 깊은 산골로 갔음을 알렸다.

진문공은 그 소식을 들은 후 대단히 부끄러워하며 스스로의 건망증을 통탄했다. 왕위에 오른 문공이 개자추의 은덕을 생각하여 높은 벼슬을 시키려 하였으나 때는 이미 늦었다. 그는 직접 사람들을 데리고 개자추의 집을 찾아갔지만 구명은인은 이미 집을 떠나 금산에 칩거한 뒤였다. 다시 진문공은 그를 찾아 금산으로 갔지만 금산은 산세가 험준하고 수목이 울창하여 사람을 찾아내기가 여간 쉽지 않았다. 문공은 태산준령을 넘어 개자추가 갔다는 산골을 삼 일간이나 수색했다. 더는 찾지 못하자 "개자추는 효도가 극진하니 만약 불을 놓아 산을 태우면 노모를 업고 나올 것이다."고 생각하고 산에 불을 놓게 했다. 금산의 삼면에서 불을 놓아 개자추를 밖으로 나오게 했으나 개자추는 그림자도 보이지 않았다. 밤낮 삼 일 동안 산불을 질렀건만 완고한 건 개자추였다. 하는 수 없이 다시 군대를 동원해 수색하자 노모와 함께 타죽은 개자추의 참혹한 모습을 발견했다. 불이 꺼진 후에야 사람들은 개자추가 홀어머니와 함께 서로 껴안고 버드나무 밑에서 불에 타 죽은 참상에 놀랐다. 끔찍스런 광경 앞에서 진문공은 통곡을 하였다. 문공은 눈물을 흘리면서 장사 지내고 사당을 지어 혼을 위로하고 금산을 개산이라 고쳐 부르게 했다고 한다. 그리고 개자추가 죽은 기점으로 한 달 동안 냉일을 정해 금화, 금연토록 했다. 그의 시신을 거두어 입관하려 할 때 나무둥굴 속에 혈서가 있었다. 그 혈서에는 이렇게 쓰여 있었다.

"살을 왕께 바쳐 충성을 다한 것은 왕께서 항상 청명하시길 바랐기 때문이다."

개자추를 기념하기 위하여 진문공은 그날을 '한식절'(寒食節)로 제정하고 사람들에게 불을 피우는 것을 금하고 찬 음식을 먹게 했다. 그 이듬해에 진문공은 신하들과 함께 산에 올라 제사를 지내다가 그 버드나무가 다시 소생한 것을 보았다. 이에 그 버드나무에 '청명류'(靑明柳)라는 이름을 하사하여 천하에 알리고 한식절 뒷날을 청명절(靑明節)로 제정하였다.

개자추를 애도하는 뜻에서 이날은 불을 쓰지 않고 찬 음식을 먹는 풍속이 생겼다고 한다. 종묘(宗廟)와 각 능원(陵園)에 제향을 지내고 관공리들에게 공가(公暇)를 주어 성묘하도록 했다. 민간에서는 산소를 돌보고 제사를 지낸다. 농가에서는 이날 농작물의 씨를 뿌리기도 한다. 조선시대 내병조(內兵曹)에서는 느릅나무와 버드나무에 구멍을 뚫고 삼으로 꼰 줄을 꿰여 양쪽에서 톱질하듯이 잡아당겨 불을 만들어 임금께 올린다. 임금은 그 불을 홰에 붙여 관아와 대신들의 집에 나누어주었는데 이는 불의 주력을 이용하기 위해 불을 소중히 여기는 숭배사상의 전승이기도 하렸다.

한식과 청명은 하루를 사이에 두고 있기 때문에 옛사람

들은 항상 한식절의 행사를 다음 날인 청명절까지 지속시키곤 했다. 세월이 지나면서 사람들은 한식절과 청명절을 하나로 생각하게 되었다. 현대 중국에서는 청명절이 한식절을 대신하고 있다. 그리고 개자추에게 제사 지내고 그를 추도하던 풍습이 지금은 청명절에 성묘를 하는 풍습으로 바뀌었다. 중국에서는 이날 문에 버드나무를 꽂기도 하고 들에서 잡신제(雜神祭)인 야제(野祭)를 지내 그 영혼을 위로하기도 한다. 따라서 현대 중국인들은 매년 4월 5일을 전후한 청명절을 주로 성묘일로 삼고 있다. 이날 사람들은 일반적으로 조상이나 혁명열사의 묘지 앞이나 기념비 앞에서 성묘와 헌화를 하고 애도를 표시한다.

2004년 청명절은 확실히 우회적인 물난 속에 치러지는 만큼 산소들마다 고즈넉하다. 무주고혼이나 무사귀신들의 입장을 은근히 위로하고 싶었다. 상자지향(桑梓之鄕)이건만 말 그대로 을씨년스럽고 황폐하지 않을 수 없다. 올해의 청명운수를 떠올려볼 제 자연히 연상되는 게 바로 30년 전의 이왕지사가 밟혀온다.

1976년 제1차 천안문사건 발생이 발생했다. 혁명영웅을 기리는 청명절을 맞아 천안문 광장에 놓인 수천 개의 주은래 추모 화환들이 산더미를 이루었다. 이날도 청명절이 4월 4일인데다가 또 일요일이었다. 중국 혁명영웅을 기리는 청명절을 맞아 천안문 광장에 고인 주은래 총리를 추모하는 수천 개의 화환들이 놓이고 군중들이 하나둘 모여들었다. 그러나 이날 밤, 문화대혁명을 주도했던 강청 등 '4인방'의 지시로 천안문 광장에 놓여있던 수천 개의 화환들이 모두 철거되고 현장에서 화환을 지키고 있던 57명이 체포되자 1976년 4월 5일 이른 아침 분노한 수만 명의 청년과 학생들이 천안문 광장에 모여 항의시위를 벌였다. 이들은 그동안 주은래를 기리며 '4인방'을 규탄하는 연설을 하고 그들을 비난하는 대자보를 붙였던 사람들이었다. 흥분한 이들은 공안부 건물에 침입해 건물과 인근에 있는 자동차를 방화하며 십수 시간에 걸쳐 천안문 광장을 점거했다.

사태가 엄중하고도 혼란하게 발전하자 더는 방임할 수 없었다. 하여 수백 명의 비무장병을 동원, 북경의 각 정부기관 경계에 들어갔다. 밤이 되자 대기하고 있던 민병 1만 명과 공안 경찰 3천 명, 인민해방군 부대가 곤봉과 혁대를 손에 쥐고 일제히 출동했다. 광장에 남아있던 군중은 포위되었고 포위망은 점점 압축되었다. 마구 얻어맞은 군중은 차례차례 쓰러져 15분 후 광장 돌바닥위에는 피가 낭자했다. 이것이 중국 전역과 전 세계에 큰 충격을 던져준 천안문사건이었다.

청명은 고인에 대한 추모와 그리움을 표달하는 기념행사로 고착되어오는 터다. 미덕을 기리고 귀감을 본받으며 우리는 내일을 충실하게 영위하는 거다. 하여 어제와 오늘,

내일은 하나의 교차선에서 획일하게 접목되는 거다. 매듭을 지우며 계곡을 뛰어넘으며 울타리를 탈출하는 비상도 그 후속력에 기인된 거다. 그런데 미신미개의 잔존감각 같은 구설수로 현대청명신조론을 고취하는 건 너무나 야속하고 변덕스럽다 하겠다. 우매한 임금이었던 진문공이나 행악질로 소란을 피운 반란파들의 경우라면 청명제례가 그저 무심할 수도 있을지 모른다. 허나 문명과 존엄을 고양하는 현 시점에선 더는 그러한 방임이 윤허될 리 만무하다. 개자추의 비극이나 천안문사건이나 모두 고인을 둘러싸고 생겨난 청명화제다. 법치가 그릇되니 충신도 왕따를 당하고 민중이 혼란하니 국태가 어지럽고 청명이 한산하니 역사가 싸늘하다. 진문공의 집정이 바르지 못하고 주자파의 탈선이 오도라면 2004년 청명주는 독약으로 버려져야 한단 말인가! 개사초를 하거나 묘소에 새 잔디를 입히지 못할망정 왈가왈부로 참배를 터부시하는 불효에 대한 반발은 커만 간다.

우리말 속담에 "정성이 있으면 한식에도 세배 간다."는 말이 다. 한식날 먹는 메밀국수를 한식면(寒食麵), 한식날 무렵 잡은 조기를 한식사리라 하는 걸 보아서도 조상들이 한식을 중요시했던 사실을 알고도 남음이 있다. 청명주 향사로 달래보는 이 마음은 서글프기도 착잡하기도 하다. 텅 빈 구묘지향들과 총총한 봉분들을 쓸어보며 나는 눈이 채 녹지 않은 응달에 발길을 옮겼다. 거기에는 겨울과 봄이 동시에 승강이질로 분주하다. 눈석임물과 고드름은 염량세태의 축소판을 한창 들판에 펼친 거다. 청명은 태양의 황경이 15°이며 봄이 되어 삼라만상이 맑고 밝으며 화창해 나무를 심기에 적당한 시기이다. 중국에서는 청명 15일 동안을 5일씩 3분하여 처음 5일에는 오동나무가 꽃피기 시작하고 다음에는 들쥐 대신 종달새가 나타나며 마지막 5일에는 무지개가 처음으로 보인다고 하였다. 한국은 청명을 전후한 4월 5일을 식목일로 정하여 공휴일로 삼고 있는데 대개 한식(寒食)과 겹쳐진다. 이처럼 돈후하고 역사가 유구한 민속행사를 어느 얼토당토치 않은 말언에 의해 취체한다는 게 아무래도 몰이해다. 어쩌면 왕초는 싹 달아나고 똘마니들만 남은 복마전인 듯하다. 오로지 자연생리만 이 질서를 포개며 그래도 은혜를 하사하여 법석을 떠나 보다. 이제 다투었던 자리에선 새봄의 태동이 준동하며 거대한 녹음이 무성하리라. 그 축제를 미리 기원하며 나는 청명주 향사를 지낸다. 언 땅을 삽으로 파서 가토하고 질벅한 흙을 뚜지며 제단을 다진다. 주과를 챙겨 성묘하고 봉분을 개수하며 이제 식수도 준비할 타산이다. 조부조모, 부친모친, 삼촌의 비석순위로 참배를 한다. 경례, 절에 이어 또 정중히 읍을 보냈다. 성불도(成佛道)에 든 듯 정중하기만 하다.

차는 곡우전후에 따는 잎으로 만든 '우전차' 또는 '세작'(細雀)을 최상품으로 친다. 곡우란 양력 4월 20일경이니 한식 전에 딴 차는 세작보다도 작은 갓 나온 새잎으로 만든 차인 것으로 통한다. 곡우를 지나 입하(5월 5, 6일)경에 따는 차를 중작(中雀)이라 한다. 나는 아직은 냉기가 감도는 선산에서 벌써 우전차 한 그릇 떠올리며 달라즈고개, 네드렁봉, 선바위, 모아산을 넘어 멀리 빌딩 속을 응시하였다. 세상이 넓어지여서 기고(忌故)가 퇴역하는가!

오작교 기담(奇談)

오작교(烏鵲橋)란 바로 민속에서 까마귀와 까치가 은하수에 놓는다는 다리이다. 칠월칠석날 저녁에 견우와 직녀의 상우(相遇)를 위해 연중행사처럼 이 다리를 놓는다고 한다. 일명 또 은하작교(銀河鵲橋), 작교(鵲橋)라고도 한다.

오늘은 2004년 8월 22일 일요일, 음력으로는 칠월칠석이다. 갑신년의 칠석을 맞으며 떠오르는 감회가 깊어 오작교를 찾아떠난다. 기담의 화제를 풀어보고자 한다.

칠월칠석을 알자면 또 견우직녀를 알아야 한다. 먼저 견우직녀유래를 살펴보자.

중국의 신화전설 속에 나오는 남녀 한 쌍의 신이 견우직녀이다. 추측건대 원래는 견우가 남자일인 농경을, 직녀가 여자

일인 양잠방직(養蠶紡織)을 상징했다. 그러다가 신화적 우주관(宇宙觀) 속의 이원구조를 이루는 한 쌍의 신격이 성좌에 고스란히 반영되었다. 별이름은 견우가 알타이르(Altair), 직녀가 베가(Vega)이다. 이 이야기는 중국 한대(漢代)의 괴담(怪談)을 기록한 책인 ≪재해기≫(齋諧記)에 자세히 실렸다. 이러한 이야기는 7월 7일 저녁 은하수를 사이에 두고 동서로 갈라졌던 견우성과 직녀성이 만나는 자연적인 현상에서 성립되었다. 즉 천문학상의 명칭으로 견우성(牽牛星)은 독수리별자리[鷲星座]의 알타이어(Altair)별이고 직녀성(織女星)은 거문고별자리[琴星座]의 베가(Wega)별을 가리키는 것으로 원래 은하수의 동쪽과 서쪽의 둑에 위치하고 있다. 그런데 이 두 별은 태양 황도상(黃道上)의 운행 때문에 가을 초저녁에는 서쪽 하늘에 보이고 겨울에는 태양과 함께 낮에 떠있고 봄의 초저녁에는 동쪽 하늘에 나타나며 칠석 때면 천장 부근에서 보게 되므로 마치 1년에 한 번씩 만나는 것처럼 보인다. 한국의 최남선은 ≪조선상식≫(朝鮮常識)에서 견우성과 직녀성이 1년에 한 번씩 마주치게 보이는 것은 일찍 중국 주대(周代) 사람들이 해마다 경험하는 천상(天象)의 사실이었는데 여기에 차츰 탐기적(耽奇的)인 요소가 붙어 한대(漢代)에 와서 칠석의 전설이 성립된 것이라고 하였다.

견우성과 직녀성의 감격적인 해후(邂逅)를 노래한 실례는 이미 ≪시경≫(詩經)의 ≪소아≫(小雅) ≪대동편≫(大東篇)

에도 보이는데 그 배후에 어떠한 전승이 있었는지를 알기엔 너무나 묘연(渺然)하다. 한대(漢代)의 ≪고시≫(古詩) 19수에도 견우와 직녀의 노래가 나오는데 당시 이미 양자 사이에 화끈한 연애와 애틋한 이별 이야기가 있었던 것으로 알려진다. 위진남북조시대(魏晉南北朝時代: 3~6세기)의 ≪형초세시기≫(荊楚歲時記)나 소설잡기류(小說雜記類) 속에도 칠석 행사와 관련된 견우직녀 이야기가 기록되어있다.

그 간추린 스토리는 다음과 같다.

먼 옛날 옥황상제에게는 직녀라는 예쁜 딸이 하나 있었다. 직녀는 하루 종일 베 짜는 일에만 몰두하고 있었다. 직녀가 짠 옷감은 정말 눈부실 만큼 아름다웠다. 구름을 이용하여 아버지 옥제(玉帝)의 솔기 없는 비단예복을 짜던 직녀는 부친님의 허락을 받고 지상으로 내려갔다. 지상에서 소 치는 사람인 우랑(牛郎)을 만나 사랑에 빠져버렸다. 오랫동안 천상의 일을 잊고 지내던 직녀는 결국 우랑과 만난 곳에서 천상의 집으로 되돌아가게 되었다. 어느 날 직녀는 너무 피로하여 베 짜던 일손을 잠시 중단했다. 그리곤 창밖을 내려다보다가 무심코 은하수 건너편의 영준한 젊은이를 첫눈에 반했다. 곧 옥황상제에게 달려가 우랑과 결혼을 허락해 달라고 간청하였다. "허허, 견우를 그러는구나." 하면서 천제도 기왕 견우가 아주 탐탁했던 터라 곧 혼인을 윤허했다. 미천한 소몰이 견우가 신분을 초월한 공주를 언감생심 첨앙

하여 결국 결혼에 이르렀던 것이다. 동방화촉을 치른 신혼 부부는 그때까지도 밀월에 도취된 잔류감각이었다. 찰떡궁합이어서 매일같이 그림자마냥 붙어있었다. 하다 보니 허무한 남흔여열(男欣女悅)에만 도취된 채 일을 게을리할 수밖에 없어 결국 성애와 노동의 평형을 잃고 말았다. 부부금슬 치고는 극도로 비등점을 달구었나 보다. 맙소사, 자고나면 일감이 산더미처럼 쌓였다. 나태하고 해이하게 권태감을 느꼈다. 베를 짜지 않아 하늘나라 사람들은 옷이 부족해지고 견우의 소와 양들은 병에 걸려 앓고 농작물들도 시들더니 날마다 말라 죽어버렸다. 하늘나라가 혼란스러워지자 땅의 세상도 어지러워졌다. 천지간은 금시 혼돈 속에 잠겼다.

옥황상제는 분이 상투밑까지 치밀어 "이제부터 직녀는 은하수 서쪽에서 베를 짜고 견우는 은하수 동쪽에서 살도록 해라!"라고 추상같은 칙령을 하달하기에 이르렀다. 견우와 직녀는 급기야 용서를 빌었지만 옥황상제의 분거어명을 어길 수 없었다. 대신 일 년에 딱 한 번만 만날 수 있게 해주었는데 그날이 바로 칠석날이다. 부득불 서로 떨어져 천한(天漢) 양안에 갈라졌다. 다만 1년에 한 번뿐인 칠석날 밤에 만나게 되었다. 그러나 견우와 직녀가 연중무휴(年中無休)로 기다려 만나기 위해 나왔을 때에는 은하수가 두 사람 사이를 가로막고 있을 줄이야……. 두 부처는 생이별한 연인마냥 구곡간장이 찢어지는 듯한 통한으로 오열을 흐느꼈다. 견우와 직녀가 애처롭고도 구슬프게 우는 모습을 본 지상의 까마귀와 까치들은 감복한 나머지 너무 불쌍해 곧 서로의 몸을 이어 다리를 만들어 두 사람을 만날 수 있게 해주었다. 그 다리를 까마귀 '오'(烏)자와 까치 '작'(鵲)자의 합성어를 써서 오작교(烏鵲橋)라고 했다. 칠월칠석날이면 까마귀와 까치를 볼 수 없는 것은 바로 이러한 연유 때문이다. 어쩌다 볼 수 있는 것은 병이 들어 하늘로 올라갈 수 없는 것들이라고 한다. 까치의 머리가 흰 것은 오작교가 된 까치의 머리를 견우와 직녀가 밟아 벗겨졌기 때문이라고 한다. 또 까마귀와 까치는 이날 다리를 놓느라고 머리가 모두 벗겨지게 된다고 한다.

칠석날을 즈음하여 보통 비가 내리거나 흐리는데 견우와 직녀가 상봉하는 환희의 눈물이라고 품위 있게 표현해 주고 있다. 또 칠석날 전후에는 보슬비가 내리는 일도 많은데 이는 견우와 직녀가 서로 타고 갈 수레 준비를 하느라고 먼지 앉은 수레를 씻기 때문이라고 한다. 그래서 그 물이 인간세상에서는 비가 되어 내리므로 이 비를 '수레 씻는 비', 즉 '세차우'(洗車雨)라고 한다. 뿐만 아니라 칠석날 저녁에 비가 내리면 견우와 직녀가 상봉하여 흘리는 기쁨의 눈물이라고 하며 이튿날 새벽에 비가 내리면 이별의 슬픈 눈물이라고 한다. 그리고 이때의 비를 '눈물 흘리는 비' 곧 '쇄루우'(灑淚雨)라고도 한다. 견우직녀 설화는 예로부터 동양권에서 수많은 문인들의 시문의 주제로 광범위하게 다루었던 걸로 알려졌다.

칠성신과 걸교(乞巧)는 음력 7월 7일로 세시명절의 하나이다. 각 가정에서는 밀전병과 햇과일을 차려놓고 부인들은 장독대위에 정화수를 떠놓고 가족의 수명장수와 집안의 평안을 빈다. 이는 칠성신께 비는 것이다. 또 처녀들은 견우성과 직녀성을 바라보며 바느질을 잘하게 해달라 빈다. 칠석날의 가장 대표적인 풍속으로는 여자들이 길쌈을 더 잘할 수 있도록 직녀성에게 비는 것이다. 이날 새벽에 부녀자들은 참외, 오이 등의 초과류(草菓類)를 상위에 놓고 절을하며 여공(女功: 길쌈질)이 늘기를 빈다. 잠시 후에 상을 보아 음식상위에 거미줄이 쳐져 있으면 하늘에 있는 선녀가 소원을 들어주었으므로 여공(女功)이 늘 것이라고 기뻐한다. 혹은 장독대위에다 정화수를 떠놓은 다음 그 위에 고운 재를 평평하게 담은 쟁반을 올려놓고 다음 날 재 위에 무엇이 지나간 흔적이 있으면 영험이 있어 바느질 솜씨가 좋아진다고 믿는다. 바느질 솜씨를 비는 행위를 걸교(乞巧)라 하였다.

무병장수의 기원과 걸교뿐만 아니라 의복이나 책을 바람에 쐬는 풍속도 있었는데 이는 마침 장마도 지나 그 동안 축축해진 옷가지와 책에 좀이 끼거나 곰팡이가 설지 않게 거풍(擧風)하였다. 이렇듯 책과 관련된 날이라서 글공부하는 서당소년과 선비들은 견우성와 직녀성 별을 두고 시를 짓거나 공부를 잘 할 것을 비는 풍속도 있다. 선비와 학동들은 두 별을 제목으로 시를 지으면 문장을 잘 짓게 된다고 하여 시를 지었다. 이 밖에도 칠석날은 고추 등 햇것을 맛보는 날이기도 하다. 농사 절기상으로는 세 벌 김매기가 끝나고 "어정칠월 건들팔월"이라 하여 한여름철의 휴한기에 접어드는 탓으로 호미걸이 등을 놀면서 휴식을 취했다. 술과 떡, 안주를 준비하여 놀고 풍물 판굿이 꾸려지는 마을축제의 모꼬지를 벌인 것이다. 한국의 호남 지역에서는 '술멕이날'이라 하여 두레꾼들이 술푸념을 하는 날이기도 했다. 지역에 따라서는 여름 장맛비에 흙탕이 된 우물을 청소하여 동민(洞民)들이 마실 우물이 깨끗하고 잘 솟아나오게 해달라며 소머리를 받쳐 우물고사를 올렸다. 아낙네들은 아기의 수명장수를 기원하면서 백설기를 쪄서 칠성제를 올리기도 했는데 칠성제는 정갈하게 지내는 것이라 소찬(素饌)으로 준비하고 흰무리를 빚는 것이 원칙이었다.

고구려 때 그린 벽화 중에 직녀와 소를 끌고 있는 견우가 묘사되어있다. 그림 옆에 붉은 글씨로 견우, 직녀라 써놓은 점으로 봐서 이야깃거리가 다분할 것 같은 확신이 앞서건만 고증이 묘연하여 안타깝다.

음력 7월 7일의 밤에 견우성과 직녀성이 만난다는 전설은 중국에서 생겨났고 그 성립은 기원전인 약 2000년 전으로 거슬러 올라간다. 그리고 그날 소원을 빌면 숙지(夙志)가 이루어진다고 하는 이야기의 발상지도 중국이다. 칠월칠석은 견우와 직녀가 까마귀와 까치들이 놓은 오작교에서 1년에 한 번씩 만났다는 전설에서 비롯되었다. 이 같은 전설은 중국 주(周)나라에서 발생하여 한대(漢代)를 거쳐 세계에 전해져서 지금까지 구비, 전승되어오는 터다. 세계 속의 역사는 부단히 파장을 거듭하며 인류규범문화로 고착되어오는 터다. 중국이나 한국뿐만 아니라 외국에서도 칠월칠석을 굉장히 기념한다. 그만큼 문화의 전파스피드는 놀랍게 빠르다는 해석이기도 하다.

　일본의 견우와 직녀 이야기는 타나바타 형식으로 펼쳐진다. 일본의 7월 7일을 타나바타라고 한다. 중국의 칠월칠석 전설이 일본에 전래된 것은 나라시대(710~784)라고 하며 일본의 가장 오래된 시가집인 만엽집(万葉集)에는 실제로 약 130수의 타나바타 노래가 있다. 이 노래의 전부가 남자와 여자의 로맨스 주제를 읊고 있다. 만엽집(万葉集)에 실려 있는 타나바타 노래 가운데 작자불명의 노래가 있는데 여기서 어떤 내용으로 일본화되었는지 대략 알 수 있다. 타나바타 축제는 원래 음력 7월 7일에 행해지는데 지방에 따라서는 8월 7일인 곳도 있다. 타나바타 축제를 단순히 별 축제라고 생각하기보다는 7월 15일의 오본(백중맞이)을 준비하는 날로서의 의미도 있다. 나라현 남부에서는 타나바타가 오본의 시작으로서 자리 잡고 있는 지방도 있다. 킨키지방에서는 7월 7일을 오본 축제의 준비로소 불구(佛具)를 깨끗이 닦고 걸레질을 하는 곳도 있다. 이때 오본에 내려오는 신이 입을 옷을 만들기 위해 뽑힌 신녀(神女 — 미코)가 강이나 호수근처의 단상에서 그 옷을 만들었는데 단상의 뜻인 '타나'와 베 짜기의 뜻인 '하타오리'가 합쳐져서 '타나바타'라는 어원이 생겨났다고 한다.

중국의 견우직녀 전설과 일본의 이러한 신앙이 어우러져 오늘날의 타나바타를 만들어 낸 것이라고 할 수 있다. 7월 7일 타나바타 저녁에는 견우와 직녀가 만나고 다음 날에는 하늘 나라로 돌아간다. 그때 냇물에 죄와 부정 등을 씻기 위해 목욕재계(沐浴齋戒)를 바라는 마음에서 대나무를 세워 두는 풍습이 생겼다고 한다. 타나바타 때에는 작은 대나무(사사타케)에 오색 단자쿠를 매다는데 그 오색단자쿠에 노래나 문구 등을 쓰고 글자를 예쁘게 쓸 수 있도록 고구마의 잎에 고인 이슬로 먹을 갈아 글자쓰기 연습을 하면 글씨를 잘 쓸 수 있게 된다고 하는 이야기도 생겨났다. 그러고 나서 대나무에 인형을 이어서 타나바타의 결속무렵에 더러움이나 부정을 가져가도록 강이나 바다에 떠내려보내는 습관도 생겨났다. 이것을 '타나바타나가시'라고 부른다. 센다이와 히라츠카시의 타나바타는 상점가에서 열리는 대나무 장식 등 그 규모나 모습이 매우 화려하여 꽤 유명하다.

우리민족의 고전명작인 '춘향전'에서 성춘향과 이 도령의 백년가약을 맺어주던 다리가 오작교(烏鵲橋)임은 바로 칠석날 전설에서부터 연유한다. 전설에 따르면 광한전아래에는 은하수가 흐르고 선녀들이 노니는 오작교가 있었다고 한다. 호수는 선조 15년(1582) 신임남원부사 장의국(張義國)이 조성하였지만 시인이자 정객인 관찰사 정철(鄭澈)이 광한루의 주의환경을 뜻 깊게 미화하겠다는 시정(詩情)에서 은하수(호수)에 삼신산을 만들고 오작교를 놓았다. 그 이후 광한루는 정유재란 때 불타 1638년 복원했지만 오작교는 처음 모습 그대로 남아있다. 오작교를 밟으면 부부금슬이 좋아진다는 전설은 우리 풍속의 전통적인 정화미덕이라 하겠다. 처녀가 아닌 사람이 이 다리를 건너면 다리가 무너진다는 이야기도 전해지는데 역시 고귀한 순정을 추구하는 결백성을 볼 수 있다 하겠다.

이처럼 광한루와 오작교는 전설과 사랑이 어우러져 있다. 현재 폭 2.8m, 길이 58m로 4개의 구멍을 가졌는데 한국에서 가장 긴 무지개다리이다. 4개의 홍예로 구성된 오작교를 화강암과 강돌로 축조하여 월궁의 모습을 형성하였다. 오작교는 일반적인 평교에 지나지 않지만 원형으로 된 홍교인데다 루 정원의 일부로 처리되어 광한루원(廣寒樓苑)에 있어서 하나의 첨경물이 되고 있으며 춘향과 이 도령의 로맨스가 관통된 낭만적인 시설물로 각인되었다. 광한루에 오른 이 도령이 단오날 그네를 뛰는 춘향을 보고 첫눈에 반해 사랑이 움터난 것처럼 사랑하는 정인(情人)들의 합수목 심벌(symbol)로 자리잡고 있다.

광한루원의 행정구역위치는 한국 전라북도 남원시 천거동 78번지이다. 위도상으로 동경 127도 26분, 북위 35도 22분~35도 27분에 위치했다. 섬진강 상류인 요천강(蓼川江)을 사이로 남으로는 승사교와 연계하여 금암봉 공원이 인접하였고 광한루원 동쪽에 춘향촌을 연계하여 춘향문화예술회관, 국립민속국악원, 음악분수대, 동편제거리, 무지개다리 등 남원관광단지와 인접하여있다. 독특한 조경양식이 돋보이지만 그래도 전설의 공로가 오롯한 한몫을 맡는다 하겠다. 호수에 직녀가 베를 짤 때 베틀을 고이는 돌인 지기석(支機石)을 넣고 견우가 은하수를 건널 때 쓰는 배인 상한사(上漢沙)를 띄워 칠월칠석 전설의 은하수와 오작교를 상징한다.

호수는 현재 상태에서 1:2의 비를 갖는 장방형으로 축조되었으며 그 안에 3개의 섬이 동서방향으로 거의 같은 간격으로 배치되었다. 호수 북쪽 광한루 앞에는 돌 자라가 동남방향으로 향해 놓여있어 신선사상에 입각한 지킴이의 기능을 구비하였다. 이로부터 미루어볼 때 전체적으로 광한루원의 구성은 넓은 은하세계, 즉 천체우주를 상징한다는 데서 심원한 의의를 갖고 있다. 정원의 사상적, 역사적 배경은 자연적 사고방식, 즉 신선사상과 음양오행사상, 풍수지리사상 또는 수심양성의 도로 표현되는 송, 죽, 국, 매의 사절과 유교의 선비사상반영이도 하다.

오작교의 매력은 무엇인가? 한마디로 말해서 절절한 사랑의 현념을 집약적인 가상신화로 보여준 것이다. 동물이나 만물도 인간과 마찬가지로 애정윤리에 대해서는 동일한 심미관으로 존중하는 걸로 표현된 데서 한결 긍정가치를 갖는다. 결과 자연도 인성에 동조하여 상호 무마하고 측은지심의 발로로 할애한다. 휴머니즘(humanism)정신을 성공적으로 체현한 게 바로 오작교토템이라 하겠다. 인류적인 애정 뉴대로 공감을 자아낸 데는 사랑의 자유와 아름다운 지향 추구에 비롯된 잠재이념이 끈질기게 작용한 것이다.

까마귀와 까치가 오작교를 설치하던 데로부터 타나바타거나 문인이 건설한 사랑의 가교(架橋)는 모두 인간미만을 보완한 수립공사였으며 리별의 왕래를 결속지은 축제의 기념성당이었으며 이성집합의 축조물이었다. 하늘과 지상에서 이러한 외교관계가 결성되면서 인간은 상상과 이념을 초월하여 점차 인류평화를 실현하련다는 현실을 추진해오는 터다. 하다면 21세기 오늘날은 또 국경선이라는 금지구역에 언감생심 오작교를 시설하는 공정작업은 또 무엇이라고 평가해야 할까?

하기야 견우직녀전설로부터 두 세기를 넘어서 현대에도

오작교라는 남녀매개물은 여전히 기능속성을 발휘한다. 뿐만 아니라 갈수록 거세지는 발전추세다. 매체나 광고회사, 공중장소에도 곧잘 포스터(Poster)마냥 첫눈에 안겨오는 메시자가 곧바로 섭외혼인을 취급한다는 내용물이다. 항간의 화제나 친척친우들의 모임에서도 곧잘 거론되고 관심을 모으는 초점뉴스가 바로 위장결혼이요, 가짜부부요, 중매비자요, 도망잔치요 하는 신조어들이다. 그만큼 오작교라는 비리의 교량작용으로 지구촌이 하나의 복합거주 지점으로 들볶고 세계인이 하나의 짬뽕동일체로 확장되는 듯싶다.

화목의 장을 여는 대단원이라면 구태여 험담이나 비난은 금물이다. 허나 오작교라는 명목아래 하나의 온건하던 커뮤니티(community)가 시나브로 와해되는가 하면 동질성의 집단주거지가 갈수록 흔단을 보인다. 국경선을 초월하여 유럽이요, 사막이요, 아메리카요, 섬나라요, 고국이요 하면서 이 땅의 모성원천이 증발되고 고갈된다. 중국조선족의 오작교 주소가 지구촌 방방곡곡에 널리 분포되어 그 영역세력이 갈수록 커진다. 공항의 터미널(terminal), 밀입국의 부두, 유흥단지의 윤락가, 스낵간판의 안마시술소, 파출부 명목의 콜걸, 세탁소안의 인육시장, 교회당목사라는 표리부동의 선교사, 오피스텔(office hotel)의 현지처소개소, 자선협회의 사기행각, 노무연수단체라는 인신매매집단, 3D업종속의 그룹섹스…… 오작교기담은 실로 허구 같은 현대신화를 창조하며 민족공동체 전반에 그늘을 던져준다. 하늘의 은하수양 안에 지상의 까마귀와 까치들이 날아올라 오작교를 놓았다는 전설을 도태시키며 현재는 흑인과 백인, 황인종과 백인, 흑인과 황인종의 혼혈배우자대오들이 급증한다.

반사적으로 떠오르는 게 바로 수산물전용어휘인 조경어장(潮境漁場)이다. 성질이 다른 두 조류가 만나는 곳에서 이루어지는 어장을 말한 거다. 허나 또 지리적 각도에서 말하면 조경(潮境)은 성질이 다른 해류가 만나서 불연속선을 이루는 수렴선(收斂線)으로서 좋은 점이 있다. 그 경계에는 소용돌이가 생겨 해류의 교환과 혼합이 심해서 영양 염류가 풍부하고 부유 생물이 모임에 따라 고기떼가 몰려 큰 어장이 된다. 허나 유감스러운건 조경을 혼인에 비유할 때 도리어 범람되고 유실되고 나포되고 증발한다는 거다. 1584년 송강 정철에 의해 광한루가 수리될 때 봉래(蓬萊), 방장(方丈), 영주(瀛州)의 삼신산(三神山)을 연못 속에 축조하므로 오작교와 더불어 금상첨화 격이었는바, 월궁과 같은 선경이 한결 돋보이었다. 이제 윤선도, 박인로와 함께 3대시인으로 손꼽히던 정철문인이 국경선오작교를 관찰한다면 어떤 구상을 가질 것인지 무척 궁금하다. 이번에는 까마귀와 까치의 아이디를 빌어 신기루 같은 공중누각을 발상할지도 모른다. 아니면 일본의 타나바타가 또 새로운 견우직녀전설을 더 보충하는 것으로 고전예술의 완성미를 충당할지 모른다.

견우와 직녀는 일심동체의 부부사이가 너무 끔찍하던 끝에 주야로 밀착하여 비등하다 보니 나중엔 노동개념조차 망각하고 포기할 절정에까지 이른다. 격렬한 애정의 바다에 심취되어 무한정 침몰한다. 상제는 하는 수 없이 은하수양안에 이 한 쌍의 원앙부부를 격리시켜 오작교가 태어나게한다. 천하를 움직인 마력의 오작교이다. 전라도 남원의 기생 성춘향이 광한루에 그네를 타러 나갔다가 사또의 아들이 몽룡을 만나 인연을 맺고 백년가기(百年佳期)를 약속한다. 초련의 열락에 빠진 청춘남녀가 정화(情火)의 활화산을 한창 기세 있게 등반하던 중 사또가 서울로 올라간다. 야속한 이별을 매원하며 부득이 서로 갈라지게 된다. 애처롭게 생겨나게 된 현념의 오작교이다.

은하수의 오작교는 그리움의 건널목이요, 광한루의 오작교는 기다림의 횡단보도(橫斷步道)이다. 둘 다 모두 상사별곡(相思別曲)의 대명사이다. 허나 현대 오작교는 배반, 탈가, 이혼, 매음, 사기, 불협의 복합체로 얼기설기 그물을 뜨며 결손자녀가정이라는 신조어속출 속에 해외에로 확장된다. 편부편모(偏父偏母)의 파생어렸다. 비리와 음모의 까마귀, 까치들로 조직된 해커들에 의해 위장, 모험, 매매, 반역, 매국의 희비극이 연발한다. 사람장사꾼들로 둔갑한 거간들은 오작교명목의 공간을 이용하여 마수를 천라지망처럼 늘인다. 허다한 피해자들이 걸려들게 한다. 뿐만 아니라 당사자 자체들이 또 자의적이고도 주동적인 자세로 출발하여 금시 상사병에 앓기라도 하듯 섭외혼인대상을 찾아 쌍불을 켠다. 분명 회심병(懷心病)을 앓지 않았음에도 불구하고 무병신음을 토하며 연상이든 타족이든 혈통이든 막 달려들어 안긴다. 목하 중국조선족 가운데서 생육기능을 가진 여성들이 도합 20만 명이나 이국타향으로 품팔이, 돈벌이, 섭외혼인, 친척방문, 유학견문, 관광무역 등 항목으로 국제오작교에 올랐다. 그 오작교는 마른번개, 허풍다리, 종이로켓으로 얄미운 허혜(虛惠)의 고배를 맛보게 한다. 실향이촌(失鄕離村), 탈가배연(脫家背緣)의 비극은 아비규환을 몰아온다. 화류계(花柳界)의 노류장화(路柳牆花)로 전락되어 윤락가(淪落街), 홍등가에서 '육탄전'(肉彈戰)에 돌진하는 투신자들도 없지는 않다. 견우직녀와 춘향몽룡의 오작교는 성대히 시도식(始渡式)을 치러 축하해야 한다면 현대의 섭외진출오작교는 누가 테이프를 끊어야 할 건가? 아니 그럴 필요가 없다. 초도식(初渡式) 폭죽을 터뜨릴 새 없이 절로 준공하고 절로 건너는 자행이 주야에 거쳐 습속화로 치러지니깐.

마담뚜(madame) - 여쾌(女儈) - 뚜쟁이 - 색차지(色次知) - 중매인(仲媒人) - 펨프(pimp) - 행매(行媒) - 노구쟁이(老嫗 - -) - 화조사(花鳥使) - 거사 - 매온(媒媼) 들이 사기를 친다고 한동안 가십(gossip)처럼 소동이더니 요즘은 또 자발적인 부나비투

신이 비일비재이다. 하여 마치도 라운지 체어(lounge chair)에서 흥행하는 3류내용물인 디너쇼(dinner show)를 감상하거나 뒷짐 지고 어느 아마추어 화가의 누드 갤러리(gallery)를 일별하듯 별로 그리 신기하지 않다. 사이비하고도 반신반의가 앞서는 의혹들이 꾸역꾸역 겹쳐든다. 위장결혼의 연령표준에 이르려고 인위적으로 세멘트세수법이라는 자학미용학까지 고안한 모던여인들이 아닌가! 종신대사를 허드레거나 레크리에이션(recreation)쯤으로 가볍게 대하는 태도부터 일그러진 시각이다. 백복의 근원이라는 이성지합(二姓之合)이나 순수의 리비도(libido)를 배제한 정략혼인(政略婚姻)이라 하겠다. 행복의 노하우(knowhow)가 유희퀴즈거나 운명희롱일 수 없다. 남자는 타국의 마도로스(matroos)로 돈을 번다지만 여자도 정말 이국의 마돈나(madonna)로 봉작을 받을 수 있을까? 그 화려한 출국몽이 현실과는 엄청 거리가 멀었다는 게 침통한 교훈이었다. 그런데도 매일 눈 뜬 소경 같은 '정신대'(挺身隊)는 늘어만 간다. 단순히 브로커(broker)들만 빙자할 것이 아니라 절로 아주 자각적으로 경매에 나서는 참여들임에랴……. 구경 누구를 탓하고 누구를 타매할지 시비가 혼돈될법하지 않는가!

오작교는 단꿈의 둥지이냐? 음모의 복마전이냐? 밀회의 아지트냐? 아니면 범죄의 소굴이냐? 그것도 아니라면 악마의 온상이냐? 인생을 엔조이하는 명소로, 행복이 안주하는 처소로 제공되어야 할 활무대에 때 아닌 서리가 내리고 가끔 폭풍우에 기우뚱거린다. 폄훼(貶毁)의 질투가 침방울을 날리고 타매의 삿대질이 노도를 몰아온다. 동질성을 포기하고 나중엔 동족상잔(同族相殘)을 서슴지 않는다. 아무나 봐도 스산한 진풍경이 아닐 수 없다. 인위적인 홍역을 치르는 자가당착이라 하겠다.

이제 다시 돌이켜보는 칠석의 풍속행사 중 은행나무 정표를 음미해야겠다. 이별 끝의 상봉을 위해 그리고 더 알찬 내일의 언약을 위해 조상들은 해후를 계기로 동심결 같은 우상을 만들었다. 바로 은행나무씨앗이다. 이 사랑의 선물은 영원히 변치 말 것을 기약하는 의미로 교환했다. 은행나무도 마주서야 연다는 속담은 남녀가 결합하여야 집안이 번영한다는 말이다. 오작교를 건너 견우와 직녀는 만나지만 새벽동이 트면 또 다시 이별을 해야 하며 이들은 또 슬픈 일 년을 그렇게 애타며 기다려야 했지 않았던가! 왜곡된 서양의 밸런타인데이(Valentine Day) 문화에 맹목적으로 물젖어있는 속세에서 신식커플(couple)들이 은행잎, 씨앗 등을 선물로 주고받았다는 미풍양속을 흡수하는 매너가 금방 알릴 것 같다.

긴긴 기다림은 썩지 않는 씨앗으로 꽃과 열매와 향기를 기약한 것이다. 인내와 충정을 다지며 은하수 피안에서 상봉의 오작교를 마음으로 일떠세웠지 않았던가! 그런데 순수의 남녀결합보다는 탈가위장으로 섭외혼인이라는 디딤돌이 된

게 바로 오작교이다. 결과 부부감정이 파열되고 혈육이 사분오열되고 패가망신(敗家亡身)에 인망가폐(人亡家廢), 존엄할 인에 동포매도를 빚는다. 그만큼 오작교기담으로 근린사회여인들의 닉네임종류도 가지각색이다. 메모할 입장이 난처하여 약할까 한다. 견우성과 직녀성이라는 부부성(夫婦星) 후환은 미지수렷다.

오작교의 이미지는 어쩌면 내일을 마련하고 희망을 갈구하는 사랑의 역참(驛站)이며 애정의 관향(貫鄕)인지도 모른다. 그러한 이념 속에서 까치와 까마귀를 동원하여 인격화로 동물의 교량설화를 만들었고 광한루의 인연에 돈독한 유대가 되었다며 나귀방울소리는 그토록 신명났나 보다.

2004년 칠석에는 아쉽게도 비가 내리지 않았다. 하늘도 흐리지 않고 제법 만리벽공에 천고마비가 선명하다. 어덴가 허전하고 야속하다. 이맘 때 칠년대한에 대우(大雨) 기다리듯 은근히 듣고 싶은 풍악이 있다. 바로 칠석날 부르는 민요가락인 칠석요(七夕謠)이다. 44조의 음수율과 반복형식의 율격은 민요의 전통적 기본 율격을 이루고 있으며 그 내용은 불행을 운명으로 돌리는 조상들의 전통적 정한을 집약적으로 대변하고 있다. 대표적인 노랫말은 다음과 같다.

칠월칠석 오늘밤은 은하수 오작교에 / 견우직녀 일 년 만에 서로 반겨 만날세라 / 애야애야 애야좋네 칠석놀이 좀 더 좋네 / (후렴) / …… / 까치까치 까막까치 어서 빨리 날아와서 / 은하수에 다리 놓아 견우직녀 상봉시켜 / 일 년 동안 맛본 설움 만단설화 하게 하소 / (후렴) / …… / 닭아닭아 우지 말아 네가 울면 날이 새고 / 날이 새면 님은 간다 이제 다시 이별하면 / 일 년 삼백 륙십 일에 님그리워 어이 살지 / 우지 말아 우지 말아 무정하게 우지 말아 / 원수로다 원수로다 은하수가 원수로다.

오작교가 더는 위장물도금이나 수식을 위한 코팅(coating), 혹은 출세의 키 워드(key word)로 역이용될 수 없다. 선남선녀, 요조숙녀, 신사숙녀, 왕자공주, 갑부미인 모두가 화목과 친선의 칠석요를 합창할 날은 언제? 그때면 오작교기담도 종말을 고하련만…….

오봉산희비

1. 오랑캐령 길

서기 2006년 5월 5일은 육십갑자의 스물셋째인 병술년의 입하 전날이다. 나는 아침에 연변기상대에 전화를 걸어 하루 일기상황을 재차 확인받았다. 며칠째 날씨가 줄곧 찌뿌드드하고 가을처럼 을씨년스러웠던 것이다. 오늘따라 기상천외하게 반가운 기상 예고였다. 흐린 날씨에 구름이 좀 끼는데 낮 최고기온은 섭씨 영상 20도란다. 2813043번으로 연락해서 주기상대에서 제공받은 최신 기상정보였었다. 아침 8시 전까지 가랑비가 내렸다. 내가 연길 동북아객운소에 들어설 때는 이미 날이 활짝 개였다. 온 누리에 해살이

찬란하다. 신록이 짙어가는 계절의 무성함을 절감시켜주는 푸른 물이 창공에서 금시 무작정 막 쏟아져 내릴 듯싶다.

용정서시장 부근에 위치한 지신봉고차 정류소에 이르자 고중시절 학우 김홍석 씨가 이미 대기하고 있었다. 당년의 반장이던 홍석 군과 함께 오봉산을 등정하기로 전화약속을 했었다. 1977년 7월 15일 고중 졸업식 날, 천둥이 지동 치고 번갯불이 번쩍이는 야밤에 지신소학교 운동장에서 붕우책선의 의리를 약속한 김 군이다. 지신이라는 달라즈 혹은 대립자는 1975년부터 1977년까지 2년간 고중을 다닌 모교의 땅이자 아버지, 삼촌, 누님, 동생, 조카의 자교 유허지이다. 우리 경주 정씨 가문에 한 페이지를 기록하는 전설의 고장이기도 하다. 김 군과 나는 인차 지신봉고차에 올랐다.

그런데 차는 고작 지신소재지까지 행선 목적지란다. 오봉산을 가자면 지신에서 성남을 지나 한참 더 남으로 물을 거슬러 올라가야 했다. 마침 봉고차 기사가 김 군과 구면인 아우라 우리의 등산계획을 지지하는 선심을 베풀었다. 하여 파격적으로 지정된 코스노선을 연장해 성남 4툰까지 차를 운전했다. 태가는 지불해도 산행무드가 꽤 흔쾌하고 개운하다. 때는 바로 오전 11시 정각이다. 봉고차는 진흙길에서 돌아서 오던 방향으로 급히 질주한다.

오봉산 등척은 사실 나의 투지(透知) 중의 하나이다. 지금으로부터 옹근 30년 전 나는 지신고중에서 늘 오봉산을 응시하면서 언젠가 한 번 산봉을 톺아오를 옹골찬 환상을 지녔다. 하우동 영길인 달래고개를 등교길과 하교길로 넘나들면서도 멀리 운무 속에 웅자를 도사린 오봉산을 탐망의 눈길로 멀거니 응시했다. 어릴 적 아버지께서 달래가 많아 달래고개라 알려주셨다. 그 내막배경이 궁금했다. 사실 달래고개엔 달래가 없었다. 후에 알고 보니 애환이 점철된 고개였다. 내 고향의 달래고개 정리를 후에 지면을 내어 세상에 공개하고 민속유허지로 인정해줄까 한다. 달래고개를 점차 확실하게 이해하듯이 오봉산의 베일도 한 겹 한 겹 벗기는 중이다.

장백산줄기의 한 자락을 타고 맥락을 이은 오봉산이다. 오랑캐령은 용정－삼합 도로의 도로표식 27－28킬로미터 사이에 위치한 영이다. 구불구불 아흔아홉 굽이를 돌아야 삼합으로 가는 오랑캐령을 내릴 수 있다는 전설은 지신과 삼합 그리고 대소농장 지대에서 악명처럼 꽤 자자하고 유명하다. 대명동에서 장 보러 용정으로 갔다가 돌아올 때면 신기한 화제를 만들곤 한다. 들추는 버스에 앉은 아낙네가 오랑캐령을 넘다가 그만에 걸상에 소변을 배설했다는 일화 아닌 일화는 오로지 오랑캐령만의 전매권－특허권－이렷다. 호랑이도 늘찬 영길을 톺다가 쫓던 노루를 놓쳤다는 자연설화 역시 오랑캐령의 특이한 매력이 아닐 수 없다.

북경의 자금성(紫禁城)은 명, 청대의 궁정이다. 높이 11m,

사방 4㎞ 길이의 담으로 둘러싸인 이 성은 현존하는 중국 최대 규모의 옛 건축물이다. 동서길이 760m, 남북너비 960m, 면적 0.72㎢이다. 1925년 고궁 박물관으로 바뀌어 일반에게 공개되어다. 고궁 박물관은 중국에서 가장 귀중한 문화유산 가운데 하나로 현재 국가중요보호문화재로 지정되었다. 북경 고궁이라는 자금성에는 9999개 반의 방이 있다. 각 방에는 옛 황족들이 사용하였던 보물, 생활용품 등이 당시 깔축없이 진열되어 황제의 부귀영화의 생활양식을 핍진하게 재현한다. 북경고궁은 곰바지런히 들락날락 나들어야 칸칸이 구경할 수 있고 오랑캐령은 허위허위 올라야 굽이굽이 지날 수 있다. 방 칸수가 많은 것이 자금성이 유람객의 발목을 잡는 원인이라면 오랑캐령은 경사도와 함께 배배 꼬인 나선식으로 조합된 궤적이 자체의 매너라 하겠다. 소라의 껍데기처럼 빙빙 비틀려 돌아간 따리무늬는 오봉산의 각선미이다. 차창에서 굽어보면 눈 뿌리가 아찔해 길손들의 간담을 서늘케 하면서 스릴을 작동시켜주는 것이 이른바 오랑캐령의 천부적인 호소력인지도 모른다. 전자는 수평의 조형미이요, 후자는 수직의 곡선미렷다.

오랑캐령을 투철히 인식하자면 먼저 오랑캐란 낱말에 대한 요해가 필요하다. 몇 가지 유래를 조목별로 옮겨본다.

옛날 옛적 한사군 시절에 임둔이라는 국가의 현왕에게는 무남독녀 공주만이 있었다. 과년한 공주가 혼기를 놓칠까 봐 무척 걱정이 된 임금은 부마감을 선발하기 위하여 전국에 방을 붙여 지원자를 물색했다. 공주의 용모와 현왕의 지위에 반한 응시자들은 대뜸 술렁거렸다. 부마자리를 노린 전국의 젊은이들이 구름처럼 몰려드니 국사가 시끄러움을 받는 때가 비일비재였다. 그러나 공주 역시 만만치 않았다. 청혼자들마다 거의 거절을 당했다. 궁궐에서는 무자격자의 무분별한 지원을 방지하기 위하여 공주에게 퇴짜를 맞는 젊은이들은 곤장 열 대를 치고 돌려보냈다. 교훈을 징계하여 질서를 바로잡자는 목적에서였다. 애초에는 무수한 젊은이들이 응했으나 알현을 한 청혼자들이 연속 볼기를 맞고 대거 퇴출하다 보니 방문자가 없어 썰렁해졌다. 이때 임금도 방도를 달리할 책략을 모색했다. 임금은 마지막으로 일주일의 말미를 주고 다시 한 번 방을 붙이기에 이르렀다. 즉 궁궐 앞 큰 북을 치는 사람은 심사를 하여 부마로 삼겠다고 선포를 하였다. 그러나 공주가 오만하고 청혼자에 대한 요구가 높아 하늘의 별따기라는 소문이 전국 방방곡곡에 퍼져서인지 마지막 날인 이레가 되는 날까지 감히 북을 치는 명사수가 없었다. 해는 서산에 뉘엿뉘엿 지기 시작하자 수문장이 한숨을 쉬면서 북을 거두려는 찰나에 북소리가 둥둥 울리는 것이 아닌가? 임금을 비롯한 궁궐 안의 조정대신, 문무백관들이 경악을 금치 못했다. 한참 후 수문장의 안내를 받아서 임금 앞에 나타난 주인공은 청년이 아니라 큼지막한 성년의 수캐 한 마리가 아닌가? 이목구비가 뚜렷하고 잘생긴 누런색의 성견(成犬)이 제법 꼬리를 설레설레 흔들며 임금의 주변을 살살 맴도는 것이었다. 너무나 당황한 임금과 궁궐 내의 혼례도감은 민망한 표정으로 개를 끌고 나가도록 수문장에게 지시를 하였다. 결국 수문장에 이끌려 나가게 된 황구는 자꾸 궁궐 쪽을 돌아보며 무엇인가 애처롭게 읍소를 하는 원망의 기색으로 축출당하지 않으려고 필사적으로 버티는 것이었다. 북을 친 사실이나 생면부지의 인간들과 공존하려 용을 쓰는 모습이 해괴하면서도 한편 못내 기발하고 대견했다. 이때였다. 줄곧 잠자코 있던 공주가 저 개를 자신이 키우겠다고 발설하기에 이르렀다. 아버지인 임금은 꺼림칙했으나 예쁜 공주의 강경한 청탁인지라 일축할 수도 없었다. 나중에 그렇게 하라고 허락하고 개를 다시 데려오도록 하였다. 수문장에게서 풀려난 큰 개가 순진하게도 임금 앞에 와서는 두 다리를 모으고는 넙적 엎드리더니 절을 하는 자세를 취하고는 쏜살같이 공주에게 달려가 꼬리를 치며 공주의 품으로 달려들었다. 이어 뒷다리 두 발만으로 짚고 서서 두 앞발로 공주를 껴안는 것이었다. 살갑게 제법 붙임성이 있는 성견 때문에 공주는 마냥 즐거웠다. 임금 역시 못내 만족하는 희색이 다분했었다. 개는 정식 궁중에 입궐하는 자격을 지녔다. 체격과 용모가 월등한 개는 유난히 공주를 애대했고 신용을 얻었기에 공주의 내실이나 침실까지도 무상출입이 허용되었다. 그 개가 공주와 인연을 맺은 지도 꽤 시일이 흐른 어느 날 문안 인사를 드리러 온 공주를 따라 그 황구도 어전까지 들어와 공주와 함께 나란히 서서 공주가 하는 절에 맞춰 임금님에게 넙죽 절은 하는 것이 아닌가! 임금이 어이가 없어서 "야, 이놈아! 네 놈이 마치 내 부마라도 되는 것처럼 처신하는구나. 어림도 없다." 하고 야단을 치자 돌연 황구는 눈물을 뚝뚝 흘리며 공주의 등 뒤로 가서 숨는 것이었다. 성견의 일거일동이 인간과 어찌나 비슷한지 임금은 너무나 당혹스럽기도 하고 민망하여 공주를 물끄러미 쳐다보는데 웬걸 공주의 앞가슴에 선혈자국이 낭자할 줄이야……. 하도 해괴하여 자초지종을 물으니 황구가 밤에 공주에 가슴에 상처를 입혔다는 것이 아닌가? 너무나 어이없고 화가 난 임금은 당장 황구를 잡아 가두어 더 이상 공주에게 접근을 못 하도록 묶어놓으라고 엄명을 하였다. 공주가 계속 황구와 있게 해달라는 간청에도 불구하고 황구도 궁궐 내 다른 개들과 함께 묶여서 다시 개의 세계로 감금되었다. 그런데 이상한 현상은 그 황구가 기존의 개판으로 들어오자 궁궐 내의 터줏대감 왕초 개에서부터 10여 마리가 넘는 모든 개들이 넙죽 엎드려 절을 하고 상전으로 모시니 마치 주인이 하인을 다루는 형상이었다. 개들에게 개밥을 갖다 주어도 그 황구가 먹으라고 하기 전까지는 함부

로 먹지도 않으며 그날부터 개들이 대소변을 일정한 장소
에만 보는 등 하루아침에 궁궐 내의 개의 세계에 질서가
완전하게 잡혔다. 그래서 그날 이후로 궁궐 내에 모든 개들
은 개줄에 묶여서 속박받는 신세를 면하였으나 개들에게는
공주의 방에서 100자 이내에는 접근하지 못하는 금줄이 그
어지고 그 이내는 금단의 지역으로 금족령이 내려졌다. 그
런데 희한한 일은 대전과 공주궁 주변 100자를 넘어나는
경계선 밖에는 개들이 자발적으로 돌아가면서 경비를 서고
순찰을 돌기 시작하여 철옹성으로 지키니 그 누구도 딴 마
음을 먹고 궁내로 침입을 할 수가 없게 되었다. 한편 황구
가 곁을 떠나간 그날부터 공주는 웬 일인지 식음을 전폐하
고 몸은 점점 여위어가고 입을 닫아버리니 잘못 하다가는
무남독녀 딸을 잃을 형국인지라 임금도 고민이 이만저만이
아닐 수 없었다. 황구를 공주와 함께 있게 하자니 공주의
가슴이 남아있지 않을 것 같고 격리시키자니 사랑하는 공
주를 잃을 형상이니 이를 일러 진퇴유곡이 아니겠는가? 그
날도 임금 내외는 걱정스러운 표정으로 마주 앉아 공주의
안위를 걱정하며 수라상을 들려고 하는 참이었다. 별로 식
욕이 당기지 않는 임금이 억지로 수저를 들고 국을 한 순
갈 뜨고 입에 넣으려는 찰나에 어디서 나타났는지 그 문제
의 황구가 바람처럼 쏜살같이 나타나 껑충 뛰면서 임금의
오른손을 쳐버리니 뜨거운 국물이 용포를 적시었다. 화가

엄청 난 임금이 "역시 개새끼는 그러면 그렇지! 어쩔 수가 없구만." 하고 소리를 빽 질렀다. 왕비가 임금의 용포를 닦아주고 "그만 한 일로 뭘 그러세요. 짐승이 한 일을 가지고……." 하며 임금을 탓하였다. 화가 덜 풀린 임금이 숟가락을 놔버린 반면에 왕비는 그냥 밥을 퍼서 먹기 시작하였다. 밥이 입에 들어가려는 순간 어디에서인가 다시 황구가 튀어나오면서 밥숟갈을 둔 황후의 오른손을 치면서 엎질러 버리는 것이었다. 그때 또 다른 개 한 마리가 얼른 튀어나와 쏟아진 밥을 집어먹기 시작하였다. 너무나 의외의 상황에 입이 딱 버러진 임금 내외가 어쩔 줄을 모르고 있는 데 왕비의 밥을 대신 집어 삼킨 개가 거품을 물고 쓰러지는 것이 아닌가! 그때서야 상황을 알아차린 임금이 급히 금부도사(禁府都事)를 부르니 황구가 부엌에서 으르렁거리는 소리가 들렸다. 금부도사가 부엌에 들어서니 찬모(饌母) 무수리의 치맛자락을 황구가 물고 있다가 그때에야 이를 놓고 아궁이 앞에서 꿍꿍대기 시작하였다. 즉각 그 무수리를 체포하고 황구가 가리키는 곳을 파헤쳐 보니 비상이 나왔다. 임금을 시해하고 왕위를 찬탈하기 위한 역모의 음모는 황구를 위시한 궁궐 견들의 활약으로 사전 분쇄된 것이었다. 그날 이후 왕의 칙령으로 궁궐에서는 더 이상 개를 잡아먹을 수 없도록 하는 금구식령(禁狗食令)이 내리고 궁궐 안의 모든 개들을 견공(犬公)으로 칭하여 대접하고 특히 공주가 총애하던 황구에게는 정승의 반열에 올려주고 부마로 삼아 공주방의 출입을 다시 허락하였다. 그렇게 시름시름 앓던 공주의 얼굴에 생기가 돌고 궐내에는 평화가 찾아왔다. 다만 이 황구가 너무 집요하게 가슴을 파고들더라도 상처가 생겨나지 않도록 황구의 손톱을 깎아줌과 동시에 잠자리에 들 때만은 양손에 오랑을 채워줬다고 한다. 그래서 이 오랑을 채운 수캐와 공주와의 사이에 출생한 후손들을 오늘날 오랑캐라고 부르게 되었다는 전설이 전해져 내려오고 있다.

또 다른 한편의 오랑캐유래 역시 민속적인 의미를 담고 있다.

오랑캐는 예전에 두만강 일대의 만주 지방에 살던 여진족을 멸시하여 이르던 말이다. 한자로는 올량합(兀良哈)이라고 쓴다. 원래 흑룡강성 우쑤리강의 지류인 목릉하 유역에서 살아왔으나 명나라가 세워질 시기에 두만강 유역으로 전이했다. 오랑캐는 두만강 유역을 중심으로 간도에서 함경도 무산 쪽으로 압록강 상류에 이르는 곳에 분포하고 있었다. 고려 말기 두만강지역으로 옮겨 그곳을 중심으로 간도 및 함경도 무산군 등지와 압록강 상류에 분포하였다. 이 부족은 여진족의 한 부족 추장을 단위로 1명의 추장 밑에 수십 호가 작은 부락을 이루며 산재했기 때문에 통일이 어려웠고 세력도 약해 고려와 명나라에 복속되기도 했다. 결국 고려와 명나라에 복속하기도 하였으나 조선시대 초 북방의 변경에서 준동해서 토벌되기도 하였다. 조선 초기에 흉년이 들면 변방을 자주 침입해 토벌당하기도 했다. 목릉하는 건주여진(建州女眞)이 명나라의 군정에 들어가면서 건주좌위(建州左衛)에 들어가 부족의 명칭도 없어진 듯하다.

기원을 살펴보면 오랑캐라는 그들의 시조가 본래 개와 사람 사이에서 출생했기 때문에 그의 후손들을 오랑캐라고 불렀다는 설화가 부정을 면치 못한다. 한 재상이 얇은 껍질로 만든 북을 만들어놓고 이 북을 찢지 않고 치는 사람에게 딸을 준다고 포고방문을 내렸다. 그는 관상에도 일가견을 지니고 있어 사윗감 고르기 역시 독특했고 신중했다. 호시탐탐 노리던 구경꾼들은 입만 다시고 말았다. 누구도 감히 손을 대지 못했다. 급기야 기적이 나타났다. 하루는 개가 꼬리로 북을 쳐 수수께끼신화를 깨뜨렸다. 재상이 딸과 개를 혼인시켰다. 개와 대례를 치르고 신방에 들었다. 개는 사람의 구실을 다하였다. 그런데 밤이면 핥고 물고 할퀴니 괴롭기 짝이 없자 일은 달라졌다. 민주대게 성가셔난 딸은 개의 네 발목과 입에 따로 주머니와 망을 해서 씌웠다. 개는 그만에 주머니가 4개, 망이 1개인 오낭(五囊)을 낀 신세였다. 개신랑을 동결한 듯 아니면 처깔한 듯 아예 봉쇄해버린 것이다. 이윽고 이들이 자식을 낳자 북쪽으로 추방되어 후손을 번식했다. 이리하여 북방에 사는 겨레를 오낭구(五

囊狗)의 후손이라 이르게 된 것이다. 그 뒤 '오낭'(五囊)을 낀 개(狗)라는 뜻인 '오랑구'가 '오랑캐'로 변해 북쪽에 사는 사람들을 그렇게 불렀다고 한다. 이 설화는 조선을 자주 침입한 북방 여진족에 대한 적대심과 모멸감이 다분한 뉘앙스를 배제할 수 없는 특징을 보인다. 그리고 또 제비꽃을 근근채, 반지꽃, 병아리꽃, 씨름꽃, 오랑캐꽃, 외나물꽃, 자화지정, 장수꽃이라고도 하는데 원줄기는 없고 잎은 땅바닥에 모여 달린다. 잎은 피침형으로 밑이 둥글거나 심장 모양이고 끝은 뭉뚝하다. 잎가장자리가 밋밋하고 잎자루는 매우 길다. 짙은 자주색의 꽃은 4~5월에 긴 꽃대 끝에 피는데 5장의 꽃잎 중 아래쪽에 있는 꽃잎은 거(距)를 형성한다. 열매는 삭과로 7월에 익는다. 이 식물은 제비꽃속 식물 중 번식률이 가장 좋으며 번식은 포기나누기 또는 씨로 한다. 어린순은 나물로 먹고 태독, 유방염 등 부인병과 중풍, 이질, 설사, 진통, 인후염, 황달, 독사교상 등의 치료에 약재로 사용하며 발육촉진제, 간장기능촉진제로 쓰인다.

제비꽃을 굳이 오랑캐꽃이라고 하는데 역시 오랑캐라는 속칭과 관련성을 보인다. 과거 제비꽃이 필 무렵이면 식량이 떨어진 중국오랑캐들과 외세침략자들이 가끔 조선 쪽으로 월경해 이국을 범했다는 매원의 발로라 하겠다. 그 연혁에 깃든 복수유래의 파생이라는 것이다. 하지만 병아리꽃이라는 이름은 작히나 예쁜가! 이 화명의 내막은 앙증맞은 모양새를 나타낸 상징표현에서다. 제비꽃은 아주 척박한 곳에서도 꽃을 피우는 강인한 꽃이다. 그러나 제비꽃의 다른 이름인 오랑캐꽃에 대한 사학가들의 관찰은 또 다른 이설을 제기한다. 1627년 1월에 시작된 정묘호란, 1636년 1월에 시작된 병자호란 등 사변은 오랑캐들이 침입한 시기와 제비꽃이 피는 시기와의 관련성은 적다. 그러면 왜 오랑캐꽃이라 불렀을까? 시집 ≪오랑캐꽃≫(1947)에 실린 이용악의 시 "오랑캐꽃"(1939)이 이에 대한 궁금증을 다소나마 풀어준다. 오랜 세월을 중국여진족과의 싸움에 살았다는 식민지통치하의 서민들이 제비꽃을 불러 오랑캐꽃이라 했으니 콤플렉스를 공연히 리바이벌(revival)한 것은 아니었을 것이다. 어찌 보면 제비꽃의 뒷모양이 머리 테를 드리운 오랑캐의 뒷머리와도 흡사하다는 구절로 반증하는 것으로 일층 불거진다. 제비꽃과 오랑캐꽃과 오랑캐령을 삼위일체로 접목시키려니 초매시대를 리메이크(remake)하는 감도 없지 않고 또 각축과 마찰과 시련의 정족지세(鼎足之勢)도 부인할 수 없다. 위신지도(爲臣之道)도 지키기 어렵거니와 최하층에서 허덕이던 평민의 따라지 인생영위도 천서만단(千緒万端) 엉키지 않았던가! 막막했던 궁핍을 만날 것 같다.

　오랑캐령을 일명 와집령이라고 불렀다. 두만강 회령방면에서 강을 건너 남강산맥을 넘어가면 오랑계령에 이르게 된다. 옛날 조선족이 연변을 이사 올 때 영남 쪽에는 조선

사람들이 살고 영북에는 만족들이 살고 있었다. 하여 이 영을 오랑캐령이라고 불렀다는 설화도 있다. 살길을 찾아 떠난 이민들은 와집령을 넘어 육도하와 해란강 합수목인 지금의 용정시 교외에 도착했다. 강변의 황무지를 개간함으로써 그때부터 이주민의 첫 마을이 시작되었다. 이것이 용정의 시초이다. 구배 심한 오랑캐령을 넘으면서 망국민조상들이 오늘의 연변에 초창기의 자국을 남겼다. 하여 오랑캐령은 천입민족의 입문이요 실향자들의 관문이었다. 아스라니 구름 속에 솟은 오랑캐령은 아리랑고개였다. 아흔아홉 굽이가 똬리처럼 도사리고 있어 교통과 운수에 막대한 장애물이자 걸림돌이었다. 정보소통을 차단하는 장벽이 아닐 수 없었다. 원한의 영마루였다.

개혁개방은 오랑캐령의 꼬부라든 허리를 폈고 아흔아홉 굽이는 마침내 꼬리를 사렸다. 절지동물에 속하는 갑각류, 곤충류들이 체절을 삭제한 듯, 진화한 듯 아흔아홉 굽이는 거추장스러운 부속지(附屬肢)를 대거 절단했다. 여진족도 '오낭'(五囊)도 현대작명가들이 새로 규범을 지을 신조어럿다. 문호개방에 동조해 나라에서 대폭 투자했다. 국문이 서서히 열린 동풍을 타고 국도가 새로 건설되면서 오랑캐령이 12미터 낮아졌다. 산의 해발고도마저 낮추면서 조절하는 인간전승법을 알고도 남음이 있다 하겠다. 자연을 다스린 교통혁명이다.

오랑캐령을 일명 또 해관령이란다. 한 것은 1915년 전후, 오랑캐령에 해관이 설치되었던 역사에 비롯된 명칭유래이다. 이민자의 서러운 그림자가 비낀 오랑캐령에 해관까지 설치되어 통행자들을 통치했고 오늘은 영마루가 키를 낮추었다. 오랑캐령은 요충지대로서의 경계가 삼엄했고 통상봉쇄로서의 통관기능을 지닌 완충지대였다. 애환이 진하게 점철된 서민의 물적 유통이 바로 수송, 하역, 보관, 통신 따위의 여러 활동 속에 비껴있었다. 그 진실한 삶이 오롯하게 압축되었을 해관령이다. 통상의 기능은 제한되어 차단 기능을 겸비하고 아울러 상업적 거래의 장소역할은 희박했을 것이다. 지명조사에 따르면 1851년 함풍원년부터 오랑캐령이라는 남강산맥을 넘어 육도하상류에 정착한 이주민들이 있었단다. 숙박소, 점포, 국수집, 약방, 시계점, 요릿집, 주막, 기생방, 음식점 등 시설이 운집한 걸 봐선 여러 지방 사람들이 드나드는 건널목임을 알 것 같다. 함풍연간에 이미 금곡, 석문, 청림, 청송 등 6개 마을이 있었다. 물론 당시 층차분별의 통상관계로 각 지방의 소식과 문물을 교류하고 한편 문화적 기능도 겸비하였다는 것이 해관령의 공간유대였을 것이다. 노천교역이 주종을 이룬 가운데 이주민, 장사치, 밀수자 혹은 천입대오가 통관했을 것이라 보인다. 대립자에서 동남쪽으로 7.5킬로미터 상거한 지신과 삼합의 경계에 바로 오랑캐령이 있고 그 위에 오봉산이 솟아

있다. 오랑캐령은 불도젤에 의해 키를 낮추었다. 그런대로 오봉산만은 체격보존이 여전하다. 원래 오랑캐령은 제일 높은 영마루가 해발 830미터이다. 그러니 지금은 818미터인 셈이다.

오봉산마루에서 멀리 선바위 뒤쪽을 바라보라. 팔도하자 석돌령동 남쪽에 구름 위에 우뚝 솟은 뫼부리가 있다. 만진기라는 팔도하자의 제일봉이다. 만진기는 덕신향에 소속된 촌인데 함풍 초기에 조선에서 천입한 이주민들에 의해 마을이 일떠섰다. 건촌시기, 즉 초창기 무렵, 만진기라는 사람이 거주하고 있어 습관상에서 만진기(滿鎭基)라고 불렀다. 1932년, 마을 남쪽 산골짝에 있는 두 개의 큰 바위가 마치 큰 대문과 같고 골짜기에서 흐르는 냇물이 이 마을을 지난다 하여 석문촌이라 개칭했다. 만진기봉은 석문과 성암 사이에 위치했다. 바로 안중근이 이등박문을 저격하기 위해 무예와 사격술을 익혔다는 아지트이다. 나는 경건한 심정으로 안중근이 활동하였거나 흔적을 남긴 덕신향 석문과 성암 사이에 위치한 만진기와 영동의 상우동, 지신의 성교촌, 선바위 등 지연의 유적들을 연상했다. 오봉산에서 그려보는 상상은 흥미롭다. 고향을 중심으로 한 기타 인접지대가 바로 오봉산등고선과 널리 분포된 산맥줄기와 면면했던 지리적인 인연까닭에서이다.

그런데 서생시절의 부풀던 패기는 시나브로 기가 죽었고

마가을 잡초마냥 고조(枯凋)로 변할 지경에 이르렀다. 고중 졸업 후 난 연변의 8개 현시 중 4개 현시를 전전무휴하면서 자리 뜸 하다 보니 종시 등제(登躋)의 기회여건이나 여유공간을 잡지 못했다. 자기와의 낙언을 파쇄했고 숙지를 이룬다던 약속을 야속하게나마 부득불 접어야 했었다. 강산이 변한다는 10년 세월이 3개나 지난 21세기 초에야 비로소 옛 꿈을 다시 실현한다는 감에 민망하기도 하고 활성도를 높이기도 한다. 넘어진 자신을 다시 일으켜 세워 야성의 정상을 톺는다는 감에 일순간 부풀기도 했다.

뜻 깊은 상봉기념처럼 오봉산등정을 마련함도 당연지사였다.

2. 진달래 남벌

때는 진달래가 지천으로 널브러져 한창 만개하는 호시절이다. 연변의 산과 들은 이맘때면 진달래의 자연축제로 염려한 랜드스케이프(land scape)를 이룬다. 오봉산도 물론 예외가 아닐 거라는 기대감이 앞선다. 성남골의 시냇물을 따라 걸으면서 줄곧 남산을 바라보았다. 경건과 앙모가 동시에 눈시울을 적신다. 먼 바위에 불길을 날리는 진달래가 금시 막 손을 젓기라도 할 듯 무척 궁금하고 설렜다.

김 군과 나는 성에장이 뜬 개울가를 맨발로 건너 어느덧 성남 8툰에 이르렀다. 광서(중국 청나라 광서제 때의 연호인 1875년부터 1908년까지) 말년에 조선에서 이사한 이주민들이 세운 마을이다. 마을동쪽에 오봉산이 있고 산바위에는 암석이 많이 노출되어 부암동(富岩洞)이란다. '호림방화'라는 글자를 새긴 붉은 기발이 날리는 초가삼간에서 개 짖는 소리가 요란하다. 한족여인 호림원이 낯선 행인을 보고 사립문을 나선다. 난 오봉산등산코스를 묻곤 곧장 진달래가 어느 위치에 제일 많으냐고 물었다. 그녀는 실팍한 몸매를 배배 꼬며 짐짓 애교 어린 제스처를 취한다. 본토지민(本土之民)이 같질 않았다. 베정적하는 같기도 하고 또 민주를 대니 발싸심을 하는 것 같기도 하였다. 나중에 그 여인은 발그레 미소를 던져주면서 한 손을 들어 가로젓는다. 오, 진달래가 없다는 힌트다. 난 급기야 실소를 터뜨릴 뻔했다.

내가 악연히 놀라 부르짖자 그녀도 약간 한숨을 짓는다. 막무가내로 알려주는 내용인즉, 초봄에 돌팔이 장사치, 발록구니, 넝마장수, 시탄상(柴炭商)들이 산을 소탕했다는 유감의 정보이다. 이방인처럼 생경한 한족말로 대충 해석하는 그녀의 어조도 심히 우울하게 들렸다. 진달래 소탕전에 야산이 거덜 나고 무참히 봉변을 겪은 후유증으로 맨 민둥산만 남았다는 연변기문의 한탄을 심심찮게 들었으나 오봉산에까지 그 마수가 뻗쳤으리라곤 미처 생각하지 못했던 나의 당황망조였다. 성남 맨 막치기 동네에서도 한참 올라가야 하는 오봉산은 사실 한갓지고 유축진 황벽이었던 것이다. 이런 오지의 지리적인 한계마저 빠뜨리지 않고 '3광정책'을 집행한 하수인들을 떠올리노라니 저도 몰래 모골이 송연하다.

오봉산엔 고정된 등산로가 별도로 없나 보다. 들쑥날쑥한 바위코숭이와 거무칙칙한 산발들이 웅기중기 병풍을 둘렀다. 낙엽송과 소나무숲이 울창하고 푸른 이끼가 도처에서 번뜩거린다. 김 군과 나는 오봉산을 맞바로 보면서 곧장 정면으로 접어들었다. 이때 산속어귀에서 한 양몰이가 나타났다. 말씨를 들으니 본토박이가 아니었다. 알고 보니 산동성에서 이사해왔다는 나그네였다. 그는 방금 무리를 떠난 양떼를 찾으러 산에 올랐다가 하산하는 길이었다. 그의 길안내는 좀 애매하였다. 직접 오르는 코스와 굽이를 도는 곡선을 알려주었다. 둘은 아예 직방 산코숭이를 향해 절벽을 선택하기로 작심했다. 암반이나 암벽은 몰라도 그만큼 험난한 첩경을 정복하는 멋이 어느덧 둘의 제반(躋攀)기호였나 보다. 그렇게 맺어진 공동취향으로 작동한 텔레파시였다.

트레킹(trekking)은 비교적 장기간에 걸친 산행을 말한다. 그러나 직장인으로 곰바지런해온 나에게 있어서 트레킹체험은 어디까지나 아마추어에 불과할 따름이다. 트레킹은 느리지만 힘이 드는 하이킹이라는 정도의 의미로 등반과 하이킹의 중간 형태이다. 히말라야의 산기슭을 걷는 '히말라야 트레킹'이 대표적이다. 트레킹은 원래 남아프리카의 네덜란드계 주민인 보어인의 언어로 '우마차를 타고 여행한다'는 의미로 사용되다가 단순히 '여행하다, 이주하다, 출발하다' 등의 의미로 사용되었다. 네팔에서는 산지 등을 여행할 경우 정부가 트레킹 허가증(Trekking Permit)을 발행하기도 한다. 한국에서도 경제 성장에 따른 여가 시간 증대로 트레킹이 인기를 얻고 있는데 1990년 한국 트레킹클럽이 결성되면서 트레킹 동호인 모임이 늘고 있는 추세이다.

나와 김홍석 씨는 트레킹멤버보다는 나름대로 어디까지나 향토를 다시 밟는 차분함에 더 안주한 편이었다. 그러나 30년 전의 소망을 이룬다는 현실감에서는 확실히 트레킹에 못지않은 자부심이 앞서는 것도 기일 수 없었다. 꾸준했고 검질긴 트레킹의 뒤안길에는 과거의 학창시절이 숨어있었고 그 텍스트를 찾아 나선 활보가 그래서 당당한 거다.

확실히 한 보 한 보 산허리에 높이 오를수록 진달래는 찾아볼 수 없었다. 간혹 숲에서 보이는 진달래나무는 이미 가지가 잘렸거나 뭉텅 베어낸 흔적이 역연하다. 아, 여리디여린 식물생명에 잔인한 학대와 살육의 마수를 뻗친 하수자들을 그려보는 순간 몸이 오싹해났다. 고요하고 평화로운 산중에 낫이나 괭이를 휘둘러 마구 살벌했을 폭압에 진달래는 형체를 잃었다. 어쩔 수 없이 요절되고 도륙을 당했다. 오봉산 - 하면 먼저 진달래를 떠올려 보던 아득하고도 눈 익은 환영이 어느새 가뭇없이 사라진다. 황량하고 쓸쓸한 살풍경이 뭣인지를 직관물로 보여주는 초라한 '진풍경'이다.

진달래는 철쭉과의 낙엽 활엽 관목이다. 높이는 2~3미터이며 타원형 또는 피침형의 잎은 어긋나는데 가장자리는 밋밋하고 뒷면에는 조그만 비늘조각들이 빽빽하게 나 있다. 분홍색의 꽃은 잎이 나오기 전인 4월부터 가지 끝에 2~5송이씩 모여 피는데 통꽃으로 꽃부리 끝은 5갈래로 조금 갈라져 있다. 수술은 10개, 암술은 1개이다. 열매는 삭과로 10월에 익는다. 정원수, 관상용이고 산간 양지에서 자라는데 한국, 일본, 중국, 몽고 등지에 분포했다. 일명 또 두견화, 산철쭉이라고도 부른다. 개나리가 주로 양지바른 곳에서 잘 자라는 반면에 진달래는 약간 그늘지며 습기가 조금 있는 곳에서 잘 자란다. 가지가 많이 달리기 때문에 절지작업을 해도 잘 자라며 추위에도 잘 견딘다. 뿌리가 얕게 내리고 잔뿌리가 많아 쉽게 옮겨 심을 수 있다. 꽃을 따서 먹을 수 있으므로 참꽃 또는 참꽃나무라고 한다. 꽃을 날것으로 먹거나 화채 또는 술을 만들어 먹기도 한다. 술을 빚어 먹을 경우 담근 지 100일이 지나야 맛이 난다고 하여 백일주라고도 하는데 한꺼번에 많이 먹지 말고 조금씩 마셔야 약효가 이상적인 것으로 알려져 있다. 진달래를 두견화라고 하는 것은 두견새가 밤 새워 피를 토하면서 울어 그 피로 꽃이 분홍색으로 물들었다는 전설에서 유래한다.

진담누설(陳談陋說) 같지만 진달래가 열매를 맺는다는 화제가 이색적이다. 그것도 초봄에 잎 먼저 피어 늦가을에 열매를 맺힌다는 자체가 신오하고 미묘하다. 진달래가 열매를 맺는다는 설법이 금시초문 같아 진달래에 애정과 호감이 한 결 덧생긴다.

내가 오봉산에서 진달래를 무척 찾아보고자 하는 집착일 념은 오랑캐령과 오봉산이 나란히 어깨를 겯고 서있기 때문이다. 오랑캐령을 손꼽을라치면 당연히 그리고 자연히 망국대부(亡國大夫)와 망국멸족의 남부여대 이주민들을 초들게 된다. 그 망국지민 흰옷의 행렬들이 바로 두만강을 건너 오봉산이 먼발치로부터 지척에 거느린 오랑캐령을 지났다는 것이다. 육도하 하류를 따라 대립자, 명동, 선바위, 승지를 지나 용두레 우물옛터에 정착했고 '후속부대'들은 비암산, 모아산을 각각 넘어 각각 평강벌로, 연길분지로 산재했었다. 주마등마냥 지나가는 장면을 방불히 연상하노라니 오봉산의 진달래와 이민행렬이 오버랩(overlap)과 클로즈업을 교체한다. 아, 눈 속에서 상기된 볼을 드러내면서 홍조를 띤 연분홍 진달래의 슬로 모션(slow motion)! 당년의 이민자들은 선연한 불길을 날리는 진달래를 보면서 어떻게 감탄과 위안을 가졌을까? 진달래와 이주민들은 역사의 상봉을 나누면서 서로의 운명을 점치느라 서먹하기도 했고 매혹적이기도 했으리라.

　낯설고 눈 선 만주라는 북변 땅을 처음 디뎌보면서 망국노의 애통과 실향민의 비탄이 겸비된 이중 곤혹 가운데 진달래야말로 가장 화사한 문안이었을 것이요, 가장 친절한 인사였을 것이다. 굶주리고 얼어든 한 몸을 겨우 지탱하면서 눈길 위를 며칠째 도강작전으로 찾아온 간도! 불청객을 반긴 환영의 화신도 진달래요, 길안내의 좌표도 역시 진달래였을 것이리라. 뜨거운 화염을 눈 무지에 날리면서 연기 없는 불길로 추위에 우둘우둘 떠는 몸을 감싸준 다감한 온기가 바로 오봉산기슭 오랑캐령에서 방출했을 것이 아닌가!

　산과 들이 온통 백설천지로 포장한 은백세계에서 진달래의 만개는 제일 선명한 온난의 색조였고 수무(綏撫)의 색상이었다. 망국지탄의 역마직성들은 설중송탄 같은 진달래 난기를 피부로 느끼고 아른아른 드리운 아지랑이 같은 진달래 열기를 폐부로 감지하면서 그 선명한 인상을 각인했다. 장졸지분 없이 무심히 핀 진달래가 실향자들에게 안겨준 이국정취는 포용과 관용 그리고 할애의 공간이었다. 식물의 체취치고는 포섭과 동정을 베푸는 숨결이기도 했었다. 그날의 그 자리에 묵은 뿌리를 드리운 진달래는 망국노의 이정표였고 동족의 자화상이 수입된 데이터를 보관한 소장품이었고 수난의 여정을 목격한 장승이다. 어느덧 나는 당년의 장면으로 서서히 돌아가는 타임머신(time machine)을 탑재

한 몸이 된 것이 아닌가 싶다.

나는 이런 발상을 수차 가다듬는 가운데서 진달래와 중국조선민족의 상호 연관성에 대하여 무척 관심을 기울였다. 식물의 대박미산의 함수와 민족의 천생여질의 캐릭터는 동질성과 연대성을 이루는 면이 신비하고 흥미롭다. 핫이슈처럼 떠올려보는 오버 센스(over sense)라 해도 과언이 아니다. 왜 그렇지 않으랴! 오랑캐령에 올라서 목을 돌리며 지그시 감았던 눈을 뜨면 먼저 옆에 거연히 치솟은 오봉산이 안겨온다. 구름 속에 우중충 높이 일떠선 산세가 나란히 손잡고 산발을 타는 오형제의 거룩한 모습 같다. 운무를 헤치며 달리던 다섯 필의 준마가 허공에 앞발굽을 높이 쳐들고 산등성이에 멈춰 포효로 호기를 뽐내는가 싶다. 아니면 마치 먼 길에 지쳐 행로를 조여 가는 다리쉼 때 빙 둘러서서 그 옆을 지키는 동행자들 같다. 끌밋하고 헌앙한 사나이풍도를 다분히 보여주는 산의 위세가 진달래까지 받쳐 들고 자연의 조물주 걸작을 위시하는 프로필 앞에서 아무나 봐도 내심의 감흥을 감출 길 없다.

아, 삼합진과 지신진의 경계인 오랑캐령의 오봉산, 그 산의 진달래! 조선 회령으로부터 두만강을 도강해 게사처라는 지금의 삼합촌에 닿아서 즉각 오랑캐령을 넘는 고행에 올랐던 천입대오였다. 오랑캐령을 허위허위 넘어 대립자, 명동을 지나 용정까지 가는 노정은 60킬로미터였다. 흰 두루마기에 하얀 치마저고리를 받쳐 입은 백의동포들의 대열이 지나간 당년의 사열식을 치른 역사의 목격자요 수난의 입회인인 오봉산 진달래! 괴나리봇짐, 죽장망혜, 페포파립, 두루마기, 무명전대, 토스레 치마, 미투리, 망태기, 쪽박, 달구지, 발구, 망건, 조바위……. 서러운 흰 옷의 그림자들을 편입한 편린들이었다. 초라하고 꾀죄죄하고 남루한 행색들이 걸인으로, 유랑민으로, 실향자로 오랑캐령을 넘을 때 진달래는 동정과 연민과 액색의 안타까운 눈물을 뿌리며 몸부림쳤을 줄로 안다. 재해, 전쟁, 전염병의 화근을 입어 기아선상으로, 궁여지책으로, 막무가내로 일가권솔이 흐느끼며 넘던 아리랑고개에서 오봉산진달래는 피 맺힌 한을 뿌리에 키웠다. 정리건 조부, 김선녀 조모 그리고 정철운 부친, 안금옥 모친도 조선함경북도명천군하고면삼향리정문동에서, 조선함경북도라진구후창동면신흥동에서 두만강 쪽배를 타고 이 땅의 천입민족으로 자리를 굳혀 중국공민이 된 것이다. 내가 지은 노래가사 "함경도사람"이 바로 그 역사를 개괄한 축소도라 하겠다. 조선종성에서 남양을 거쳐 두만강을 건너 도문, 개산툰, 팔도하자를 지나 오봉산기슭 아래의 중우동에 정착했다가 하우동에서 한뉘 영주자로 한생을 마쳤다. 내 조상의 발자취와 숨결 그리고 그림자가 비껴든 오봉산진달래이다. 수난자의 오열을 터뜨린 호흡과 식물의 비애가 제작한 합성이 금시 어느 골짜기 어느 잎사귀에서 다시 재생되는 메아리에 가슴이 뭉클 저려온다. 조상들의 넋이 어린 진달래 동유림이요, 망국노의 애환이 서린 꽃동산이다.

이쯤 풀이를 한 단락 아퀴 짓노라니 이어지는 교묘한 하모니가 추가된다. 즉 당년의 진달래이미지와 현대의 재중동포들의 숙명인맥을 포착하게 된다. 그 어떤 텔레파시나 공감대를 형성하는 부분인지도 모르겠다. 다 같은 한반도에 위치하였지만 조선의 국화는 목란꽃이고 한국의 국화는 무궁화이다. 한반도에서 파생되고 분류된 중국조선민족이지만 유독 꽃을 좋아하는 시각적 내지 심미적인 차이는 왕창 판이하다. 일례로 연변조선족자치주의 주화는 바로 진달래이다. 왜 이런 부동한 상징물로 부동한 패턴을 창조했겠는가! 주요 원인은 시처위가 달랐으므로 꽃에 대한 파악조차 거처지 내지 소경사(所經事)를 우선시했다는 지적이다. 꽃을 경험하고 애호하는 체감의 본질은 바로 섭력의 여하에 달린 분수령이었다. 하여 동질성의 이질성으로 서로 다른 꽃을 애완지물처럼 따로 선택했지 않았겠는가 하는 미묘한 반신반의를 품게 됨도 당연하다 하겠다.

경광성(傾光性)이란 빛의 세기가 자극이 되어 식물 기관이 오므라지거나 굽거나 펼쳐지는 성질을 이른다. 꽃의 개폐, 팽압(膨壓) 운동 따위이다. 진달래가 그렇고 연변인이 그렇다. 한반도가 모국모향이라는 광의적인 혈통설법은 그럴듯하나 동질성에서 불가피면으로 해탈되어 이질성을 보이는 개성은 중국조선민족 그 자체의 골수에 배인 문화체질이 잉태한 컨벤션(convention)이다. 민질이자 우세이고 제약성이자 우수성이다. 고루한 답습을 체념하는가 하면 또 새로운 모식을 탐구할 줄 아는 순발력도 지녔다. 이른 봄에 이파리 먼저 분홍색 꽃잎속살을 드러내놓고 찬란한 영춘화 —전령사—로 된 진달래! 꽃샘잎샘 추위 속에서도 피어야 하고 눈물보다 미소를 더 지어야 했다. 자치민족의 수난사가 그냥 묻어있는 꽃이 진달래이고 주화의 상징속성을 뻗쳐가는 저력의 대표성이 바도 진달래이다. 주화의 생리대로 문화속성을 고수하면서 역경의 정복자로 탈바꿈하는 강근지족이 아니던가! 연변조선민족의 상향성은 그런 발로에서 진로를 열고 진통을 감내한다. 개척민으로 중화민족권의 멤버로 부속된 주인공의 능운지지(凌云之志) 자격도 그런 시발점에서 시작된 것이다.

이민 3세를 주축으로 2세와 4세는 조상의 선호와 애정이 어린 진달래를 역시 애착과 갈망으로 숭배한다. 습숙견문(習熟見聞)이요, 숙습난방(熟習難防)이라 했다. 진달래축제를 비롯한 이벤트가 빈번하고 진달래가송을 중심으로 한 예술행사 역시 화끈하다. 진달래주제가요가 연변의 문화브랜드라는 설이 나돌 지경인 현 시점인데야……. "산마다 진달래요……" 하는 명구는 연변특유의 풍경주소이다. 왈츠, 벨칸토, 가무,

민속제 등 형식은 진달래승화의 주선율이다. 연변의 상징인 진달래가 경제를 이끌고 관광유치를 자극하는 요소로 합류한다. 허다한 작가, 예술가들은 노래와 그림, 촬영, 시, 사생스케치, 무용 등 다양한 예술작품을 창작하여 민족정수를 주입하고 고양한다. 민간차원의 백의동포정신연구테마 역시 연변풍격을 살리는 진달래를 소외할 수 없다는 발단은 중국조선민족의 패턴으로 점점 거세게 불거진다.

그런데 민족의 운명을 동반해온 주화가 오봉산에서도 무참히 능욕을 면치 못하다니? 오봉산정상에 오를수록 도처에서 꺾어진 진달래가지가 눈에 띄었다. 하얀 속살을 드러내놓고 햇빛에 애원하는 설분이 금시 들릴 상 싶다. 망울이 뭉개졌고 꽃잎을 짓찢었다. 즙액이 번지르르 흐르는 물기가 진달래의 눈물이 아닌가! 분질러지고 갈라지고 꺾어진 상처에서 동족상잔의 폐단을 보는 듯싶어 심히 안쓰럽다. 꽃은 곱도록 보아주어야 한다는 것이 감상자의 바른 자세이다. 꽃은 웃어야 보는 이의 즐거움을 유발한다는 것이 화용월태의 기본이다. 그런데 보기도 전에 또는 웃기도 전에 그만에 만신창이 된 식물피해가 아닌가! 단순히 꽃을 함부로 해쳤다는 가해자의 시퉁머리 터진 망동만 탓하고 싶지 않다. 우리 민족의 상징물로 각광을 받는 주화를 유린하는 자체가 망거목수(网擧目隨)의 반대경우렷다. 조금만 시평선을 가려볼 줄 아는 식견을 지녔더라면 순간의 자제력을 용케

구할 수 있었을 것이다.

진달래가 사라진다는 징크스가 심심찮게 떠돈다. 연변을 대표하는 상징화의 연분홍꽃물이 증발한다는 증후군이 온 역마냥 괴롭힌다. 진달래가 지천으로 널브러졌던 전설은 약존약망(若存若亡)이다. 대팔령, 만천성, 석인골, 상월구, 신흥촌, 장백산, 모아산, 계림동, 비암산, 따발산, 선경대, 부엉이막치기……. 고약한 상술에 눈이 어두운 좁쌀뱅이들에 의해 모가지를 꺾이는가 하면 나무꾼, 탐사대원, 원예사, 양봉원, 산지기, 약초채집자, 들놀이꾼들에 의해 인위적인 파괴가 엄중하다. 시장에, 화단에, 별장에, 휴가촌에, 그라운드(ground)에, 유흥장에, 베란다에 마구 옮겨지는가 하면 단나무로 아예 아궁이에 들어간다. 휘테(Hütte)의 온돌을 덥힌다면 예외의 경우겠으나 콘크리트 장벽 속의 때 묻은 지폐와 교역된다는 등가교환이 심히 찜찜하다. 레크리에이션(recreation)의 수요로 산을 찾는 방문은 나무랄 바가 아니나 행동의 결과가 아름답지 못해 유감이 빈발한다. 백의겨레의 정신적 패턴과 자치주대명사로 자리를 굳힌 진달래의 시처위가 불행을 거듭한다. 향토의 자연경관과 민족 심벌의 이미지가 폭락한 사례이다.

가령 진달래가 희로애락의 기능을 구비한 생명체라면 어쩔까? 단통 오열을 터뜨리며 통곡했을 것이다. 분골쇄신에 엉망진창인데야……. 울고 싶은 진달래의 발싸심을 정녕 들을 것 같다. 야생화의 운명이자 숙명이 기구한 것일까? 인위적인 손해를 입는 진달래의 유린에 가세한 듯 또 예술적인 침해까지 곁들어 진달래가 한결 더 몸살을 겪는다. 진달래개화기면 굉장히 붐을 일구는 빔이 산야에 한창이다. 객중 촬영모델이나 전시전에 출품할 피사체로 발탁된 소녀처녀들의 몰상식한 짓거리들이다. 물론 색동저고리 치마를 받쳐 입고 연지곤지 찍은 홍안과 녹의홍상들이라지만 일거일동마다 심히 눈에 거슬린다. 진달래꽃밭에 마구 뛰어들어 이리저리 들뛰며 망울을 꺾는가 하면 섬섬옥수로 꽃송이를 훌쩍 낚아 채 입가에 갖다 대는 꼴은 야만성을 동반한 예술오류편린이 아닐 수 없다. 또는 아름아름 꺾어든 꽃을 안고 포즈를 취한다든지 혹은 송이송이 받쳐 든 꽃다발로 TV화면이나 앨범에 등장한 자태가 아름다울 리 만무하다. 멀티미디어라는 대중매체나 예술도덕의 고양기구들이라는 공익기관들에서 자가당착을 빈발하니 이 아니 우환이랴! 무의식이든 습관이든 체질화든 "자연이 살면 인간도 산다."는 섭리에 동조할 몫이다.

2002년 3월, 길림성임업청은 ≪전 성 산간지대도시에서 <영산홍>을 꺾어 판매하는 것을 제지시킬 데 관한 긴급통지≫를 발부한 뒤를 이어 2002년4월, ≪전 성에서 <영산홍>을 채집, 판매하는 사태의 발전을 재빨리 제지시킬 데 관한 긴급통지≫를 발부했다. 이에 호응해 주임업관리국은 각 시, 현 주관관리부문에 '통지'를 이첩했다. 연후 진달래가 집중된 지대에 한해서는 해당관리인원을 포치하여 감독관리를 강화했다. 그러나 도둑 한 놈에 지키는 사람 열이 못 당한다고 진달래는 모리간상배들에게 주야로 침노를 당한다. 우활한 빈 구석의 허점이 아닐 수 없다.

아기진달래를 꺾고 베고 자르고 파서 시장에 내다 판다는 '치부비결'은 연변특색 '모식'이다. 정원수거나 조경림에 보탬이 되는 것이 아니라 산을 약탈하는 고약한 장사치에 의해 결국 이팔청춘에 요절된 홍안박명이다. 진달래 남벌이 안겨준 화제는 불행의 징크스다. 다행스러운 것은 덕목이 돈후한 유지인사들이 간접적으로나마 습유보궐(拾遺補闕)로 '개과천선'했다는 점이다. 중국조선민족문화산업의 전략적인 발전방안을 모색하며 연변관광업발전을 본격적으로 추진하기 위한 프로젝트인 '2006년 진달래문화산업발전국제세미나'가 2006년 5월 19일 북경인민대회당 중경청에서 개최되었다. 중앙민족대학 한국문화연구소(소장 황유복 교수)가 기획, 중화애국공정연합회와 연변조선족자치주정부에서 공동으로 주최한 이번 회의에는 국가지도자 양여대(楊汝岱)를 비롯하여 국가민족사무위원회, 문화부, 재정부 등 18개 중앙 부, 위의 전문가와 북경주재 각계 조선족지명인사, 북경의 20여 개 연구기구, 일본, 한국의 문화산업전문가와 금융계, 기업계인사 도합 190여 명이 참석하였다. 중화애국공정

연합회가 진달래문화원을 애국주의 교육기지로 정한 것은
이 기지를 통해 중화민족의 애국정신을 널리 선전하고 중
화민족의 우수한 문화전통을 세계에 알리며 개혁개방 이래
거둔 성과들을 전시하기 위한 데 있다. 한편 전통문화의 정
수를 표현하고 세계 민족의 주제문화를 전시하는 것을 통
해 장백산 자연풍경에 의탁하고 이웃나라 변경여행관광자
원을 리용하고 건설하려는 데 있다. 연변진달래 산업개발유
한회사의 경제사인 노강 선생은 진달래문화원은 관광문화
산업 형성을 통해 중국 나아가서 세계에 조선족의 문화를
알리게 될 것이라고 표시했다. 문화원은 또한 조선족의 형
성, 역사를 재현하는 하나의 박물관으로 될 것이다. 이번
세미나에서 정부 해당부문 관원들과 학술계, 기업계, 금융
계 인사들은 연변진달래문화산업발전과 진달래문화원의 계
획을 둘러싸고 전면적이며 계통적인 연구토론을 벌이었다.
연길공항 북측에 위치한 진달래문화원은 13억 원을 투입하
여 조선족의 풍토인정, 생활문화와 건축문화를 남김없이 보
여주는 조선족문화원을 건설하게 된다. 연변진달래산업개발
유한공사 회장인 재중동포 사업가 장룡규(47)는 "사업을 성
공시켜 중국 대도시와 한국으로 빠져나가는 젊은 인재들을
연변으로 돌아오게 하고픈 마음도 간절하다."고 그루를 박
아 천명했다. 소개에 따르면 이 문화원은 아리랑 종족사당,
청소년종합문화시설, 아리랑 영웅각, 백두산식물원, 진달래

예의관, 건축, 영화촬영장, 가무, 민속, 예술, 궁궐, 음식, 명절맞이, 체육 등 여러 가지 수단을 생동하게 살려 활체 박물관식 시설을 구축하는바 과시 전통적인 조선족 풍속마을을 형성하는 항목답다. 부지 면적은 220만㎡, 계획 총 투자액은 16억 원, 시공 기간은 5년간이라고 한다.

이번 세미나에서는 조선족문화의 본연성과 진달래문화산업발전의 사로를 명확히 하였을 뿐만 아니라 강소 성원부동산종합개발유한회사를 비롯한 3개의 기업과 진달래산업개발유한회사 사이의 진달래문화원투자협의도 체결하였다. 하루동안 진행된 세미나에는 신화사, 중앙텔레비죤방송국, 중국청년보, 중앙인민방송국, 중국국제방송국을 비롯한 국내의 권위매체들과 한국의 동아일보, 조선일보, 중앙일보, SBS를 포함한 국내국제의 20여 개의 매체기자들도 참가하였다. 이날 포럼에서는 중화애국공정련합회 온숭인(溫崇仁) 부주석이 개막사를 하고 가문선(賈文先) 부주석이 폐막사를 했다. 그외 중앙민족대학 황유복 교수, 일본경제연구소 소장 유경재 박사, 21세기 미래경영연구소 김준봉 교수, 중국사회과학원 민족학과 인류학 연구소 정신철 박사 등이 문화산업 발전의 중요한 의의와 조선족 민족문화산업을 미래 산업으로 발전시키는 사고 및 방법 관련의 논문들을 발표했다. 연변의 진달래를 둘러싸고 중국이라는 대국의 수도에서 개최된 국제포럼은 향후 연변건설과 홍보에 막강한 촉매작용을 놀 것이다. 기발한 아이디어이자 장구지책이다. 구심점을 찾고 화합의 장을 확장하는 호흡이 거창하다. 산야의 진달래가 소담하고 탐스런 문화꽃동산으로 부상하니 복욱한 향기 더 목메나 보다. 관상용보다 저력의 소산으로, 예술품보다는 이익의 무대로 등장한 연변 프로필인데야…….

연변판도의 시장잠재와 미래지향이 접목하는 합수목이 열린다. 오봉산기슭 오랑캐령에서 흰옷의 이민행렬을 영접하던 진달래가 품격을 업그레이드해 인젠 연성환경으로 추대되었다. 그 뿌리가 다시 오봉산에 뻗어가면서 족속들의 생채기를 쓰다듬는다. 해내외 주목을 받는 진달래문화원이 이제 진달래를 박해하고 학대하던 마수에 어떤 일침을 놓을까? 고유하고 특이한 매력으로 강렬한 호소력을 발산하는 진달래! 질탕한 소유욕과 소속감을 얻고자 탐닉에 매몰했던 진달래파괴자들! 누가 누구를 검거하고 무엇이 무엇을 반성하는가. 말초적 허탈감의 확산이 빈 공간에 머무른다. 인간의 수성(獸性)적인 측면에서 별도로 작봉받은 유한성이 한 번의 실수를 자초했다면 그것은 병가상사이다. 직접적이고도 능률적이며 또한 생산적인 진달래 산업부흥이 그 과오를 묵과시인할 수 있기를 기대한다. 신입사원 면접에 나선 응모자 같으나 싹수는 보인다. 수세지재(需世之才)는 늦게야 태어난다 했던가!

30년을 별러 오른 오봉산이 황량한 것은 진달래가 소탕

되어서였다. 오봉산진달래는 삽, 괭이, 낫, 마수에 의해 강간간음을 면치 못했다. 연길공항 북측에 위치한 진달래문화원은 거액의 투자를 받아 총애물로 부상했다. 드디어 위안을 받은 것은 홀로의 진달래환상이 무궁한 축제를 펼쳐주어서이다. 진달래문화원과 오봉산진달래의 선명한 대조를 통해 주화라는 내 고향의 간판얼굴이자 내 집의 화분을 재배하고 사랑하고 아끼는 애정을 지녀보자는 권장이다. 희망의 등불로 길목에서 유랑대오를 영접한 진달래신호등! 자치주꽃으로 자리매김한 민족의 브랜드이미지! 생명론과 운명론의 복합체로 용해되어 이주민과 원주민의 한계를 접목한 진달래후손이여! 이맘땐 내가 오봉산에 탐방객이 온 것이 아니라 공소대회의 방청객이 된 듯싶어 송곳방석에 앉은 감을 미처 털어버릴 수 없다. 친환경적인 인문정신이 오봉산에서는 진작 멀리 소외되었나 보다. 진달래속성과 천입민족의 풍토생리 그리고 지역공동체철학의 가치생존에 의하여 조성될 전일성을 망울마다 빛나 오르라고 응원하고 싶다. 화룡에서는 진달래를 식물재배로 식수하여 독특한 진달래화원을 인공적으로 만들었다. 그래서 석가산 같은 조경림의 풍치를 이룬 진달래인공동산에서 자유로이 환희를 만끽한다. 그런 정신이 오봉산에도 깃든다면 막연한 미래를 기대하지 않아도 좋을 것이다. 가능한 속히 움직이는 실천을 만났으면 하는 바람이 오봉산기슭의 육도하 여울처럼 소쿠라진다.

그런데 찬찬히 일초일목을 살피니 비단 동물만 살해저격의 피해를 입은 것이 아니었다. 관목림이나 활엽수 전체가 대등소이하게 파괴를 당했다. 특히 낙엽송, 피나무, 자작나무들이 크게 훼손을 입었다. 금화금벌(禁火禁伐)이란 산에서 불을 피우는 것과 나무를 베는 것을 금함을 뜻하는데 오봉산은 예외였다. 재목을 베 내고 밑동을 잘라난 흔적이 시각을 어지럽게 자극한다. 절지림은커녕 원시림을 보존하는 기능마저 무참히 잃은 삼림생태였다. 천년대계는커녕 백년대계조차 공담에 불과하다. 가구나 건축용재에 좋다는 피나무는 애나무마저 몽땅 남벌해갔다. 부스러기나 잔가지가 숲 속에 아무렇게나 버려져 마치 벼락을 맞은 희나리를 방불케 한다.

숲에 처박아 뭉툭한 진달래잔가지를 손에 들고 김 군도 나도 한동안 묵묵해졌다. 백두산맥의 한 자락이 깃을 내린 오봉산 조망대에서 금시 파노라마를 부감하는 감이 든다. 삽합망강정에서 날아오른 흰 구름이 머리 위에 감돈다. 아득한 허공에 빨간 소망이 불타는 노을로 피는 시간을 연띠운다.

3. 사냥춤 무대

예술학에서 짐승의 가죽이나 탈을 쓰고 사냥하는 모습을 형상화한 춤을 사냥춤이라고 한다. 오봉산이 어쩌면 사냥춤 무대로 전락되지 않았나 하는 의혹은 등반의 경사도가 커질수록 더 부풀었다. 내가 단김을 헉헉 몰아쉬면서 김 군과 세 번째 바위를 넘어 철탑이 보이는 주봉을 향해 오를 때다. 도처에 사냥흔적이 보인다. 노루, 멧돼지, 꿩, 토끼, 두더지, 오소리 등 동물들이 사냥물로 된 삼림의 기록을 곧잘 발견했다. 아마 짐승들도 사냥꾼들에게 소멸되고 잡히고 얻어맞아 나중엔 동아리들끼리도 작혐(作嫌)해 마구 싸다니며 소동을 부린 흔적 같다. 온통 산판은 수라장이다. 부식토가 너저분하게 흩어진 채 나뒹굴었고 검불이 나무밑동이 엉켜 붙었다. 야수들의 난투와 포수의 추격이 만든 걸작이 분명하다. 알고 보니 오봉산에도 사냥도구들이 대거 동원되어 야수사냥에 집중했나 보다.

먼저 사냥도구를 알아보자. 우리가 쉽게 아는 사냥도구로는 창애, 옹노, 함정, 덫, 우레, 돌팔매질과 애끼찌나 산뽕나무로 만든 활인 목궁(木弓) - 목호(木弧) - 가 고작 전부렷다. 그런데 오봉산 사냥도구는 극히 발달했고 선진기술이 도입되었다. 슈퍼스타를 만나고 싶은 감이 불쑥 치민다. 사냥프로급인 김 군은 즉각 판단했다. 극히 단순하며 전쟁 때나 사냥을 할 때 썼던 원시적인 도구를 도태시키고 현대적이면서도 실용적인 첨단무기를 곁들었다는 것이다. 구석기시대 사냥도구로는 타제석기(뗀석기), 주먹도끼, 팔매돌, 슴베찌르개, 찍개, 찌르개, 긁개, 밀개, 골각기였고 신석기 시대 사냥도구로는 마제석기(간석기), 돌창, 돌화살촉, 돌도끼, 원시무문퇴, 융기문토기, 기하문토기, 어골문토기, 파상문토기, 뇌문토기, 돌팽이, 뿔팽이, 녹각편(굴지구), 갈돌(연석), 돌도끼, 돌삽(신석기 후반 출현), 보습, 낫(반월형석도), 방추차(가락바퀴), 골침(뼈바늘), 그물 등이었으며 청동기 시대 사냥도구로는 마제석기의 세련화로 일층 탐탁했는바 마제석기(반월형석도, 유구석부, 돌도끼), 목기, 무문토기, 미송리식토기, 공귀리식토기, 각형(팽이)토기, 공렬(민패)토기, 가락식토기, 혼암리 토기(화분모양), 붉은간토기(채색토기, 홍도, 채도)였다. 시대를 거치면서 물질문화의 발전과 더불어 사냥도구 역시 상응한 정비례관계로 변화를 보이었다. 질적인 제고에 사용효과기능이 가강되었다.

오봉산은 사냥춤 무대로서의 독천장이자 굴왕신들의 복마전 같다. 먼발치로 볼 때는 고요하고 순수한 원시림의 자련인 것 같았으나 막상 산속에 들어와 내정실상을 목격하노라니 왕창왕창 팔팔결이다. 변강두메의 심산에 들어와 사냥총을 쏘고 사냥도구를 혹사하는 멋도 여유를 찾은 이유에설까?

현대 사냥은 순전히 귀족놀음이거나 드라이브라 하겠다. 휴식이나 오락 혹은 도락에 비근한 정서낭만 및 스릴자극을 찾기 위한 야외활동으로 제공된다. 고대의 인류에게는 수렵이 먹고살기 위한 절대적인 생활수단이었다. 따라서 산야의 나물이나 열매를 채집해 먹는 일과 더불어 가장 오랜 역사를 지닌 생활수단 내지 생계유지의 기본적인 방법 그 자체였다. 그러나 문화가 발달함에 따라 전렵포획은 생활수단으로서의 가치는 줄어들고 왕족이나 귀족 등의 오락수단으로 전화(轉化)되었다. 그 후유증이 갈수록 심한 현실이다. 심산이나 야산을 가리지 않고 걸핏하면 자작제품이나 밀입국한 관제도구를 휴대하고 입산한다. 나라의 규제정책은 무시한 채 암암리에 익렵(弋獵)에 쌍불을 켠다. 어쩌면 유렵(游獵)이나 약렵(藥獵) 등의 형태로 익사(弋射)하는 경우도 있거니와 무인, 호객, 등산광들의 심신단련을 위한 방법인 오늘날의 스포츠 수렵으로 승격했다 하겠다.

하기야 수렵은 긴 연혁을 갖고 있다. 유럽에서는 기원전 그리스에서 왕족이나 무인계급 사이에서 행해진 토끼나 멧돼지 사냥을 전례로 들 수 있다. 중국에서는 B.C. 2000년경에 매사냥을 했다는 기록이 있다. 그 밖에 메소포타미아에서도 B.C. 1200년경에 매사냥이 성행한 것으로 보아 중국과 메소포타미아에서의 매사냥이 한국과 일본에 전파된 것으로 보인다. 한국에서도 통일신라시대에 화랑들이 무예를 익히고 심신을 단련하는 수단으로 산천을 돌아다니며 사냥을 즐겨 하였는데 그것이 일반화되기는 1870년대 이후이다. 승마복을 입고 기총소사처럼 백발백중으로 사냥물을 명중하는 수렵재주는 신사풍도이자 기사의 전성기라 하겠다. 부동한 나라의 수렵연혁은 각이한 풍토에 의해 역시 부동한 발전모식을 더듬었다.

제2차세계대전 후에는 보호조(保護鳥)와 수렵수(狩獵獸)를 지정하여 수렵에 많은 규제를 하고 있으며 국토개발과 농약살포 등으로 조수류(鳥獸類)의 번식과 자연생태계의 보존에 큰 위협을 주므로 소극적 보호책으로부터 적극적인 증식을 도모하여 양식(養殖)과 방조(放鳥)에 주력하고 있다.

현대 수렵은 사용하는 도구에 따라 총기 수렵, 그물 수렵, 함정 수렵 등 세 가지로 나뉘는데 종류별로 각기 제한이 있다. 즉 수렵도구를 가지고 수렵을 하는 데는 수렵면허가 있어야 한다. 또 수렵면허에도 여러 가지가 있어서 함정이나 그물로 하는 수렵의 경우와 총으로 하는 경우의 면허가 다르고 공기총 면허와 엽총 면허가 또 다르다. 또한 수렵을 하는 데는 수렵하는 시기가 법으로 정해져 있어서 그 기간이 아니면 수렵을 할 수 없고 수렵의 대상물도 정해져 있기 때문에 지정된 조수(鳥獸) 외의 것은 잡을 수 없고 수량도 규제한다. 또 수렵이 금지된 구역이 있는 동시에 야간수렵이나 도로, 공원, 인가 근처의 수렵도 위험방지를 위하여 금지하고 있다. 여기까지 적고 나니 오봉산이라는 사냥춤 무대가 도축장이나 살육장으로 제공된 위기의식에 불길한 예감이 섬뜩 지났다.

수렵이란 인간의 본능에 근거를 둔 스포츠이다. 관중도 심판도 없고 자유로이 산과 들을 뛰어다닐 수 있는 스포츠이다. 그러나 거기에도 여러 가지 법으로 정해진 제약이 있다. 그 밖에 전통수렵문화와 인간상정의 고급매너가 동반해 각 수렵꾼들은 각자의 자각과 책임하에 법규의 약속을 지켜야 한다. 자고로 스포츠 역시 인간학에 속하는 일종 물리운동이자 정신교류였지 않는가! 그런데 국가에서 분명 명문으로 규정하고 법률로 제한하는 사냥이건만 오봉산에서만은 방종한 감이 들어 의심을 털 수 없다.

나는 줄곧 김 군의 뒤를 바싹 따라 숲 사이를 요리조리 피해 나가다 얼른 클레프트(cleft)를 비집고 작은 산등성이에 올라섰다. 그는 나의 길잡이이자 컷스텝(cut step)의 개척자였다. 김 군은 분명 짐승의 자취를 추적하는 중이다. 들쑥날쑥한 너덜겅과 잡초가 무성한 낙엽 속을 헤치며 김 군은 사냥꾼 궤적과 동물의 족적을 판단하는 것이었다.

"대체 어떻게 잡고 어디로 침입했을까?"

김 군이 혼잣말처럼 웅얼거린다.

이때다. 갑자기 김 군이 새된 소리를 지를 정도로 놀랍게 탄식한다. 멧돼지가 발견되었다. 이미 각을 뜯겼을 뿐만 아니라 앙상한 뼈다귀가 널려있었다. 사건현장의 위쪽에는 바로 휘테(Hütte) 한 채가 목조건물로 남아있었는데 고색창연할 지경이다. 휘테란 바로 독일어로서 스키를 타는 사람이나 등산객을 위하여 마련된 산에 있는 오두막이나 산장을 말한다. 노획물을 가져가지 않았는지 아니면 까마귀추럼에 거덜이 났는지? 나는 약간 한 발 뒤로 물러섰다. 김 군은 나를 제지시키는 한편 주위를 흘끔 살핀다. 적정에 대한 경각성반응이렷다. 다른 동정이 없자 그제야 김 군은 안도의 숨을 몰아쉰다.

"멧돼지가 옹노에 걸렸는데 임자가 미처 가져가지 않아 그만에 승냥이반찬이 된 걸, 허참!"

김 군의 자탄에 나는 수긍을 할 수밖에 없었다. 무성의 사냥도구에 걸려 죽음의 함정에 빠진 동물이 비단 미물이나 그 한계를 미개하게 포박한 인위적인 교살은 작히나 잔인한가 싶다. 자연을 파괴하는 자유방종으로 일관된 포악한 자만이 가능한 패덕의 변종이다. 결격요소치고는 야만에 손색없을 또 그 정도는 비근한 타입의 전형이기도 하다. 수렵 솜씨가 절세의 테크닉이라도 할지라도 혹은 공전절후의 기교가 낳은 플랫이라 할지라도 그 비행은 하늘이 굽어보았고 땅이 메모했었다. 천벌을 받을 준비로 응징을 기다리라고 권장하고 싶다.

"이것 봐, 멧돼지들이 온통 말뚝잠을 잔 거야."

낚시에 걸릴까 봐 물고기들이 장밤을 새운다는 현대설화처럼 산짐승 역시 옹노나 함정 아니면 다른 사냥도구에 걸려들까 봐 인젠 협곡이나 너럭바위에서 말뚝잠을 잔다는 김홍석의 해석이다. 포위권이나 매복권에 든 위기감을 수시로 절감하는 야수들의 생존위기 역시 단두대에 올랐다거나 무시로 칠성판을 메고 다닌다고 해야 할 것이다. 마치 카라반(caravane)이 무서워 초원과 사막의 사자들이 마을로 내려왔다는 기문 같다. 두더지가 부식토를 뒤지는 것은 사냥꾼의 추종을 피할 목적에서란다. 즉 포수가 쫓아오면 부식토를 되는 대로 뒤져 자국을 지우거나 방향노선을 전이하도록 은폐한다는 것이다. 참, 적자생존이라는 낱말이 산에서도 그것도 짐승들이 깨우친 도리로 각인된 순간이다.

오봉산을 등정할수록 어수선하고 무시무시한 공포를 느꼈다. 어느 모퉁이나 어느 숲 속에 도사린 눈먼 총알이 금시 뒤통수를 노린다는 감에 섬뜩 놀랐다. 남벌도벌이 횡행하고 사냥수렵이 살판 치는 백색테러가 가득 드리웠다.

"참, 사람도 언젠가는 무성의 총알이나 함정에 빠져 자결을 치를지도 모르겠구나!"

"아니야, 짐승은 참 영리하고 치료수단도 과학적이야."

내가 근심조로 말하자 김 군이 덩달아 해석을 덧붙인다. 그의 산에 대한 풍부한 지식박람이나 체험견식은 나로 하여금 경외감 같은 탄복을 자아내게 할 줄이야…… 이제 여기에 김 군의 처방이자 비결을 공개하기로 하자. 일단 동물들의 자아치료방법이라고 인정하여주자.

사실 동물들은 자체의 특유하면서도 권위적인 치료 비방을 유전인자처럼 물려받아 오는 터였다. 특권층의 전유물 같다. 그중에서 식물을 교묘하게 활용하는 지식은 오로지 동물만의 전매권이요, 그들만의 노하우이렷다.

몇 가지 식물을 실례로 설명하자.

야합피(夜合皮)는 자귀나무의 껍질을 중의학에서 이르는 말이다. 자귀나무는 콩과의 낙엽 활엽 소교목이다. 높이는 3~5미터이며 잎은 어긋나고 깃 모양 겹잎이다. 6~7월에 가지 끝에 연분홍색의 꽃이 피고 열매는 협과(莢果)로 9~10월에 열린다. 나무는 가구와 수공 재료로, 나무껍질은 약재로 쓴다. 한국의 황해도 이남과 일본, 중국, 인도, 이란, 아프리카 등지에 분포한다. 일명 합혼목, 합환목이라도 하는데 정신을 안정시키고 피를 잘 돌게 하며 부기를 내리고 해수(咳嗽)를 다스린다. 강장제, 접골약(接骨藥), 모생약(毛生藥) 따위에 쓴다. 야합피를 노루나 사슴이 먹을 때는 필경 불질에 맞아 타박상을 입은 후로 알면 의문이나 궁금증이 금방 석연히 풀린다. 고노쇠, 화살나무, 쥐똥나무는 모두 지혈제작용이 있다. 특히 토끼나 기린, 사슴들이 그것들의 잎사귀를 뜯어먹을 때 퍼뜩 살펴도 동물들의 몸체에서 피가 흘러나옴을 발견케 된다. 이들은 지혈제가 담긴 나무를 용케 마주 서 무상자연치료법을 향수받는다. 산은 짐승의 낙원이자 서식지이고 또한 보건원이자 산실이다. 구급센터이며 급진실이다. 홰나무는 고혈압치료에 도움이 있는데 다람쥐의 전용물이나 다름없다. 양버들은 지혈제와 이뇨제로서 이중역할을 논다. 금은화(金銀花)는 인동덩굴의 꽃을 한방에서 이르는 말이다. 열을 내리고 독을 푸는 작용을 하여 옹저(癰疽) 따위에 쓴다. 인동과 겨우살이덩굴이란 이름은 겨울에도 줄기가 마르지 않고 겨울을 견뎌내 봄에 다시 새순을 내기 때문에 붙여졌으며 금은화란 이름은 흰 꽃과 노란 꽃이 한꺼번에 달리기 때문에 붙여졌다. 흔히 인동초(忍冬草)라고 불리는 것도 인동을 가리키는 것으로 곤경을 이겨내는 인내와 끈기를 일컫는 말로 쓰인다. 꽃을 따서 빨면 꿀이 나와 어린이들이 좋아한다. 중의약과 민간에서는 잎과 꽃을 이뇨제, 해독제, 건위제, 해열제, 소염제, 지혈제로 쓰며 구토, 감기, 임질, 관절통 등에 사용한다. 또한 인동주(忍冬酒)를 담그기도 하는데 이것은 각기병에 좋다고 하며 목욕물에 풀어 목욕하면 습창, 요통, 관절통, 타박상치료에 적합하다고 하여 인삼에 버금가는 약초라고 한다. 주요성분으로 누테올린 이노시톨과 타닌 성분이 있다.

식물을 면바로 찾아 생계를 유지하고 상처를 치유받는 동물의 진화내막은 나중에 먼 후대에 속속들이 깨칠 테마인즉 잠시는 이만 줄이련다. 그저 충실한 리얼리티로 합리한 치료를 받는 식물과 동물의 관계에는 별다른 의혹이 불필요함을 재삼 천명할 뿐이렷다. 오봉산 역시 동물병원으로 짐승들의 독천장이자 죽음의 무덤이었다.

김홍석 씨는 자주 고노쇠나무를 가리키며 여기엔 필경 사냥총알에 빗맞은 사슴이 왔다 갔다고 단언했다. 목 언저리나 궁둥이에서 흐르는 피를 지혈시키려 사슴은 고노쇠나무를 한껏 폭식했을 것이라고 나도 긍정할 만했다.

산중호걸이나 산중대왕이나 미물약체나 모두 자아생존의 독특한 비법 내지 유일무이한 독창적인 캐릭터를 천부적으로 소유한 시처위이다. 짐짓 나포되고 걸려들고 함정에 몰닉하고 총알받이로 되지만 그 전제여건에는 필경 그로서의 생체본질과 욕망속성이 인간성과 대등한 기본주축을 이루었음은 의심할 바 없다. 수단이나 간계가 인간지능의 하위에 속해 그냥 몰리고 곤혹을 치르고 나중에 죽음을 무참히 맞이하지만 필경 표출되지 않은 내재적인 생명본연은 대동소이하다. 자작나무로 지은 간이 방목장에 갇혀있는 소와 양떼들을 보노라니 한결 서글퍼지는 위구심이 짙어간다. 울타리를 두른 나무감옥에서 옹노, 함정, 돌팔매 등 사냥도구에 무참히 쓰러진 동족들을 수없이 목격한 가축들이 아닌가! 이제 소가 말하는 시대가 열리면 오봉산방목장의 견증자들부터 일장설화를 늘여놓으리라. 지금은 고작 잔약한 애수와 바둣한 절제로 조합된 오봉산 수림, 혼곤히 잠든 침묵을 거느린 산야의 오솔길, 여백의 정서가 매몰된 일초일목, 산이 말하고 풀이 호소하고 짐승이 저주하는 시대는 실상 불필요하다. 인간 그 자체가 그런 걱정을 할 것이 아니다. 스스로 경계에 빈틈없이 자처하는 입장이 우선시일 테니까.

사냥춤 무대로 제공된 오봉산! 식물도 동물도 품귀회복의 전성기를 기다려 침묵에 잠겼는가?! 오호라 슬프다. 야수들도 꺽꺽거리며 오호통재를 외치는가 아니면 수림들도 아비규환을 염불하는가! 레크리에이션(recreation)이란 피로를 풀고 새로운 힘을 얻기 위하여 함께 모여 놀거나 운동 따위를 즐기는 일로서 오락이나 놀이로 순화한다. 그러나 고중 졸업 후 30년 만에 가진 오봉산등정은 그런 도락의 여유나 휴식의 만끽이 아니라 새삼스런 연변체험의 한 횡단면으로 접철될 줄이야……. 불행의 소득과 함께 성찰의 필요악에 머리를 수그린다. 주마간산 식의 여유작작한 워킹(walking)이나 드라이브(drive)를 즐긴 만유객이 결코 아니었다. 관광객치고는 스트레스와 함께 콤플렉스가 생긴 편답이었다. 혹 떼러 갔다가 혹을 붙이고 온 셈이다. 그래서 고향을 체크하고 향토를 순안하는 일정으로 탐방후기를 수습할까 한다.

4. 철탑망원대

오봉산의 꼭대기에 오른 등반자가 주변에 흔치 않다. 한 뉘 오봉산기슭에 산다고 했으나 정작 주봉을 물으니 지세를 안다고 자세하게 설명하는 가이드가 없다. 고작 글쎄, 고사리나 송이버섯을 캐러 그 밑에는 갔다거나 혹은 발구를 몰고 나무하러 갔다는 정도의 말 타고 꽃구경이었다. 그만큼 오봉산의 산세가 높고 가파르다는 증거이다. 애당초 도리머리를 저으며 등산은 엄두도 내지 못한다는 표정의 손사래들이 한결 더 진실하고 소박해 보인다. 그처럼 자연스러운 기권자들 앞에서 다시 한 번 실감한 오봉산의 웅숭깊은 품위와 장엄한 산악미라 하겠다. 등잔 밑이 어둡고 이웃집이 멀다 했던가! 내가 30년의 숙지를 매장하지 않고 늦게나마 끝내 오봉산을 점령했으니 왜 생색을 쓰며 설레지 않으랴.

호림방화용으로 오봉산주봉에 철탑으로 지은 망원대가 있다. 이것이 바로 멀리서 오봉산을 보면 거연히 솟은 탑의 전신이자 함축미이다. 나와 김 군은 옹근 120분을 혹사해 끝내 오봉산주봉에 올랐다. 30년 윽벼른 희망봉을 순간에 정복한 셈이니 왜 신들린 자축이 환성처럼 터지지 않으랴! 마치 개그맨이나 코미디언이 예전의 예술스크린이나 클럽무대에 다시 복귀한 컴백(comeback)기분이 농후하다. 게다가 계절도

여유도 모두 타이밍(timing)이 조화로운 호시절이다. 희망봉
(希望峰)은 남아프리카 공화국 케이프 주 남서부의 케이프
반도 남단에 있는 암석 곶(串)이다. 곶이란 바로 바다 쪽으로
좁고 길게 뻗어있는 육지의 한 부분이다. 1488년 포르투갈의
항해가 바르톨로메우 디아스가 아프리카 대륙의 남단을 확
인한 후 포르투갈로 귀항하는 길에 처음으로 이 곶을 발견
했다. 한 역사적 자료에 의하면 디아스가 이 곶을 폭풍봉으
로 이름 붙였던 것을 포르투갈의 주앙 2세가 희망봉으로 고
쳐 불렀다고 한다. 그 이유는 이곳의 발견으로 유럽과 인도
를 잇는 항로 개척의 가능성이 확인되었기 때문이다. 한편
디아스 자신이 희망봉이라는 이름을 명명했다고 밝히는 사
료들도 있다. 험한 날씨와 거친 앞바다로 유명한 이 곶은 인
도양에서 흘러온 모잠비크−아굴라스 난류와 남극해에서 오
는 벵겔라 한류가 만나는 지점이기도 한데 풀과 낮은 관목
림이 특징적인 식생이다.

오봉산이 내 불혹의 끝점에서 포섭한 희망봉이다. 아프
리카가 아닌 아세아 바로 중국연변에 위치한 이상의 상상
봉이다. 사실 오봉산은 연변의 안도현 장흥향 오봉촌 외 다
른 지역에도 있고 아세아권에 또 있다. 강원도 회양군과 통
천군 사이에 있는 오봉산(五峯山) 높이는 1,264미터이다.
평안북도 강계군과 후창군 사이에 있는 오봉산(五峯山) 높
이는 1,081미터이다. 함경남도 영흥군 횡천면과 고원군 수

동면 사이에 있는 오봉산(五峯山) 높이는 1,289미터이다. 함경북도 회령군 보을면과 창두면 사이에 있는 오봉산(五峯山) 높이는 1,330미터이다. 강원도 춘천시 북산면과 화천군 간동면 경계에 있는데 높이 779m이다. 연변의 오봉산보다 한참 낮다. 백치고개를 사이에 두고 부용산(882m)과 마주 보고 있으며 주위에 봉화산, 수리봉 등이 있다. 5개의 암봉이 줄지어 있어 오봉산이라 하며 경운산이라고도 한다. 산의 정상에서 산 중턱까지 급경사를 이룬다. 남쪽 사면에서 발원한 계류는 청평사계곡을 이루며 소양호로 흘러든다. 이맘때 저도 몰래 한국 경기민요의 하나인 "오봉산타령"을 흥얼거리게 되는구나.

오봉산 꼭대기 에루화 돌배나무는
가지가지 꺾어도 에루화 보양만 나누나.
※에헤요 어허야 영산홍록에 봄바람.

오봉산 기슭에 아름다운 꽃들은
방실방실 웃으며 이 봄을 즐겨 주노나.

오봉산 제일봉에 백학이 너울대고
단풍진 숲속엔 새 울음도 처량하다.
오봉산 꼭대기 채색 구름이 뭉게뭉게
만학의 연무는 에루화 아롱아롱

오봉산 꼭대기 홀로 섰는 노송 남은
광풍을 못 이겨 에루화 반춤만 춘다.

그윽한 준봉에 한 떨기 핀 꽃은
바람에 휘날려 에루화 한들거리네.

오봉산 말께다 에루화 국사당을 짓고
임 생겨 달라고 노구메 정성을 드리네.

바람아 불어라 에루화 구름아 일어라
부평초 이내 몸 끝없이 한없이 가잔다.

오봉산 골짜기 졸졸 흐르는 시냇물
꽃 피고 새 울어 심신이 쇄락해지누나

단발령 고개를 에루화 넘어가는
전차야 누구를 못 잊어 에루화 갈지자걸음인가.

　　사실 이 "오봉산타령"은 해설이 극히 평범한바 기상천외
의 공상극치는 물론 배제되었다. 가히 편안하게 감지하라는
권장을 앞세울 만하다. 특히 주목하고 흥미를 끌 만한 점이
라면 바로 다음과 같다. 즉 오봉산타령은 서울 지방의 민요
인데 오봉산타령이라고 하지만 꼭 오봉산만을 노래한 것은
아니다. 조선민요가 대부분 그렇듯이 첫머리나 후렴의 가사
를 따서 곡명을 붙인 것이 많다. 이 노래는 원마루 12박자
2장단의 곡조가 후렴까지 세 번 반복되는 같은 곡이며 본
절이 12박 4장단 후렴이 12박 2장단으로 한 절을 이루며
경쾌하고 명랑한 노래이다. 양악으로는 4분의 6박자로 연
주된다.

그러나 한국의 오봉산보다 연변의 오봉산을 더 선호하는 이유는 높이의 비교가 준 숫자 우세가 아니다. 지척에 두고 옹근 30년 품어왔고 첨앙해온 토템이라는 데서다. 인생의 먼 길에 타워(tower)로 자리를 잡은 구조물로서의 오봉산은 숭배의 누대였다. 이역타향에서 지쳐 힘들 때 그리고 이국이나 꿈에서 가끔 그려본 마음의 탑이 바로 오랑캐령 오봉산이었다. 하나의 발동기로 심방에 장착해 무시로 작동된 에너지요, 재생의 엔돌핀이 아니었던가! 내가 여직 오봉산을 신기하고도 유력한 마스코트(mascot)로 신빙성을 가졌음을 고백한다.

후, 하우동에서, 대립자에서, 모아산에서 그려보던 오봉산을 드디어 내 발밑에 층계처럼 꾹 딛고 흔들어보고 꽉 꺼지라며 굴러본다. 태산이나 장백산에 올랐을 때보다 또 다른 이질감이 진하게 생긴다. 근거리명소라는 친절감과 방금 느낀 사위스러운 징크스가 나를 줄곧 불안케 한 것이다. 환향길에 오른 투어리스트(tourist)의 착잡한 이중 곤혹이다. 김 군과 내가 허위허위 단숨을 몰아쉬며 정상에 올랐을 때다. 둘은 악연해졌다. 그만에 엑스터시(ecstasy)가 동강 났다. 하 글쎄, 호림방화 철탑망원대마저 또 도난 맞을 줄이야……. 망화인(望火人)은 원숭이처럼 나무에 올라가 사방을 살펴봐야 한단 말인가?! 소방망루가 파괴된 현시점에서 사용자를 걱정함은 행차 뒤 나발이나 향후 어떤 징계조치를 갈구하는 심정이라 하겠다.

오봉산은 대소, 삼합, 지신, 백금, 용신, 덕신, 개산툰, 용정 등 일대를 비롯한 이곳 중국 경내에서 가장 높은 산인데 해발 1055미터이다. 하여 지방정부 측에서는 오봉산주봉에 호림방화용 철탑망원대를 세웠다. 임업관리소호림방화검사원이나 임장삼림순라원이 망원대에 올라서 동서남북을 보면 어디에서 담뱃불을 붙여 물어도 즉각 목표를 확인할 수 있는 우세였다. 훼멸되고 도난을 당한 철탑을 보노라니 여간만 측은치 않았다.

철탑은 웅장했고 거물급이다. 망원대라는 철탑누각 밑에 서니 금세 멀미가 났다. 현기증을 심하게 느낀 것은 망원대가 그처럼 아찔하게 솟은 까닭에서이다. 머리를 들어보니 흰 구름이 뭉게뭉게 흘러가다 막 내게로 쏟아지는 감이 생겼다. 골짜기와 바스트(breast)에 있을 땐 스쳐 지나는 바람이 무척 상쾌하던 것이 철탑 밑에선 귀전이 차갑게 얼어든다. 몸이 휘우뚱거려난다. 산새가 포르릉 - 날아예며 어깨를 스치는 찰나 자칫 돌멩이로 착각할 상 싶다. 나는 서둘러 철탑구조를 순안했다. 잿빛 철근과 강재 그리고 커다란 나사로 골격을 이룬 철탑은 최신설비로 장착했는데 웅장하면서도 튼튼해보였다. 미사일, 로켓, 광선 따위를 쏘기 위하여 고정시켜놓는 받침대인 군사용 발사대를 방불케 한다. 만리장성이나 피라미드를 쌓을 때의 고역을 금시 재생해주는 듯한 동영상 한 장면이 눈앞에 얼른거린 순간이다. 험악한 오봉산주봉에 이처럼 방대한 건물을 축조한 기적이 현대적 신화로서는 고대문명을 연상할 법도 하나 보다. 언감생심이 아니렷다. 철탑 위로 오르는 강판 층계가 나선식으로 용접되었고 층수마다 디딤판이 별도로 설치되었다. 안전탑승을 위해 층계는 강재를 용접한 터널식으로 주조되었다.

신대륙이나 발견한 듯 흥감을 묵새기면서 맴돌던 나는 급기야 철탑 밑에서 나왔다. 공중폭격을 알리는 사이렌소리를 들은 반응이다. 바람결에 철탑이 무시로 찌꿍찌꿍 – 찌쿠덩 – 하는 의성어를 비명처럼 안쓰럽게 튕겼던 것이다. 금시 무너져 내릴 듯한 공포가 엄습했다. 한 걸음 뒤로 물러서 볼수록 말이 아니었다. 차마 눈 뜨고 볼 수 없는 살풍경이다. 축조물이 그것도 심심야산에서 도난을 당하니? 불가사의와 통초가 동시에 치민다. 나사를 뽑아냈고 철판을 뜯어갔다. 무거운 받침대와 버팀기둥도 이미 각을 뜯겼다. 철탑은 만신창이고 불구화였다. 무시무시한 백열전을 방불케 한다. 전쟁은 인간이라는 종족이 서로를 해치는 생사기로이다. 일 년간 지구에서 전쟁이 일어나지 않는 날은 단 3일에 불과하다고 한다. 얼마나 많은 사람이 같은 동족인 사람에 의해 죽는지 짐작조차 어렵다. 그런가 하면 또 동물세계 역시 비참한 살육을 거듭한단다. 동족상잔의 비극은 인간세계의 이야기만은 아니다. 동물도 동족을 죽인다. 베르

나르 베르베르의 소설 ≪개미≫에는 개미들끼리의 전쟁과 대량학살 장면이 고스란히 묘사되었다. 소설 속에서 개미는 서로 노려보며 기회를 엿보다 입에 달린 집게로 상대의 머리를 물어뜯는다. 두 마리가 서로 엉켜 싸우고 있는 사이 다른 개미들이 몰려와 자기편을 헤치는 상대 개미의 허리나 목, 다리를 물어뜯기도 한다. 오봉산은 진달래를 도륙내고 철탑을 분해하니 이 아니 평화의 난무가 아니고 무질서의 날강도가 아니랴!

둘은 철탑으로부터 몇 걸음 뒤로 물러섰다. 그리곤 동쪽 너럭바위에 자리를 잡았다. 내가 휴대한 신문지와 휴지를 돗자리처럼 펴고 그 우에 소지품을 진열했다. 마늘, 오이, 피단, 노가리, 양파 등이 올랐다. 김 군이 배낭에서 소주병 사리를 꺼냈다. 일회용 컵에 소주를 따랐다. 연통회사의 번호로 가입된 한국산 Anycall(애니콜) 핸드폰신호가 전송발사 기지국으로부터 멀리 떨어졌는지라 통화권을 이탈한 것이다. 즉 난청지역(忙區) - 사각지대(死角地帶) - 이었다. 나는 오봉산이라는 무명명소의 스카이라운지(sky lounge)에서 막역지우와 함께 술잔을 기울였다. 정상을 정복한 성공의 비등점이 싸늘해졌다. 응당 환성이 무더기로 터져야 할 타이밍에 그만에 기가 시르죽었다. 성남 8툰을 벗어나 점점 올라올수록 철탑을 보고 신심용기를 가지던 환희가 김이 새였다.

오봉산에 철탑이 언제 일떠섰는지를 모른다. 그러나 어느 날엔가 갑자기 오봉산의 철탑을 멀리서 응망하면서 등산의 욕망에 닻을 더 높이 올리면서 요란스레 부풀렸던 감흥이었다. 반갑고 성수 났다. 동경의 에덴동산처럼 신비하게 환상하던 극치무대가 그만에 절도의 흔적이 역력한 유적지 같을 줄이야……. 하우동건조실 꼭대기에서, 서산동유림에서, 키웅덩에서, 박우물 버드나무 위에서, 팔간집 연자방앗간에서, 앞개울 백양나무까치둥지에서, 콩낟가리에서, 신걱질달구지에서, 다북쑥무지에서 오봉산을 마음의 뫼부리로 모셨다. 후에 지신소학, 지신고중을 다니며 선망의 정이 배인 오봉산을 올라보려고 무척 발싸심을 했다. 20대 겨울 달구지를 몰고 나무하러 가다가 성동, 녹장을 지나 오봉산 프로필을 구경하느라 그만에 오랑캐령을 꼴깍 넘어 삼합 강역까지 내려간 적도 있었다. 그날의 그 미련과 유혹의 원점에 내가 지금 올랐다. 그런데 지금은 상황이 달라졌다. 황홀하게 자극하던 요소들이 상상을 엄청 다르게 바꾸어놓는다.

서주부(序奏部)란 음악에서 악곡의 주요 부분에 들어가기 전에 도입적 역할로서 마련한 부분이다. 비교적 늦은 템포의 연주로 교향곡이나 소나타의 머리 부분에 둔다. 일명 도입부라 한다. 하다면 내가 바로 오봉산을 보고파 발싸심한 서주부를 체감했단 말인가! 애매하고 맹랑하다.

중국은 세계문화유산 23곳, 자연유산 4곳, 자연 및 문화유산 4곳 등 모두 31곳의 세계유산을 보유하고 있다. 이는 에스파냐와 이탈리아에 이어 세계에서 세 번째로 많다. 하지만 최근 조사 결과 중국 내 세계유산이 심각하게 훼손된다는 브리핑이다. 찾아오는 관광객이 지나치게 많은데다 효율적인 관리 시스템이 미비한 것이 주요원인으로 언급됐다. 이런 지적은 중국 국가문물국이 2006년 7월 중순 강서성 여산에서 개최한 '세계유산 관리를 위한 대책회의'에서 피로됐다. 유엔 세계문화유산센터 직원과 해외 문화유산 전문가, 중국 문화유산 관리책임자 등 참가자 140여 명은 중국 관광의 대명사로 여겨지는 만리장성의 90%가 현재 충분한 관리를 받지 못한다고 지목했다. 7,000여 ㎞에 이르는 방대한 규모 때문에 관리가 어려운 면도 없지 않지만 주민들의 문화재 보호의식도 부족해 장성이 갈수록 빠르게 훼손된다. 북경 자금성의 경우 하루 평균 입장객이 4만여 명에 이르고 휴일에는 10만 명을 넘는 경우도 많았다. 이 때문에 관리가 힘들어지자 중국 문화재관리부서는 2005년부터 하루 입장객을 2만 5,000명으로 제한했다. 명나라 황제들이 묻힌 북경 13능도 사정은 마찬가지다. 매일 수천 명의 관광객이 몰려와 매년 인민폐 1억 원 이상의 입장료 수입을 챙기지만 수입의 50%는 수리 등 관리비로 지불되는 실정이다. 산동성 태산은 케이블카 설치로 이미 원래 모습을 잃었고 안휘성의 황산은 호텔 건립 등 마구잡이 개발로 자연 경관의 상당 부분이 훼손됐다. 관광자유의 규제마저 철회(撤回)될지 모를 형국이라는 위구감이 명승지들에서 심심찮게 나돈다. 하다면 연변의 무명산 같으면서도 오롯한 명물의 일익을 도모하는 오봉산도 바캉스를 포함해 등산, 산보, 관찰 등 일체 출입을 금지해야 한단 말인가! 좀은 무례하면서도 극단적인 궁여지책이 아닐 수 없다. 혹독한 가학의 자폐증도 문제시되거니와 탕개가 풀린 방종의 범일(氾溢)도 변고의 장본인이렷다. 큰 방축도 개미구멍으로 무너진다 했다. 시골의 미소한 관광자원마저 자학하는 습벽이 그래 도회지명승고적을 해치지 않는다고 어찌 장담하랴! 우리에게는 그래 산을 망가뜨리는 트랙(track)으로만 달려야 할 저돌적 충격밖에 없단 말인가!

자주창조, 15계획, 조화로운 사회, 사회주의 새 농촌, 사회주의 영욕관, 총비(叢飛 - 생전에 가수활동으로 번 돈 전부를 150명의 가난한 어린이들을 돕는 데 쓰고 죽기 직전 안구까지 기증해 13억 중국인들을 감동시킨 가수), 소비세, 서장철도, 독일월드컵, 원자핵 등이 2억 1천만 언어자료에서 올 상반기 중국 주류신문의 10대 종합유행어로 선정되었다. 북경언어대학, 국가언어자원감독과 연구센터 평면미디이지사 등 단위가 연합해 7월 28일 2006년 상반기 10대 유행어를 발표했다. 그 가운데서 내 보기엔 세 번째 조목인

'조화로운 사회'와 여섯 번째 조목인 '충비'가 가장 맘에 든다. 왜냐하면 사회는 모름지기 조화라는 하모니로 어울리고 이루어져야만 안정과 사랑을 가져올 수 있기 때문이다. 생전의 전부 재산과 사후의 안구까지 사회에 공헌한 충부가수의 봉헌정신이 경제장성시대에는 급시우이다. 화목을 도모하자면 선심을 베풀어야 한다. 그런데 오봉산의 철탑망원대는 훔치고 잘리고 뜯겼다. 진달래가 꺾였고 철탑부속품이 도난당했다. 야생화의 생명이 시르죽었고 산의 축조물이 파괴되었다. 그토록 선연한 불길을 날리는 진달래를 아무런 감정 없이 뚝 – 꺾어내고 삽으로 혹은 괭이로 팍 – 파내고 낫으로 썩둑 – 베는 무차별 폭군들이다. 차량으로 운반해 요행 제일봉으로 올려간 강재와 강관들을 등짐에 아니면 손으로 날라 훔쳐간 도적놈들이야말로 오봉산 녹림객들이다. 산신령도 차마 눈 뜨고 볼 수 없어 애당초 의수당연으로 묵인했나 보다.

제2차 세계대전 후 독일은 과거에 저지른 파쑈행위를 진심으로 사과하는 입장에서 주동적으로 피해자를 위해 충족한 물질보상을 베풀었다. 그러나 동일한 전범국으로서의 일본은 과거죄행을 감히 시인하려 하지 않으면서 한사코 과거청산무제를 회피한다. 도덕상실과 정치적인 반동만 아닌 순수와 최저의 인간성을 도외시한 패덕망발이다. 하여 선량하고 진보적인 세인들의 찬탄을 받는 독일에 비해 일본에 대한 공공연한 규탄의 목소리가 갈수록 거세진다.

'100% - 1%=0%' 이것이 바로 현대잠언록이다. 100에서 1을 덜면 99가 아니라 0이라는 것은 추호의 차실도 빚어서는 안 된다는 해석이다. 작은 실수라도 용서할 수 없다는 현대인의 완벽한 추구를 금방 알 듯싶다. 자기에 대한 요구를 엄격히 제기한다는 설법이 돋보인다. 철탑망원대를 끝내 오르지 못했다. 층계라는 사다리가 뭉텅 잘렸고 허공에 날리듯 떨어졌다. 하늘로 오르는 현제(懸梯)가 없어 요지부동이다. 철탑망원대에 올라 통천하를 부감하자던 욕망이 스톱이다. 발코니에서 나래를 무참히 접는 날새의 몸부림을 절감한다.

5. 육도하 줄기

육도하의 발원지는 오봉산이다. 성남과 성동에서 흘러내리는 감입사행(嵌入蛇行)과 자유곡류(自由曲流)가 합류해 점차 곬 폭을 넓힌다. 광서 초기에 마을이 설 때는 성남을 남골이라고 불렀다. 1920년대, 화룡욕통상국의 소재지와 화룡현소재지가 지신사에 옮겨질 때 남쪽에 있다고 해서 성남이라고 개칭했다. 성동 역시 그런 연유에서 찾아볼 수 있는 지칭유래라 하겠다. 육도하는 성남과 성동 두 곬에서 분류했다가 지신임장구역에서 합수목을 이룬다. 다시 지신, 동신, 대흥, 성교촌, 중영촌, 명동, 대사동, 소사동, 장재, 신화 등 지대를 지나면서 해란강에 흘러든다. 두만강이 장백산의 젖줄기를 물고 소쿠라진다면 육도하는 오봉산 품에서 샘솟는 천지의 지류라 하겠다. 민족적인 자부심과 사회적인 책임감을 안고 현대를 살아가는 와중에 향토애는 물론 불가피적인 종족속성이다. 육도하줄기에 귀를 기울이는 청각반응이 내내 무디지 말기를 잠언으로 권장할 뿐이다. 그러나 육도하가 고갈되고 하류의 해란강이 오염되는 시폐개변은 도무지 눈에 띄지 않는다. 고답적인 악화를 면치 못하는가?

한 세기 전에는 배를 타고 도강했다는 육도하가 지금은 인구감소처럼 엄청 폭을 줄였다. 고중시절 학우 황명수가 바로 이 육도하에 거쿨진 청춘을 던졌다. 20세기 80년대 당시 지신 10대 생산대우사의 소사양원인 황명수는 홍수에 불어난 육도하를 방수포차림으로 건넜다. 대안에서 송아지 한 마리가 폭우에 한창 바들바들 떨고 있었다. 직업적인 책임감에 다른 걸 더 고려할 새 없는 그는 송아지를 구하러 물에 들어섰다. 불과 몇 미터 건너지 못한 채 상류에서 들이덮친 파도에 강타를 맞고 물속에 쓰러진 것이 다시 일어나지 못했다. 익사사고 며칠 후에야 선바위굽이에서 일신에 모래자갈이 박힌 채 부증환자 같은 불성모양의 시신을 건졌다. 후에 민정부문에서는 황명수를 혁명열사로 추인하였다. 지금 그의 묘소가 성교촌의 양지 바른 동산더기에 자리

잡았다. 고인은 육도하를 부감하면서 오봉산도 바라볼 것이다. 난 고향을 다녀올 때 황명수의 시신이 안치된 묘지 앞을 지나면서 추모와 경건의 눈매를 보내군 한다. 어쩌면 육도하에 골때장군 같던 그의 생명이 재생된 여음을 듣는 듯 싶다.

아, 피맺힌 한과 메마른 눈물로 반죽된 육도하의 혼탁도와 순정조의 쏘나타는 무엇일까? 1885년을 전후로 청정부에서 200여 년이나 실시해오던 봉금령을 폐지하자 조선북부지대에서 이주민들이 대거 운집했다. 그들은 기아와 병마, 재해의 구렁텅이에서 허덕이던 가난한 사람들이었다. 1899년 2월 18일 두만강남안의 조선 회령, 종성 등지에서 김약연 등 네 분 학자가문의 남녀노소 141명이 명동일대에 천입해오면서부터 서재들이 일떠서는 향학열의 새 세기를 맞아 교육부흥을 선포했다. 주덕해, 김약연, 윤동주, 강경애, 안중근, 송몽규, 김창걸······. 명인영재들이 육도하와 숨결을 나누었다. 15만 원 탈취사건유적지, 1930년 5월 30일 폭동지휘부기념비, '3·13' 반일의사릉(만세묘), 명동학교 자리와 복원된 교회당, 안중근 의사 사격훈련유적지, 광복전 화룡현성자리 지신촌······.

≪연변일보≫ 2006년 8월 14일 최미란 기자의 기사에 따르면 개혁개방 이래 줄곧 상승추세를 보이던 이혼율이 2006년 이래 섭외위장결혼이 줄어들면서 하락세를 보인다. 주민정국의 통계에 의하면 2004년에 전 주적으로 1만 4489쌍 부

부가 이혼하고 2005년에는 1만 5101쌍으로 늘어났으나 2006년 상반기의 이혼율은 예년의 동기보다 조금 떨어진 것으로 나타났다. 그러나 감정갈등, 혼외련, 애정위기, 경제분규가 생겨 실가지락(室家之樂)이 해체되는 사례도 비일비재이다. 한편 섭외위장결혼비극의 전철을 밟아 경계심이나 촉수를 살린 경각성으로 불필요한 이혼극을 피면한다니 불행 중 다행이라 하겠다. 육도하는 갈라졌다가 다시 합친다. 작은 여울이 큰 강물을 이룬다. 산골에서 혹은 음달에서 고고성을 울린 냇물은 해란강, 두만강을 거쳐 동해로 가는 합수목에 이른다. 가족, 형제, 혈육, 동료, 이웃을 거느리고 먼 세상을 찾아 원정에 올랐다. 행선지나 목적지는 수평선이나 지평선이라기보다 영원을 살리는 운동 속에 생명의 박동을 간직한 것이다. 뭉치고 엉키고 결합된 동일체들이 살점을 무마하고 눈물을 씻어주고 손을 잡아 이끌어준다. 섭외위장결혼이라는 가면극을 이용해 몰래 외국 나들이 길에 오르는 육도하지만 모토, 모국, 고국을 잊지 않고 수증기로 변해 다시 내리면서 모향을 적셔준다. 그래서 오봉산에 오를 때나 하산 후에도 육도하의 숨결을 귀가에 재생시키는 환각에 잠겼었나 보다.

육도하는 일찍 백리 육도하라고 지칭을 지녔다. 총 길이가 45.5킬로미터에 달한다. 두만강이 천 리라니 육도하는 그 거리의 10분의 1이다. 백리 양안엔 버들 숲이 머리채를 감는다. 동쪽에서 쭉 뻗어오던 장백산맥이 오랑캐령인 오봉산과 살바위란 날카로운 산들을 원점으로 하여 서남쪽으로 지맥이 이루어진다. 면면한 연변의 산발들 속에서 나는 오봉산의 지류와 그 기슭에서 솟은 육도하를 무망중 그려보군 한다. 육도하는 오랑캐령에서 발원하여 서쪽을 향해 백리 길을 내처 달리다가 용정 용문교 부근에서 해란강과 합수목을 이룬다. 오랑캐령은 육도하의 발원지이고 육도하는 진달래와 함께 오봉산의 소산물이다. 육도하는 오봉산, 오랑캐령, 허망채골에서 흘러내려온 시내물이 합류되어 이루어진 해란강의 한 지류이다. 한 세기 전에는 배를 타고 물을 건너야 했다. 더욱 사료가치가 큰 것은 최서해의 소설 ≪탈출기≫인데 전문에 오랑캐령에 대한 묘사가 수차 반복된다. 바로 오랑캐령을 칭한 것이다. 망국노들이 겪었던 수난의 프로필이 어느 산중턱엔가 걸려있을 듯싶은 착각이 금시 생기는 순간이다. 중국조선민족문화 발원지를 명동골로 인정하는 학계의 설이 쇄도하는 와중에 그 육도하상류이자 발원지에 와서 감개를 달래노라니 제법 벅차고 즐겁다. 남부여대에 두루마기행렬이 지났을 때 치욕과 수모의 그림자들이 비꼈던 오랑캐령! 굴욕을 참으며 개척자의 괭이를 박던 선구자들을 제법 만나는 착시도에 뭉클해진다. 세계지도는커녕 국가지도에서 한 점의 점으로도 찾아볼 수 없는 육도하는 고요히 그리고 맥맥이 흐른다.

1920년대, 화룡욕통상국의 소재지와 화룡현소재지가 지신사에 있었다. 육도하가 당년의 현성급 행정급별을 당당히 기억할 것이다. 대립자구역에서는 비록 자꾸 줄어들고 세류로 조금은 잔약하고 때론 또 증발하지만 용정입구에서는 점차 컨디션을 회복하는 육도하! 용정을 가로지르는 해란강은 북간도의 상징적인 강으로 장백산맥의 주봉인 백두산에서 뻗어 내린 남강산맥과 영액령산맥의 증봉산, 계관리자산에서 시작되는데 하곡분지를 서에서 동으로 가로질러 두만강으로 흐른다. 반일부대 백운평서 첫 승리 맞아 결전전야 화룡시 부흥향 청산리마을에서 해발 1,677m의 증봉산(일명 베개봉)이 커다란 베개마냥 뭇 산의 두령으로 덩그렇게 누워있다. 육도하의 물소리에서 증봉산의 정기 그리고 장백산의 호흡을 금방 들을 것 같다. 육도하는 해란강과 합류해 잇따라 부르하통하, 연집강, 가야하, 홍기하, 두만강 등 '동류항' 군체와 점차 합세해 바다의 골격으로 자란다. 꼬리도 더 실하고 몸매도 더 건실하다. 숨결도 거창하고 박자도 우렁차다. 절주와 속도를 조절하면서 세계적인 호흡기관을 형성하는 육도하 줄기! 오봉산이 낳은 저력을 고맙게 받아들이는 원칙에서 고향의 인정미를 금시 알 것 같다.

오봉산희비를 통해 산속에 숲 속에 그리고 허위에 가려진 유세홍보에 은닉한 베일 속의 진면모를 한층 진맥하였다. 속속들이 투시했다기보다 생각 밖의 정체를 보았을 때 우리에게는 사고와 함께 용단이 내려져야겠다. 육도하라는 항일의 유서 깊은 고장에서 혁명의 불씨를 심은 유지인사들과 자유평화와 민족해방을 위해 헌신한 영웅호걸들을 해후하는 겸비감도 소중하다. 민속과 인문의 만남이 주조하는 시대의 조화 속에 홍색관광과 자원개발이 접목한다. 합리하면서도 유기적인 맥락의 저변에서 육도하의 여울은 과연 슬픔을 묵새긴 영탄곡을 절규할 것이다.

오봉산주봉에서 북을 굽어보면 멀리 용정이 보인다. 망국의 흑운 아래 둥지를 틀었던 용정일본총영사 오까다와 시종관의 프로필을 다시 확인해볼 듯 해란강반을 무척 응시하게 된다. 다시 남쪽을 보았다. 한왕산성과 누르하치가 운무 속에 비껴오는 듯싶다. 기원 1368년 주원장이 집정시 두만강과 해란강 지역에는 여진건주위(女眞建州衛)가 세워졌다. 조동산성(朝東山城)이라고도 부르는 한왕산성(汗王山城)은 용정시 부유향 조동촌 서쪽으로 1킬로미터 상거해 있는 한왕산성에 위치했다. 용정시 삼합진 청수촌과는 2.5km 떨어져 있는데 서남쪽 1.5km 되는 곳에는 두만강이 소쿠라진다. 한왕산은 천불지산(天佛指山) 산맥에 속하는바 천불지산봉에서 남쪽으로부터 10km 지점에 처했다. 오봉산 역시 천불지산의 지류이다. 바로 서쪽에 천불지산이 위치했다. 그리고 오봉산 어느 주봉 곁엔가에 동란 때 전쟁피난처 용으로 동굴을 파놓은 것이 있다는 말도 들었으나 확인이 불가능했다.

오봉산에서 곧추 내려다보면 비교적 첫눈에 잘 보이는 곳이 바로 동신이다. 이 마을에 민족교육의 요람이 있었다는 사실은 금시초문처럼 놀라울 것이다. 사립동신학교는 본 세기 초에 창립된 것으로 기록되었다. 1940년경에 연길현 지신촌 국민우급학교에 병합될 때까지 청말, 민국, 위만 3개 시기를 거친 역사를 갖고 있다. 동신학교는 1905년 지금의 용정시 지신진 전신인 화룡현 달라즈 광동촌에 세워졌다. 청나라 말엽에 관청에서는 이곳을 서구, 팔도구 또는 대팔도구라고 불렀다. 조선간민들은 유전동, 대유전동 혹은 큰골(大洞)로 불렀다. 1905년에 화룡욕, 즉 대, 소 팔도구, 상, 하 칠도구, 남골, 동골, 북골이라고 불렀다. 1909년에 대유전동의 인총은 128호였다. 1907년 일본인들이 용정에 들어올 때 용정촌 주민이 113호였고 국자가의 주민은 367호이고 두 번째로 큰 동불사도 180호였고 화룡욕의 정치중심인 달라즈에도 33호밖에 없었다. 이로 보아 그때의 대유전동은 명실상부로 '만호장안'이었나 보다. 대유전동이 개척하기 시작한 것은 1890년부터이다. 1917년에 동신학교는 아랫마을에서 중간마을로 옮겼다. 1919년에 연변 각지에서 대규모적인 반일시위가 있은 뒤 일본침략자들은 명동, 정동 사립학교를 허물어버렸다. 화룡욕 경내의 37개 사립학교의 교원들은 대부분이 반일지사였던 것이다. 1919년 겨울, 동신학교에서는 박남준을 교원으로 초빙해 원 교사에 동학을 꾸렸다. 1919년 10월부터 1921년 1월까지 2기를 꾸렸다. 그리고 복교했는데 학생은 60명이고 교장은 김시우였다. 1926년부터 1927년까지 교육사업에 열성이 높은 유지인사 이중권 등이 마을사람들을 동원해 모금해 교사를 새로 축조했다. 1940년에 동신학교는 달라즈 지신국민우급학교와 합병한 후 이 교사를 뜯어 옮겨갔다. 그 교사는 80년대까지 반세기 남짓 남아 있었다. 동신학교는 연변에서 제일 먼저 창립된 근대학당의 하나이다. 동신학교의 창립은 신식교육을 보급하고 낡은 사숙교육을 폐지함에 있어서 진보적인 역할을 논 전범이다. 동신학교존속 35년간에 많은 혁명자를 육성해 현지의의를 더 가진다. 내가 하오동에 있을 때 지신을 지나 동신으로 곧장 발구나 달구지를 몰고 나무하러 다녔다. 그 동신을 오봉산주봉에서 굽어보니 더욱 감개무량하다.

천불지산봉, 노루바위, 비둘기바위 등 지대와 함께 역시 유감으로 남긴 미답사지이다. 처녀지이다. 천불지산은 레다부대가 주둔했는지라 무상출입을 허락하지 않는 무장지대이다. 언젠가는 구절양장을 헤가르며 정상루트로 취재할 미지의 행선지이다.

자아개조란 스스로를 내리내리 고치는 혁명이다. 숙명으로 아니라 필수적으로 치를 세례의 질서이다. 경험보다 인식을 규정하는 근거로 되는 원리를 도입해 선험적인 실험에 세탁을 각오해야 한다. 순안과 모색으로 등극할 향토의 분장사를 초빙할까 한다. 적격자선택보다는 물론 자타 모두가 공동의 연대성을 짊어져야 한다. 지구가 변하는 것은 자체의 지각운동 때문이고 인간이 진보하는 것은 스스로의 갱신노력 때문이다. 공해병이 심각하고 도덕불감증들이 늘어나는 현세에서 사막화라는 공한지면적 역시 확대되기 마련이다. 환경투자나 경직된 습관의 축적을 대체할 신선한 관념이 우선적이다. 고루한 구조체제를 통째로 희뜩 뒤집어 변화할 용기가 급선무이다. 살아있다는 것으로 만족할 때는 물론 아니다. 사회의 세포인 자아를 근본적으로 환골탈태하지 않는다면 역사도 민족도 시대도 변화할 수 없으니깐.

도호(都護)란 중국에서 변경의 여러 번족(蕃族)을 다스리거나 정벌하는 일을 맡아보던 벼슬이다. 현대도호는 누구일가? 물론 우리 모두가 자각적으로 그 암행어사로 변신해야 할 것이다.

6. 천불지산

군민단결을 노래하는 계절운동이나 옹군애민, 옹정애민활동을 목격할 때마다 난 지신고중시절을 돌이킨다. 아니 추억하는 것이 아니라 내가 미상불 당년의 공간에 머물러버리는 감이 핍진하다.

오봉산 어느 수림에 천불지산이 있는데 바로 그 초소에 레다부대가 장장 40여 년간 주둔했었다. 1976년 말이었다. 고중시절 그 주둔부대에 우리는 학교단총지서기 정 선생의 발상포치에 따라 위문편지를 써서 바쳐야 했다. 제일 기뻐한 학생은 바로 당연히 나였다. 위문편지를 잘 쓰면 레다부대로 면비참관을 가는 것과 해방군전사들의 답장을 받아본다는 황홀감에 매료된 것이다. 나의 환상은 극치였으나 맙소사, 어디까지나 오산이었다. 새 학기가 시작되었는데도 답장은커녕 수신기별조차 없었다. 인제야 알고 보니 공식적인 군민단결활동의 한 개 절차에 불과한 것이었다. 함흥차사였다. 학교당국은 통일포치로 그런 형식을 만들었을 뿐이었다. 눈이 멀게 기다린 내가 더 아둔한 셈이다.

이렇게 변상중지(邊上重地)로서의 천불지산에 대한 신비감과 호기심은 무참하게 철저히 무산되었다. 대신 우동 더기밭이나 달라즈고개에서 운무 속을 은근히 응시하는 눈길이 있었다면 바로 레다부대에 대한 조망(眺望)이었을 것이다. 초점 잃은 묵시의 나날은 집요한 추구가 되어 천불지산을 그려보는 관용으로 바뀌었다. 다행이랄까 천불지산에 대한 전설을 접하여 궁금증을 달래는 중이다. 그렇다. 천불지산은 연변지역에서 삼림이 비교적 많이 집중된 지대이고 삼림피복률이 많은데다가 산림분포가 분명하고 그 생태종류도 다종다양한 임구의 하나이다.

용정시 지신향과 명동향 접경지에 해발 1,331m에 달하는 천불지산이 있다. 이 지대에서는 꽤나 인지도가 높다. 멀리로는 사천성에서 천불지산의 매력을 두고 무척 호기심을 보인다고 한다. 신비한 베일에 숨겨진 포인트는 레다부대와 개방되지 않은 군영의 포진 때문이다. 재교의 당년에 탐방하지 못한 미련은 먼 훗날까지 나를 괴롭혀온다. 그런대로 나는 천불지산을 두고 잊지 못할 추억을 만들어온다. 알고 보니 천불지산으로 통한 길옆에 바로 오봉산이 위치했다. 이번에 등반한 오봉산 역시 천불지산의 환상 속에 깃든 상념의 모델이다.

천불지산국가급자연보호구는 우리나라에서 처음으로 되는 진귀식용균류자연보호구이다. 보호구 삼림피복률이 88.8%(전주 삼림피복률 82%)이며 완충구와 핵심구 피복률은 95.6%이다. 용정시의 녹색관광, 홍색관광으로 정평이 난 천불지산! 용정시 지신진과 삼합진 명동지역의 접경지에 위치한 천불지산은 해발 1,331m, 산발은 동서, 남북으로 50km 뻗어 있다. 오르며 십오 리, 내리며 십오 리이다. 산맥은 대체로 웅장하고 수려하다. 멀리서 보나 지척에서 보나 헌거롭고 품위가 돌올하다. 산봉은 오봉산을 끼고 앉아 산천이 수려하고 현암바위, 망자서 같은 기암괴석이 즐비하여 허다한 전설을 품고 있다. 천불지산의 지류로서의 오봉산줄기는 무수한 산맥을 맥맥이 이어온다. 산줄기는 백금까지 뻗었는데 그 사이에 바로 평정산, 현암, 만화, 중화 등 유명한 산과 마을들이 산재해있다. 산세가 가파르고 험악하여 지방풍물로서의 자격은 구전한 셈이다. 여기를 탐방하는 당지 유람객이나 외지 등산애호가들의 발길을 끌기엔 너무나 오롯하다. 중국 960만 ㎢ 땅에서 천불지산이란 산명이 유일무이하도록 가히 손색없을 성싶다.

홍색관광지로서의 천불지산에는 노룡팔, 곤쓰레산 등 3개의 항일연군전적지와 역사유적지가 있다. 옹군애민의 아름다운 전설이 유래된 고장이기도 하다. 애국주의, 향토애 교양의 최적지로 거듭날 것이다. 어디 그뿐이랴! 곰치전설, 송이버섯전설, 과장봉전설, 오봉산전설, 한왕산전설, 현암바위전설, 인동과(忍冬科)전설 등 문화함의는 세인의 정리와 유전을 기다린다.

옛적엔 천불지산에 사찰도 있었고 노승도 여러 분 계셨다 전한다. 노납(老衲)의 목탁소리가 지금도 어느 절간이나 산사에서 들릴 상 싶기도 한 기대감에 부풀린다. 불공을 드리던 노승의 밥 짓는 내음을 어느 산허리에서 맡아볼까 싶어 안개를 따라 굼실거려본다. 무심한 골짜기 개울물에서라도 산사의 종소리를 가려들을 수 있기를 바라는 심정은 무엇일까? 천불지산의 호흡을 더 한 번 청취하고픈 소망인가 보다.

태고연한 옛날, 한 노인장이 부처님의 가르침을 받고자 지금의 천불지산기슭을 찾았다. 거기엔 바로 규모가 제격인 범찰사문(梵刹寺門)이 있었던 것이다. 노인이 승원(僧院)에 들어서자 주지스님이 도리머리를 절레절레 저을 줄이야……. 노인이 인젠 노쇠해져 더는 희망이 없다는 측은지심이었다. 부처님을 숭배하던 노인장의 가망은 수포로 돌아갔다. 승방(僧坊)을 물러서 나온 노인장은 부처님과의 연분을 포기하고 맥없이 하산길을 밟았다. 밤중에 노인장은 귀틀막을 발견했다. 어렵사리 투숙을 청하였더니 윤허하는 것이었다.

초라한 농가엔 과년한 처녀가 있었다. 이튿날, 생때같던 노인장이 돌발사를 당할 줄이야……. 산언덕에서 숨을 거둔 변사체보다 더 이상야릇한 것은 표매(摽梅)의 잉태였다. 시집도 가지 않은 처녀의 임신은 가문의 치욕이 아닐 수 없었다. 그녀는 불문곡직하고 부모들로부터 축출을 면치 못했다.

강압적인 가출을 당한 처녀는 심심산중에 은거했다. 연 며칠 기아선상을 헤매던 처녀는 그만에 다박솔 숲에 졸도하고 말았다. 갑자기 천둥소리에 놀라 소생한 처녀는 백발노승이 옆에 서있는 것을 어렴풋이 발견했다. 인자한 노승은 조용히 풀잎을 가리키면서 먹으라고 권장했다. 그러면서 배 속의 아이가 이제 크면 동량지재로 될 것이라고 거듭 되뇌시었다. 배고파 현훈증을 무시로 느끼던 처녀는 죽기내기로 그 풀을 먹었다. 걸신이 들려 먹노라니 쓴맛과 함께 향기가 풍기는 것이 아니겠는가!

허기를 채운 처녀가 그제야 주위를 둘러보니 구명은인은 그림자조차 볼 수 없었다. 출리해탈(出離解脫)이었다. 대신 거목의 노송이 그 자리에 군계일학(群鷄一鶴)처럼 돌올하게 서있을 뿐이었다. 천의의 할애렷다. 볼이 미여지게 풀쌈을 먹은 처녀는 산자락 마을에 내려가 푸성귀출처를 알려주었다. 동네 분들이 처음에는 쓰다고 거부하더니 차츰 먹어보고는 별맛이라고 찬탄을 아끼지 않았다. 걸탐스레 풀쌈을 싸먹노라니 심성이 선량해지고 개운해지는 것이었다. 화기가 만개한 마을이라 하여 촌명을 '만화'(滿和)로 개명했다. 그리고 풀이 향기로 취하게 한다고 하여 '취'라고 불렀다. 또 부처님이 점지해주신 산이라는 의미에서 '천불지산'(天佛指山)이라 칭하기에까지 이르렀다. 즉 부처가 손으로 가리킨 산이라는 의미이다.

처녀는 드디어 해산했다. 착한 동네 분들은 처녀가 아이를 낳았다고 힐난한 것이 아니라 온정을 다해 대했다. 취를 먹고 귀동자를 낳은 산모의 원기는 기적처럼 회복되었다. 보다 괴상한 것은 아이가 크면서 앞더기의 선원(禪院)으로만 다니는 것이었다. 단 하루라도 총림(叢林)의 종소리를 듣지 못하거나 스님들과 만나지 않으면 단통 앓는 것이었다. 애가 일곱 살이 되던 해 딸을 축출한 부모들은 수소문 끝에 요행 찾아왔다. 양주는 딸과 외손자를 데리고 환고향을 서둘렀다.

그러나 신동은 무작정 사찰로만 다닐 뿐 누구의 말도 듣지 않았다. 무가내로 여긴 그들 일행은 유복자를 아예 사찰에 남겨두고 길을 떠났다. 고향에 돌아온 처녀는 주야로 아들을 그렸다. 아들이 불공을 닦으러 인도로 간다는 소식을 듣게 된 처녀는 눈앞이 캄캄해났다. 바위에 올라서 인도 쪽 하늘을 물끄러미 보며 기도하던 그녀는 그만에 돌로 굳어졌다. 이렇게 생겨난 '망자석'(望子石)이다. 오봉산에 오르면 만리장천을 하염없이 바라보는 처녀어머니바위의 화신인 망자석을 볼 수 있다.

　나는 오봉산을 신비의 베일에 덮인 전설의 집중지로 점찍어두었다. 레다부대와 함께 다양한 푸성귀, 들쑥날쑥한 천산만악, 굽이굽이 계곡의 곳곳에선 아직 미개발의 구비문학이 잠자고 있다. 용정시 성남촌 부암동을 산기슭에 거느리고 우뚝 솟은 오봉산은 천연적인 망자석으로 하여 더 운치를 돋운다.

　우리말 속담에 "처녀가 아이를 낳아도 제 할 말은 있다."고 했다. 과연 전설의 처녀가 낳은 아이가 신동이 되었다가 나중엔 망자석 설화까지 끌어낼 수 있은 비결은 무엇인가? 바로 인륜의 생태평형이다. 자식을 낳아 가계를 잇고 민족을 지속시키고 세계를 펴나가는 파워이다. 당시 처녀는 어렵고도 난감한 상황에서 출산을 성공하면서 위대한 모성을 완성했다. 이로써 그녀의 형상은 생육의 절대적인 극치를 극대화하면서 당위성을 온오하게 보여주었다. 천불지산의 전설은 불멸의 생명력이 낳은 거창한 기념비가 아닐 수 없다. 인간의 생명가치를 압축으로 보여준 사례로서의 오봉산 정기가 그래서 더 신선한지도 모른다.

목하 연변조선족자치주에는 소학교 321개소, 중학교 109개소, 보통고중 27개소가 있는데 재교생은 각기 10만 9,410명, 7만 5,588명, 4만 6,066명이 있다. 그중 부모의 출국 등으로 집에 남아있는 고아 아닌 고아들이 소학교에 2만 5,155명, 중학교에 1만 7,960명, 보통고중에 8,307명이 있다. 작은 수자가 아니다. 단친, 무친 가정 자녀들의 분포정황으로 보면 80% 좌우의 자녀들은 노인이거나 부모 일방과 함께 생활하고 있으며 10% 좌우의 자녀들은 기타 일가친척들과 함께 나날을 영위하고 있고 5% 좌우의 자녀들은 이웃집에 전탁되어 있으며 기타가 4% 좌우를 점하고 있다.

망자석 전기는 부모가 자식을 그리는 애탄 심화병 끝에 생겨난 모성애의 산물이다. 지금은 망자석은커녕 자기가 낳은 혈육조차 휴지 던지듯 버리는 폐단이 비일비재이다. 하여 근린사회에는 단친, 무친이라는 신조어의 범람과 함께 남의 아이들을 구하는 운동이 거세차다. 2003년 말 연변주 당위와 주정부에서 부모의 출국 등으로 집에 남겨진 조선족자녀교육현장회의를 소집한 이래 각 현(시)에서는 육속 '학생가장' 등 교육봉사기구를 설립하고 담임교원사업을 강화하는 데로부터 착수하여 적극적으로 단친, 무친 가정 자녀들의 교육, 관리에 대한 효과적인 방법을 탐색하고 있다.

그러나 엄연한 현실은 악과를 수습하기엔 역부족이다. 갈수록 증대하는 고아 아닌 고아들이 사처에서 범죄를 저지르고 기로에서 방황한다. 가슴 아픈 민족의 수치가 아닐 수 없다. 망자석의 교훈에서 우리는 시대의 신음을 듣고 불공을 익히러 인도로 간 아들을 기다릴 것이 아니라 불공을 갖다 주는 시범이 되어야겠다. 그래야 진정 동질성이라는 응집력의 부처님 앞에서 적격자의 불상공양을 할 것이다.

▌약력

원　명 - 정룡범
아　호 - 매상, 효두
펜네임 - 정미소, 해림
일　명 - 하오동, 안정
1959년 7월 23일 중국 연길현 하오동에서 경주 정씨 장자로 출생
연변대학 조선언어문학전업수료
농민, 소학교 교원, 중학교 교원, 방송국 기자, 문화국 창작원, 신문사 특약기
자 등 직종에 근무
중단편소설, 산문, 시, 수필, 실화, 가사, 평론, 희곡, 잡문, 동화, 민담 등 작
품 1,000여 편(수) 발표
한얼패상, 연변일보문화상, 향토수필상, 화신문화상, 정음상, 라지오문학상,
송원컵대상, 국제언론1등상, 해외동포문학평론우수상, 한국농촌문학상,
2008한국KBS서울프라이즈우수상 등 53차 문학상 수상

▌저서

《어휘묘사실용수첩》(공저) 1994년 연변인민출판사
《호랑이를 이긴 산토끼》 1998년 료녕민족출판사
《함경도사람》 2005년 한국학술정보(주)
《구제비둥지》 2005년 한국학술정보(주)
《달나라게집》 2006년 한국학술정보(주)
《응달골무꽃》 2006년 한국학술정보(주)
《진달래혼취》 2006년 한국학술정보(주)
《아리랑고개(반도 인물전)》 2009년 한국학술정보(주)
《오작교 유래(반도 설화집)》 2009년 한국학술정보(주)
《고수레전설(반도 민속편)》 2009년 한국학술정보(주)
《주무랑마봉(중국 전설집)》 2009년 한국학술정보(주)
《해란강여울(간도 가이드)》 2009년 한국학술정보(주)
《일본기모노(세상 나들이)》 2009년 한국학술정보(주)
《오봉산희비(연변 기행문)》 2009년 한국학술정보(주)

중국연변인민방송국 문학부 부장
연변작가협회산문창작위원회 위원장
중국소수민족작가협회회원,
한국해외문화교류회 중국측리사
E-mail:za723@hanmail.net

문화시리즈**❼** 연변 기행문

오봉산희비

초판인쇄 | 2009년 3월 20일
초판발행 | 2009년 3월 20일

지은이 | 정호원
펴낸이 | 채종준
펴낸곳 | 한국학술정보㈜
주 소 | 경기도 파주시 교하읍 문발리 513-5 파주출판문화정보산업단지
전 화 | 031) 908-3181(대표)
팩 스 | 031) 908-3189
홈페이지 | http://www.kstudy.com
E-mail | 출판사업부 publish@kstudy.com

등 록 29,000원
가 격

ISBN 978-89-534-1121-0 94810 (Paper Book)
      978-89-534-1122-7 98810 (e-Book)
      978-89-534-1076-3 94810 (Paper Book Set)
      978-89-534-1094-7 98810 (e-Book Set)